아빠를 여행하다

아빠를 여행하다

초판 1쇄 발행 2014년 10월 10일

지 은 이 김형기
펴 낸 이 윤태웅
펴 낸 곳 우리가만드는책
편   집 황교진

등록번호 제2014-14호(2014년 2월 10일)
주   소 (137-860) 서울시 서초구 강남대로 321, 대우디오빌프라임 307호
전   화 070-8200-2074 **FAX** 02-581-2075

이 책의 저작권은 저자에게 있습니다. 저자와 출판사의 허락 없이
내용의 일부를 인용하거나 발췌하는 것을 금합니다.

책값은 뒤표지에 있습니다. 잘못된 책은 구입하신 곳에서 교환해드립니다.
ISBN 979-11-952759-3-9(03810)

페이스북 facebook.com/woomanbooks
원고투고 ivfcore@daum.net

※ 이 책은 한국출판문화산업진흥원의 2014년 〈우수 출판콘텐츠 제작 지원〉 사업 당선작입니다.

We create Books 세상을 따뜻하게 하는 책을 만들어 당신의 마음을 가치 있는 곳으로 안내합니다.

태리랑 배낭 메고 38일간 인도 여행 | 이후랑 배낭 메고 38일간 중국 여행

아빠를, 여행하다

김형기 김태리 김이후 지음

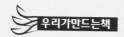
우리가만드는책

가족의 마음을 여행하고 싶게 하는 책

이 책을 읽는 내내 기분이 좋았다. 이 여행은 책을 쓰기 위해 떠난 여행이 아니다. 다른 여행기처럼 멋들어진 사진이 많이 들어 있지도 않다. 그러나 인도와 중국이 보인다. 아이들의 솔직한 표현으로 그곳의 냄새를 맡을 수 있게 한다. 아이들은 인도와 중국이 아니라 사람을 여행한다. 가이드와 깃발 그리고 카메라라는 진부한 패턴을 벗어나 사람의 느낌으로 사람을 여행한 것이다.

아이와 떠난 아빠의 독특한 여행을 현지인들도 부러워했듯이 이 책을 읽은 나도 이 가족의 여행이 부럽다. 쉽게 떠나지 못하는 우리 아빠들에게 형기 씨야말로 '돌아온 슈퍼맨'이다. 여행이라는 것이 형편이 다 충족되어야만 떠날 수 있는 것이 아니라는 것을 배운다. 저 멀리 세계 10대 절경으로 여행을 다녀와도 가까운 내 가족을 여행하지 못하는 우리 삶에 이 가족은 큰 가르침을 주었다. 아이들은 아빠를 여행했다. 아빠도 아이들을 여행했다. 저자의 독특한 표현이 흥미로워 끝까지 쉽게 읽었다. 그리고 일상을 멈추고 나와 나의 아버지를, 또 나의 아이들을 돌아보게 했다. 재미있고 독특한 책이다. 여행 기록이면서 힐링을 안겨 준다.

나는 여러분에게 이 책뿐만 아니라 이 책이 가지고 있는 가치도 함께 추천한다. 아울러 우리 모두 멀리 가지 않더라도 가까운 가족을 여행할 수 있기를 바란다.

허성근(몽골에 사는 세 아이의 아빠)

자녀에게 아빠를 여행시키다

태리와 이후의 아빠와는 고등학교 시절부터 30년이 넘는 세월을 지리적, 정신적으로 가까이서 함께해 온 친구입니다. 돌이켜 보면 아슬아슬했던 질풍노도의 시기도 그와 함께였기에 거뜬히 넘길 수 있었을 만큼 그는 반짝이는 소중한 친구입니다. 그가 이제는 별 볼일 없이 나이 들어가고 있는 저를 비롯한 이 시대의 지극히 평범한 아빠들에게 반짝이는 화두를 던집니다. 자녀에게 아빠를 여행시키라고!

아직은 어리다고만 생각한 아이와 낯설고 거칠거칠한 장소를 걸으며, 언어와 생김이 다른 사람들과 부대끼고 기대며 온갖 감정을 오롯이 나누어 써내려 간 '사서 고생기'를 읽었습니다. 하지만 결코 돈으로는 살 수 없는 '세상에서 가장 값비싼 그들만의 여행기'로 다가왔습니다.

우리 모두 고된 세상을 살아 내느라 정작 소중한 가치는 외면한 채 지쳐 갑니다. 결코 길다고 할 수 없는 인생에서 주도권을 갖지 못한 채 마치 패키지 관광객처럼 가이드만 쫓느라 진정한 여행에서 멀어지는 줄도 모른 채 남에게 보여 줄 사진 찍기에만 열중합니다. 나의 인생 여행이 그런 흔하디흔한 여행객의 모습은 아닌지 다시금 돌아보게 되었습니다. 자, 이제부터라도 설령 위약금을 물더라도 가이드와는 이별을 고하고 조금은 불편하고 불안하겠지만 우리가 주인공이 되어 꿈꾸고 만들어 가는 진짜 우리만의 여행을 시작해 보는 건 어떨까요?

강여민(태리, 이후 아빠의 30년 지기인 채은 아빠)

뭐야? 여행 간 줄 알았더니 모험담인 거야?

혹시, 만화 〈슬기돌이 비키〉를 아시는지?

　　용감하고 거센 바다의 아들/슬기돌이 비키에게 모험의 나라 신기한 세계다/북극에서
　　남극까지 마음대로 다니네/푸른 파도 푸른 물결 무섭지만은/두 주먹 불끈 쥐는 용감한
　　비키/얼어붙은 저 바다도 단숨에 넘어/모험을 즐기는 비키 비키

확인해 보진 않았지만, 이 '아빠' 분명 어릴 적 TV에서 이 만화를 보며 컸을 게다. 어린이

만화와 책들은 '모험'으로 가득 차 있다. 신나게 모험 이야기를 보고 읽으며 자랐는데도 어른이 되면 모험을 하지 않는다. 절대로 피하려고 한다. 왜일까? 멀리멀리 얼어붙은 저 바다마냥 두렵기 때문이다.

이 '아빠' 김형기 씨는 그런 흔한 어른이 아니다. 이 아빠의 엄마 빠진 가족 여행은 아주 독특하다. 이 책은 냠냠 쩝쩝 먹보딸 태리와 인도를, 호기심 아들 이후와 중국을 정말 무모하게 다닌 기록이다. 아무 계획도 없이 달랑 비행기 표만 끊고 흉흉한 루머로 가득한 미지의 두 세계, 별종 별색 세계인구 10명 중 2~3명을 차지한 거대한 두 나라를 여행하며 아빠와 딸, 아빠와 아들이 같은 날 서로 다른 느낌의 일기를 썼다. 결코 따라 할 수 없는 여행의 모범 사례(!)라고나 할까?

한 핏줄 맞나 싶을 정도로 아빠, 딸, 아들은 저마다 달라도 너무 다른 캐릭터를 드러낸다. 이 글을 읽다 보면 모든 부모는 자녀의 정신세계를 이해할 수 없고, 모든 자녀는 부모가 이상하기만 한 게 자연스럽다. 오히려 다행이다. 세상이 더 풍성하고 다채로운 미지의 세계가 될 테니까. 그래서 '여행 가는 게 꿈'이라고들 하지 않나? 다른 걸 발견하고 싶어서.

연애소설도 아닌데, 밤을 새고 지하철역을 지나치면서까지 읽고 말았다. 아빠의 하루를 읽다 보면 딸과 아들의 일기가 궁금해지고, 다음 여행지 계획이 없다 보니 내일은 또 무슨 일이 일어날까 궁금해 책장을 덮을 수가 없다. 엄마 없이 계획도 없이 아빠 혼자 데리고 떠난 76일간의 여행, 훗날 이 아이들은 어떤 사람이 되어 있을까? 으레 모험담은 시련과 선택 상황을 슬기롭게 헤쳐 나가는 과정으로 가득하고 소중한 보물을 발견하며 피날레를 장식한다. 아이들은 아빠를 모험했고, 아빠는 아이들을 모험했다. 모험의 끝을 장식한 보물 상자는 무엇일까? 입이 근질거리지만 참고, 독자 여러분이 직접 발견하시기 바란다.

라선아(이웃집 아줌마이며 한국방송통신대학교 교수)

아이가 함께하는 둘만의 공간에서 나누는 새로운 감성

나는 어떤 상황과 광경에 대한 나의 관점을 전환할 필요성을 느끼기 시작했다. 늦은 밤 한남대교를 건너 강남역을 향하며 보는 수많은 네온사인과 간판은 과연 깔끔하게 정리될 필요가 있는 조잡한 광경일까? 겨울밤 퇴근길의 길모퉁이에 있는 허름한 포장마차는 과연 비위생적인 장소일까? 높은 가을하늘을 가로막고 있는 얽힌 전깃줄들은 과연 철거해야 할 위험한 것일까? 그 상황들을 논리적이고 전문적인 관점에서 보면 그렇게 볼 수 있다. 하지만 나의 관점을 논리적 시점에서 감성적 시점으로 전환하면 그 장면들은 독특하며 정감 어린 한 폭의 사진 작품처럼 따뜻하게 느껴진다. 요즘 나는 내가 일상에서 보는 장면들을 잘난 체하며 분석했던 논리의 눈이 아닌 순수한 감성의 눈으로 느끼고 싶다.

나의 어린 시절 가족과의 여행을 떠올려 보면, 아빠의 존재는 예상치 못한 위기 상황이 벌어질 때 나를 지켜줄 수 있는 믿음직한 방패막이 같이 든든한 존재였다. 하지만 나와 여행의 소소한 일상을 나누며 어린 나의 어리광을 받아 주는 따뜻한 존재는 아니었다. 보통 그것은 엄마의 역할이었다. 엄마는 바닷바람에 흐트러진 나의 머리를 매만져 주고, 식당에서 내 입가를 닦아 주며, 내가 좀 힘들 때는 온몸으로 꼭 안아 준다. 이런 엄마의 기억은 어린 시절 가족여행을 추억할 때 그 여행에 온기를 불어 넣은 따뜻하고 애틋한 장면으로 떠오른다.

탁 트인 이국적 바닷가의 풍경과 비현실적으로 펼쳐진 절벽과 폭포를 어린 아이들이 얼마나 느낄 것인가? 어린 시절 가족여행에서 기억나는 것은 집을 떠나 보게 되는 그런 풍경들이 아닌, 여행이라는 상황에서 벌어지는 가족과의 디테일한 교감이었다. 특히 아빠의 믿음직하지만 투박함이 아닌, 엄마와의 섬세한 감성의 교감이었다. 그것이 어린 나에게는 여행에서 내가 얻은 최고의 가치였다.

김형기 작가가 딸 태리와 아들 이후를 데리고 인도와 중국 여행을 계획한다는 말을 들었을 때 나는 '아들, 딸과 여행 가서 좋겠다'라는 생각보다 '아빠와만 동행하는 어린아이들이 고생 좀 하겠구나' 하는 걱정이 들었다. 과연 투박한 아빠의 손길이 이 아이들을 잘 챙길 수 있을까? 그것도 럭셔리한 여행이 아닌 그 더운 날씨에 배낭 하나 매고 무진장 걷고, 버스 타야 하는 나름의 강행군인 일정이다. 분명 아이들은 지치고 다리 아프고 음식이 입에 안 맞아 짜증내고, 그 아이들을 간신히 달래며 데리고 다니는 고행길이 될 텐데…… 심히 걱정스러웠다. 내 생각에 편안하지 않은 여행은 아이들을 짜증나게 할 것이고 그 짜증을 투박한 아빠의 감성으로 받아 내지 못할 것이고, 그로인해 아빠는 본인이 해결 못하는 상황에 빠져들 것이며, 그것은 아빠에게도 아이들에게도 힘든 여행이 될 것이라는 나만의 논리로 추측했다. 서두에 말한 것처럼 모든 상황을 나만의 주관과 사회적 경험에 의한 논리로 보는 것은 옳지 않다.

김형기 작가의 아이들과의 여행 기록 《아빠를 여행하다》 말미에 이런 글이 있다. "엄마는 공감 능력을, 아빠는 공간 능력을". 김형기 작가는 이번 아이들과의 여행에서 아빠가 줄 수 있는 공간 능력의 훈련뿐 아니라 엄마가 줄 수 있는 공감 능력을 자기도 모르는 사이에 아이들과 나누었다.

나는 아빠의 역할로 아이들에게, 그리고 가장의 책무를 다하는 모습으로 어느 정도 자신 있었다. 사회적 논리로 보았을 때 이 정도면 충분하다고 생각했다. 《아빠를 여행하다》를 읽은 후, 아빠로서 또 사회적 인간으로서 내가 얼마나 경직된 시각을 가지고 있는지 알게 되었다. 이 책에 일기처럼 써내려 간 글과 핸드폰 카메라로 찍은 스냅 사진이 매혹적인 영화처럼 다가온다. 추억은 항상 아름답듯이 힘든 여행의 감성적 스토리가 또 다른 줄거리로 다가온다. 아빠와 아이가 함께한 공간에서 나누고 느낀 새로운 감성이 읽힌다. 그것을 모르고 사는 현실이 아쉽게 다가온다. 지금이라도 늦지 않았다. 김형기 작가가 딸 태리와 아들 이후와 둘만의 여행을 통해 나눈 감성을 나도 우리 아이들과 느낄 준비가 되었다.

장윤일(태리와 이후 친구 세린, 휘준이 아빠)

치열하게 아버지 되어 가기

고1 여름방학을 마치며 간만에 친구들을 만났을 때다. 유행이 지난, 발목 위 한 뼘쯤 올라오는 바지에다 여름날 비온 뒤 풀밭에 자란 쭈뼛쭈뼛한 들풀 같은 머리 스타일을 한 친구가 있었다. 외국어와 음악에 관심이 많은 그가 어느덧 그 또래에 근접한 아이들을 자녀로 둔 아버지가 되었다. 어릴 적 외모만큼이나 독특한 교육 방식을 행동으로 옮겼다. 그는 성인이 되면 꿈처럼 해보고 싶은 것이 인도, 중국, 안데스 산맥, 히말라야 여행이라고 했다. 더군다나 아이와 동행하는 여행으로 말이다.

《아빠를 여행하다》를 읽으니, 친구 형기와 그의 아이가 되어 함께 꿈결 같은 여행을 다녀온 기분이다. 형기 녀석도 치열하게 아버지가 되어 가고 있음을 볼 수 있었다. 방법은 다르지만 우리 아버지도 그리고 이 땅의 모든 아버지도 힘껏 아버지로 살았고 살고 있음을 생각하게 된다.

이 책은 미지의 세계로 여행을 꿈꿔 온 사람, 다른 아버지들의 머릿속이 궁금한 분들께 휴식과 공감의 여정이 될 것이다. 친구 형기의 이번 여행기 다음의 여정도 기대해 본다.

김성우(고등학교 및 나이트클럽 동기)

추천의 글　5

가족의 마음을 여행하고 싶게 하는 책　_허성근
자녀에게 아빠를 여행시키다　_강여민
뭐야? 여행 간 줄 알았더니 모험담인 거야?　_라선아
아이와 함께하는 둘만의 공간에서 나누는 새로운 감성　_장윤일
치열하게 아버지 되어 가기　_김성우

프롤로그　15

STEP 1 태리랑 배낭 메고 38일간 인도 여행　21

0일차 | 인도로 가는 길-카운트다운 1, 2, 3　1일차 | 서울-뉴델리(6월 20일 40℃ 맑음)　2일차 | 뉴델리(6월 21일 40℃ 맑음)　3일차 | 만다와(6월 22일 42℃ 맑음)　4일차 | 비카네르(6월 23일 41℃ 맑음)　5일차 | 쿠리 (6월 24일 40℃ 맑음)

6일차 | 자이살메르(6월 25일 42℃ 맑음)　7일차 | 조드푸르(6월 26일 40℃ 맑음)　8일차 | 라낙푸르(6월 27일 39℃ 맑음)　9일차 | 우다이푸르 (6월 28일 41℃ 맑음)　10일차 | 우다이푸르(6월 29일 40℃ 맑음)

11일차 | 우다이푸르(6월 30일 41℃ 맑음)　12일차 | 푸쉬카르(7월 1일 41℃ 비온 뒤 맑음)　13일차 | 푸쉬카르 (7월 2일 39℃ 맑음)　14일차 | 자이푸르(7월 3일 40℃ 맑음)　15일차 | 자이푸르(7월 4일 40℃ 맑음)

16일차 | 자이푸르(7월 5일 41℃ 흐리고 비)　17일차 | 아그라(7월 6일 41℃ 흐리고 비)　18일차 | 아그라(7월 7일 41℃ 흐리고 비)　19일차 | 카쥬라호(7월 8일 42℃ 흐리고 비)　20일차 | 카쥬라호(7월 9일 41℃ 흐리고 비)

21일차 | 잔시(7월 10일 41℃ 맑음)　22일차 | 바라나시(7월 11일 41℃ 비)　23일차 | 바라나시(7월 12일 41℃ 맑음)　24일차 | 바라나시(7월 13일 41℃ 비)　25일차 | 바라나시(7월 14일 33℃ 맑음)

26일차 | 델리-스리나가르(7월 15일 31℃ 맑음)　27일차 | 스리나가르(7월 16일 31℃ 맑음)　28일차 | 스리나가르(7월 17일 33℃ 맑음)　29일차 | 스리나가르(7월 18일 31℃ 맑음)　30일차 | 스리나가르(7월 19일 31℃ 비)

31일차 | 스리나가르(7월 20일 31℃ 맑음)　32일차 | 스리나가르(7월 21일 29℃ 맑음)　33일차 | 스리나가르 (7월 22일 31℃ 맑음)　34일차 | 스리나가르(7월 23일 31℃ 맑음)　35일차 | 스리나가르(7월 24일 31℃ 맑음)

36일차 | 스리나가르(7월 25일 31℃ 맑음)　37일차 | 뉴델리(7월 26일 40℃ 맑음)　38일차 | 서울(7월 27일 31℃ 맑음)

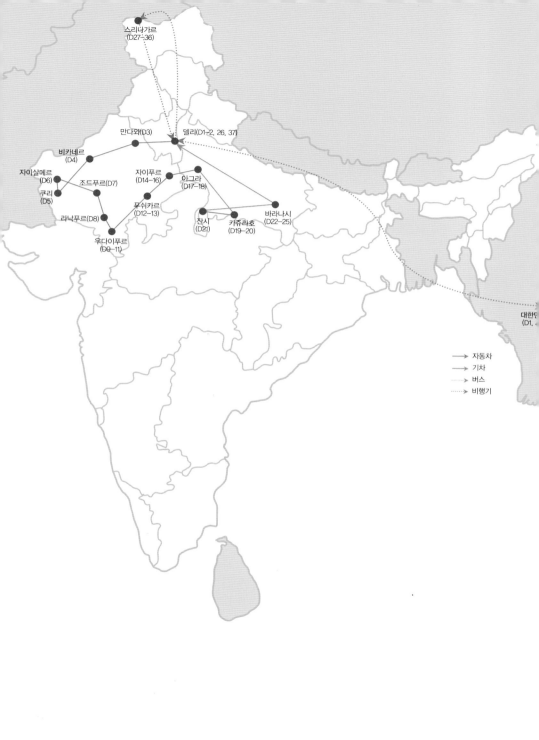

스리나가르
(D27~36)

만다와(D3)

델리(D1~2, 26, 37)

비카네르
(D4)

자이푸르
(D14~16)

아그라
(D17~18)

자이살메르
(D6)

조드푸르(D7)

쿠리
(D5)

푸쉬카르
(D12~13)

바라나시
(D22~25)

라낙푸르(D8)

잔시
(D21)

카쥬라호
(D19~20)

우다이푸르
(D9~11)

대한민국
(D1,

→ 자동차
→ 기차
⋯⋯⋯→ 버스
⋯⋯⋯→ 비행기

STEP 2 이후랑 배낭 메고 38일간 중국 여행 157

0일차 | 중국 가는 길-카운트다운 1, 2, 3 1일차 | 칭다오(8월 21일 26℃ 맑음) 2일차 | 지난(8월 22일 31℃ 맑음) 3일차 | 타이안(8월 23일 33℃ 맑음) 4일차 | 취푸(8월 24일 33℃ 비온 뒤 맑음) 5일차 | 카이펑 (8월 25일 38℃ 흐림)

6일차 | 정저우(8월 26일 39℃ 맑음) 7일차 | 뤄양(8월 27일 38℃ 흐림) 8일차 | 시안(8월 28일 29℃ 흐리고 비) 9일차 | 시안(8월 29일 29℃ 맑음) 10일차 | 핑야오(8월 30일 25℃ 맑음)

11일차 | 따통(8월 31일 23℃ 맑음) 12일차 | 따통(9월 1일 27℃ 맑음) 13일차 | 후허하오터(9월 2일 19℃ 맑음) 14일차 | 시닝(7월 3일 10℃ 맑은 뒤 비) 15일차 | 위수(9월 4일 4℃ 흐리고 비)

16일차 | 위수(9월 5일 8℃ 흐리고 비) 17일차 | 깐쯔(9월 6일 12℃ 흐리고 비) 18일차 | 깐쯔(9월 7일 15℃ 맑음) 19일차 깡띵(9월 8일 19℃ 흐리고 비) 20일차 | 청두(9월 9일 26℃ 흐림)

21일차 | 총칭(9월 10일 26℃ 맑음) 22일차 | 총칭(9월 11일 26℃ 비) 23일차 | 펑후양(9월 12일 28℃ 맑음) 24일차 | 장지아지에(9월 13일 33℃ 비) 25일차 | 우링위앤(9월 14일 33℃ 맑음)

26일차 | 우링위앤(9월 15일 31℃ 맑음) 27일차 | 통다오(9월 16일 33℃ 맑음) 28일차 | 양수오(9월 17일 33℃ 맑음) 29일차 | 양수오(9월 18일 31℃ 맑음) 30일차 | 양수오(9월 19일 31℃ 맑음)

31일차 | 양수오(9월 20일 31℃ 맑음) 32일차 | 양수오(9월 21일 31℃ 맑음) 33일차 | 양수오(9월 22일 32℃ 맑음) 34일차 | 구이린(9월 23일 31℃ 비) 35일차 | 구이린(9월 24일 31℃ 흐림)

36일차 | 구이린(9월 25일 31℃ 흐림) 37일차 | 구이린(9월 26일 31℃ 흐림) 38일차 | 서울(9월 27일 21℃ 맑음)

에필로그 299

태리와 이후의 후기 302

후허하오터(D13)

따통(D11-12)

핑야오(D10)

지난(D2)

타이안(D3)

칭다오(D1)

취푸(D4)

정저우(D6)

카이펑(D5)

시닝(D14)

뤄양(D7)

시안(D8-9)

대한민국(D1, 38)

위수(D15-16)

깐쯔(D17-18)

깡띵(D19)

청두(D20)

충칭(D21-22)

장지아지에(D24)

우링위앤(D25-26)

평후왕(D23)

통다오(D27)

구이린(D34-37)

양수오(D28-33)

비행기

기차

버스

자동차

배

1.

시작은 그랬다. 마음에 비친 환상! 그 그림 하나가 일을 만들고 말았다. 그 안에서 나는 아들 손을 꼭 잡고는 한 손으로 먼 하늘을 가리키고 있었다. 위대한 영도자가 인민들을 불러 모아 붉은 태양을 가리키듯 아이에게 드넓은 세상을 향하도록 지목했다. 친절하고 자상한 안내자의 모습으로.

아들을 바라보는 내 모습이 제법 근사했다. 아무리 봐도 내가 무척이나 자랑스러웠다. 그래서 아들이 "아빠! 우리는 어디 안 가?"냐고 묻기전에 "아들! 저기 같이 가자!"라고 했다. 초등학교 4학년 아들과 나, 단둘이서. 엄마 없이 남자들만의 여행지는 삼국지의 나라 중국으로. 기간은 학교 출석부에 이름이 살아 있는 40일 정도로 말이다.

2.

아들과의 여행 계획에 차질이 생겼다. 학교 수련회가 중간에 끼어 있어서 학년 회장의 임무(?)를 버리고 혼자 쏙 빠지는 것이 학부형 입장에서 찜찜했다. 아들과의 여행을 여름방학 때로 미루고 초등학교 6학년 딸아이와 먼저 다녀오기로 했다.

'어디를 갈까?'

가까운 일본 정도를 생각했다. 경비 문제도 있고 해서 길어야 일주일이면 적당하다 싶었다. 딸아이의 의견을 물어봐야지 싶었다.

"너, 아빠랑 비행기 타고 여행 간다면 어디로 가고 싶니?"

먹는 것에 목숨 거는 내 딸, 대답 또한 그와 멀지 않았다.

"나, 카레가 먹고 싶어."

"카레?"

"그럼……, 인도?"

그렇다는 것이다. 인도가 얼마나 덥고 얼마나 지저분하고 얼마나 험한지는 관심 밖이고 오로지 카레가 먹고 싶어서.

생각해 보았다. 아내가 옆에서 챙겨 주는 보금자리를 떠나 아이랑 달랑 둘이 지내는 상상을……. 남자들에게 이것은 고통이다. 단 한 시간 정도도 아이와 놀아 주기는 힘겹다. 피로감이 몰려온다. 그림으로 다가온 느낌(?)이 아무리 좋았어도 '아이와 함께 놀기' 위한 최적의 재료가 내게 필요했다.

'어떡할까? 이참에 나도 인도로 한번 가 봐?'

아내와 배낭 메고 인도에 다녀오자던 둘만의 계획이 20세기 신화가 된 지 오래다.

'좋아. 그러면 이왕 가는 거 처음 가 보는 인도로? 그런데 좀 더 길게 갔다 올까? 비행기 삯도 만만치 않은데……. 인도 물가는 그렇게 안 비싸다던데…….'

카레가 먹고 싶다는 한마디에 행선지는 아시아 끄트머리로 옮겨 가고 있었다. 기간도 매일 조금씩 늘어났다. 회사 강의 일정도 듬성듬성 비어 있겠다 그 틈을 이용할 생각이었다. 그렇게 인도로 가게 되었다. 40일이라는 기간도 대략 그렇게 만들어졌다.

3.

나에게 '아버지' 하면 떠오르는 장면을 그려 보라면? 무슨 영문인지 나는 엉엉 울고 있고, 한잔 술에 얼굴이 벌게진 아버지가 내 허리를 감고 있는데 엄마는 나부끼는 바람에 그저 두 눈을 감고 있는 사진이 떠오른다. 얼마 안 되는 추억 가운데 하나다.

'그렇다면 내 아이들에게 아빠 하면 떠오르는 풍경을 그려 보라?'

솔직히 자신이 없다. 두 녀석이 도대체 어떤 추억을 떠올릴지 말이다.

초등학교 4학년 아들은 천성적으로 배려쟁이다.

"너, 뭐 먹고 싶어?" 물어 보면, "아빠는 뭐 먹고 싶은데?" 하며 내 의견을 먼저 확인한다. 상대방을 배려해 주는 것이 기특하지만 때로는 안쓰럽다. 어쩔 땐 저가 원하는 것, 저가 갖고 싶은 것을 챙기면서 약삭빠르게 굴었으면 좋겠다. 게다가 나 같은 권위적인 모습과 부딪힐 때면 그 천성적인 배려로 상대방 눈치만 살핀다거나 남을 너무 의식하지는 않는지 걱정이 들기도 한다.

'내가 알게 모르게 아이의 기를 죽인 것은 아닐까?'

'저 아이를 저렇게 만드는 것은 바로 내가 아닐까?'

자책하게 된다.

나는 그것이 싫었다. 아이에게 열린 하늘이고 싶었다. 아이의 본성이 제 빛을 발하길 원했다. 안전한 하늘이고 싶었다. 아이가 발 붙인 곳이 제법 안전한 세상이라는 것을 알려 주고 싶었다. 함께 놀아 주기는커녕 바쁘다고 핑계만 대고, 만나면 지시하고 명령하고 고치려 드는 권위적인 이미지 또한 한방에 지워버리고 싶었다. 권위자로부터 가로막힌 흑막을 열어 주고 푸른 창공을 거침없이 날게 해주고 싶었다. 아들 손을 붙잡고 먼 길을 안내하는 그림이 내 속에 강렬하게 들어온 것도 그런 배경 때문이 아닐까?

1ST STEP

태리)랑

배낭 메고 38일간 인도 여행

0일차

일이 콩 볶듯 진행됐다. 아이와 둘이 떠나는 여행을 부추긴 환상적인 그림을 본 것이 6월 초. 그러고는 20일 만에 떠났으니 말이다. 나는 바로바로 행동으로 옮기는 스타일이 아니다. 학창 시절 여럿이 설악산으로 놀러 가기로 한 날이 떠오른다. 목욕탕에서 나오는 친구 녀석 하나를 발견하고 다른 친구가 제안했다.

"야, 우리랑 같이 갈래? 설악산 가는데."

그 녀석 씩 웃으며 차에 덥석 올라타는데 손에는 비누곽을 들고 발에는 슬리퍼를 신고 있었다. 나는 달랐다.

"얘들아, 미안하다. 난 준비 좀 해야겠다. 기다려라. 신발 갈아 신고 올게. 나한테 미리 말하지 그랬냐? 집에 이야기 좀 해둬야 하고."

이런 스타일이다. 그렇게 철두철미한 계획이 세워지지 않으면 움직이지 않던 내가 지난 달까지만 해도 전혀 생각지도 못한 일을 벌이고 있었다. 두 아이와 일정 맞추기, 담임선생님께 알리기, 몇 안 되는 회사 강의 일정 짜 맞추기. 어느덧 여행 루트 파악까지.

블로그를 검색해 보니 인도 여행은 기차 이동이 대세였다. 블로거들의 지시대로 인도 철도청 홈페이지로 들어갔다. 온라인 예약을 위해 아이디와 승인 번호를 받고 싶다는 메일을 띄우고 전화 통화까지 몇 차례 시도하다 결국 포기해 버렸다. 이메일로 승인 번호를 받아 처리하는 과정에서 결제 프로세스가 도통 먹히질 않는 것이다.

"에이! 안 해!"

내가 왜 이런 시스템에 목숨을 걸어야 하는가? 미리미리 기차표와 모든 일정에 대한 완벽한 계획을 손에 넣어야 속이 편해서다. 짜증이 날 대로 났지만 시간이 흐르자 다른 생각이 들기 시작했다.

'미친 척하고 아무 계획도 세우지 말아 볼까?'

'그냥 도착해서 되는 대로 지내다가 한번 와 봐?'

'카레가 먹고 싶다지 않은가?'

'카레만 매일 사줘도 선방하는 거 아닌가?'

'이것저것 다 내려놓고 마음 편히 쉬다 오는 게 낫지 않을까?'

침대에서 뒤척거리다 기차 예약이 안 되는 답답함을 아내에게 털어놓았다.

"꼭 어딜 돌아다녀야 여행인가? 그냥 델리에서 현지인들처럼 있다가 와도 되잖아? 마치 델리에 사는 사람들처럼 한곳에 주욱 머물다 와. 델리만 가도 인도에 가긴 간 거니까 말야."

'그래, 나도 이참에 안 해 본 방식으로 한번 부딪쳐 봐?'

난생 처음 무계획으로 인도 여행을 가게 생겼다. 그렇게 이전의 나로서는 무모한 여행 길에 올랐다.

인도로 가는 길 - 카운트다운 2

인도는 처음이다. 인도에 가 본 사람을 만난 적도 없다. 《론리플래닛》 (Lonely Planet, 여행 가이드북) 인도 편이 내가 가진 정보의 전부다. 공부라도 좀 해보려고 했지만 인터넷을 뒤져 챙긴 20일짜리 정보에 무슨 깊이가 있으랴. 휴대폰 로밍도 현지 데이터 이용도 시도할 마음이 전혀 없다. 그래서인지 인도에 대해 얻게 된 정보는 우선 '덥다'였다. 특히 7월 무더위는 더워도 '너어무우~ 덥다'였다. 그 다음 인도는 '더럽다'였고, 마지막으로 그 사람들은 무서우니 '조심해라'였다.

여행 경험자들 이야기는 인도에 대한 두려움으로 시작되었다. 언제 어디서 사기와 봉변을 당할지 모르니 필히 조심하라는 경고문을 담고 있었다.

"뉴델리 공항에 밤 12시 이후 도착하면 문 밖으로 절대 나가지 마라."

"나가면 다시 들어오지 못하니 차라리 공항에서 밤을 지새고 나가는 게 상책이다."

"거지와 개 떼들이 달려들어 뜯겨 죽을지도 모른다."

이 같은 글들이 올라와 있었다.

'에이~ 설마? 무슨 좀비야?'

이렇게 의심하다가도 정말 소문으로만 듣던 일이 눈앞에서 벌어졌다는 둥, 건장한 체격의 남자인 나도 봉변을 당했다는 둥, 얼마 전 독일인 부부가 현지인들에게 성추행을 당한 후 사체로 발견됐다는 둥……. 이런 식의 사건 사고가 눈에 띄었다.

슬슬 두려워지기 시작했다. 인도에 대한 감이 전혀 없고 나 혼자라면야 무슨 상관이 있겠냐마는 열두 살짜리 소녀시대(?) 멤버와 다니는 여행은 조금 달랐다. 파수꾼으로서 적색 경보가 들어왔다.

홍콩, 방콕을 거쳐 델리에 도착하는 시간은 밤 10시 30분. 짐 찾고 수속하는 시간을 감안하면 자정이 다 되어 공항 문을 나설 것 같았다.

'이럴 때는 차라리 공항에서 밤을 새고 나가라고?'

그렇게는 곤란하지 싶어 당일 숙소만큼은 필히 잡아두는 게 나을 것 같았다. 숙소에서 공항 픽업도 한다길래 함께 예약해 두었다.

인도로 가는 길 – 카운트다운 3

항공권 구매, 비자 취득, 경비 환전이 끝났다. 구체적 일정, 그런 건 없다. 엄밀히 말해 세우다가 말았다. 인도가 어떻게 피부에 다가올지 전혀 감이 없기에 남들이 제안하는 추천 코스는 몸에 안 맞는 느낌이다. 물론 인터넷으로 기차 예약이 안 된 것이 결정적이긴 했지만 말이다.

그래도 여행을 떠나는 각오는 바로 잡고 가야 할 것 같았다. 스스로 물었다.

"왜 가지? 생업과 학업을 접으면서까지 시간과 공을 들여 가는 이유는?"

"아이와 잘 살아 보려고. 친밀감을 위해서."

"왜 둘만 가지?"

"엄마가 끼면 아내에게 의지하게 되니까. 엄마가 제1 양육자가 되니까. 게다가 소통 채널이 분산되니까. 그래서 단 둘이 가는 것!"

그리고 잊지 말자.

"아이가 이 여행의 주인공이라는 사실을!"

개인적인 각오도 짚어 보았다. 그동안 살아온 패턴을 돌아보니 여전히 나는 남의 옷을 즐겨 입고 있었다. 정말이지 더 이상은 남의 이목에 맞추어 살기 싫었다. 내 옷을 지어 입고 내 노래를 부르며 내 춤을 추고 싶었다. 그래서 이참에 안 해도 된다 싶으면 제껴도 보고, 싫으면 싫은 대로 머물러도 보고 싶었다. 진정으로 내가 원하는 것과 내가 정말로 기뻐하는 것을 골라 실천해 보고 싶었다. 따라서 여행지에 꼭 챙겨 가야 할 것은 '정말로 내가 기뻐하는 것을 하는 마음가짐'이다.

고민 끝에 노트북과 디지털 카메라도 내려놓았다. 여행 필수품 두 가지를 떼버리니 낯설기는 했지만 마음이 홀가분해졌다. 가방 무게도 가벼워지고 딸아이와 더욱 밀착할 수 있을 것 같았다.

끝으로 한 가지 더! 제발 넉넉히 다니고 싶었다. 경제적 여유가 아니라 넉넉한 가슴으로 금전을 부리고 싶었다. 소소하게라도 나를 위해 써보고 싶었다. 조금 여유로운 방, 차비, 하다못해 평소 하지 않던 군것질까지도 말이다. 그래 봐야 하루 5천 원 정도 더 써보자는 계획이지만 말이다.

오늘의 지출
왕복 항공권 1,493,800원 / 인도 비자 148,000(74,000x2명)
《론리플래닛》 인도 편 20,400원 / 총 1,662,200원

1일차

서울 − 뉴델리(6월 20일 40℃ 맑음)

떠나는 날, 아내와 아들이 공항버스 정류소까지 배웅해 줬다.

어느덧 탑승. 해외여행의 백미는 뭐니 뭐니 해도 비행기 아니던가. 아이들도 안다. 모니터 보고 있다가 때가 되면 기내식 받아 먹는 재미를.

먹는 것에 목숨 거는 김태리, 안 봐도 비디오다. 승무원 언니가 물어보면 뭘 달라고 해야 할지 행동 설계를 짜놓고 있었다. 그녀의 소원대로 인천과 홍콩, 방콕 환승 시점에서 모두 식사가 나왔다. 델리까지 세 번의 식사를 꼬박꼬박 챙겨 먹다가 결국 마지막에 주는 밥은 손도 못 댔다. 못 먹는 게 당연하다. 홍콩 공항에서 우육면까지 사 드셨으니 말이다.

방콕 환승 시점부터 머리에 터번을 두른 승객들이 등장했다. 곧 도착할 인도의 첫 인상이 궁금했다. 공항 문을 나서면 처음 피부로 다가오는 그 느낌 말이다.

예전에 카레이서들에게 들은 이야기가 있다. 경주용 차를 몰 때 가장 두드러지는 감각은 속도감이 아니라 냄새라는 것이다. 코끝으로 솔솔 빨려들어 오는 기름 냄새, 타들어갈 듯한 타이어 냄새가 스피드와 아울러 차의 이상 유무까지 알려 준다고 한다.

'나도 이제 곧 그런 냄새를 맡겠지?'

착륙을 앞두고 옆 좌석의 인도인 승객이 어디로 가냐고 묻는다. "빠하르 간즈"라 했더니 고개를 급히 돌리며 "인도는 정말 더럽다"로 시작해서 "그 동네는 각별히 조심하는 게 좋을 거다"는 주의 사항에 이어 "인도에는 여러 부류의 사람이 있다"는 당부사로 끝을 맺었다. 마치 자기는 인도 사람이 아니라는 듯이 이야기했다.

'이건 뭐지?'

감을 잡을 수가 없다.

배낭족들의 아지트 빠하르 간즈, 남대문시장 뒷골목 같은 곳이다. 저렴한 숙소들이 밀집해 있고 기차역이 가까워 배낭객들이 주로 거쳐 가는 곳. 나도 저렴하고 이동이 편리한 곳을 찾다 보니 이곳을 예약했는데 출발부터 불안했다.

'현지인도 이렇게 말할 정도니 도대체 얼마나 더럽고 위험한 거야?'

태양과 달이 숨바꼭질을 하고 있었다. 늦은 밤 도착했지만 걱정은 들지 않았다. 호텔에 픽업을 예약해두었기 때문에.

블로그에서 보아 온 수많은 손, 무드라(Mudra)가 보였다.

'아, 인도구나!'

인도에서는 가방 안의 물건도 곧잘 빼간다는 소문에 배낭을 랩으로 둘둘 말아서 부쳐두었다. 드디어 입국장 문을 나선다. 낯설고 떨리는 기분으로 발걸음을 옮기는데 멀찌감치 피켓을 들고 있는 현지인들이 보였다.

"'Kim Hyung Kee/ Kim Terry'라고 쓴 피켓을 찾아야 하는데······. 어디 있지?"

낌새가 이상하다. 두리번거리다 거슬러 오기를 몇 차례.

'헐! 없다!'

"태리야, 픽업하러 나온 사람이 안 보여!"

하기야 만 팔천 원짜리 숙소에서 픽업을 나온다는 말을 믿은 내가 잘못이지. 하지만 이메일로 컨펌까지 보내준 것은 또 뭐란 말인가!

문제는 이미 출입국 문을 나온 뒤에는 다시 저 최신식 공항 내부로 들어갈 수 없다는 것이다.

'말로만 듣던 그 밤을 맞이해야 하는 걸까?'

아! 한숨이 절로 나왔다.

날치기라도 당한 듯 허전함이 밀려왔다. 어떻게 해야 좋을지 몰랐다.

대낮도 아니고. 인도의 첫 향기를 이런 식으로 맞이할 줄이야.

블로그에서 본 정보로는 선불 택시가 있다고 했다. 일반 택시를 타면 알 수 없는 곳에 내려 주거나 괜찮은 숙소로 안내해 준다는 말에 믿고 가다가 봉변을 당하기도 한다고 하여, 차라리 돈을 더 내더라도 이것이 안전하다고 했다. 퍼뜩 떠오른 생각이다.

'하지만 이 밤에도?'

"태리야, 잘 들어. 이제부터 우리는 저 밖으로 나가 뉴델리 시내로 가는 거야! 절대로 한눈 팔지 말고 무슨 일이 있어도 아빠 곁에 꼭 붙어 있어야 해! 알았지?"

바깥 바람이 불어오기 시작한다.

"휴우우~"

낯선 냄새가 끝도 없이 밀려온다. 난로를 튼 것 같은 열기도 찾아들었다. 밤 기온 35도. 무거운 역기에 눌린 듯한 기분이다.

"Hello!"

"Where is pre-paid taxi?"

현지 경찰이 무심한듯 콧수염으로 방향을 가리켰다. 걸어가 보았지만 아무것도 없다.

'어디?' 못 찾겠다. 때맞추어 현지인 몇 명이 슬금슬금 다가와 말을 건넨다. 늦은 밤이라 공항은 한적하고 다행히 개들 따위는 없었다. 소문으로 듣던, 몸을 질질 끌며 달라붙는 좀비들도 없었다. 오히려 말쑥한 멋쟁이들이었다.

"웨어라유고잉?"

짧고 단호한 한마디에 여럿 정보가 담겨 있다.

"음……, 호텔에서 픽업을 나오기로 했는데 안 왔다."

유감을 표시하며 물었다.

"웨어르 이스 유어르 호테르?"

"음……, 빠하르 간즈."

자! 그때, 그는 이렇게 내게 전한다.

"아, 빠하르 간즈? 얼마 전에 비가 와서 그 지역에 아마 Water Problem 이 있을 것이다."

손바닥을 허벅지까지 올리며 이야기한다.

'비?'

사실이었다. 뉴스에서 델리에 꽤 많은 비가 왔다는 소식이 있었다. 그는 누구보다도 신뢰할 만한 옷차림을 하고 있었고, 단정한 미소까지 보여 주었다. 그렇다. 딱 한순간이다. 배낭은 점점 무겁게 느껴지고 어둠은 짙게 깔려만 가는데 앞길은 하나도 모르겠고. 자, 무엇에 의지해야 할까?

그가 빠하르 간즈까지 250루피를 제안했다.

"No!"

나도 내 반응에 꽤 놀랐다.

"Sorry! We gonna find pre-paid taxi!"

되돌아섰다. 공항 주변을 수차례 오가다가 겨우 매표소를 발견했다. 어지간해서는 눈에 안 띄었다. 요금도 생각보다 비쌌다. 400루피. 인도 사람들은 사람을 쳐다도 안 보고 돈을 던진다. 기분이 언짢았다. 그런

거스름돈과 영수증을 집어 들고 택시 하나를 골랐다. 택시라기보다 소형 배달차였다. 그것도 에어컨이 전혀 안 되는.

기억하기로는 고객용과 기사용 영수증 두 개를 주는데 도착할 때까지 기사에게 영수증을 결코 줘서는 안 된다고 했다. 그들에게는 영수증이 곧 돈이어서 미리 받으면 목적지까지 안 가고, 더 가자고 하면 추가 비용을 요구한다고 했다. 그러고는 자기가 아는 숙소로 데려가기 십상이라는 것이다.

'어떡하나?'

계속 달라기에 주고 말았다. 이것저것 손에 든 것도 많고 증거 사진도 찍고 딸아이 배낭도 잘 챙겨 태우려다 보니 엉겁결에 주고 만 것이다. 또 한 걱정 몰려왔다.

'과연 행선지까지 제대로 갈까?'

딸아이에게 기분이 어떠냐고 물어보았다. 태리는 가벼운 미소를 지으며 "재미있는데?"라고 했다. 사실 나는 아이를 잘 모르고 있었다. 여행을 통해서야 비로소 순간순간 딸아이가 느끼는 감정들을 발견하게 된다.

이 차는 도대체 어디로 가는지 알 수 없어 불안했다. 흘깃흘깃 딸아이를 쳐다보며 아무 일 없을 거라는 신호를 보냈다.

거리의 잡음과 경적, 수상한 냄새와 복잡한 열기가 차 안으로 훅 쏟아져 들어왔다. 결혼식 행렬로 보이는 시끌벅적한 노상 풍경을 지나 어둠 속 뒷골목을 파고 들다가 갑자기 왁자지껄 장터가 등장하더니 현란한 조명이 어우러진 아수라장의 틈바구니를 헤집고 들어갔다. 직감적으로 목적지 근처인 듯싶었다.

"빠하르 간즈!"

주소를 다시 들이미니 그 앞까지 데려다 주었다. 안도의 한숨이 절로 나왔다. 출발 전 심혈을 기울여 예약한 호텔 'Cottage Yes Please'. 단체 관광객도 머물고 갈 정도니 어느 정도의 퀄러티는 기대했건만, 카운터에 들어서면서 "공항 픽업이 안 나왔다"고 항의하자 "그랬냐?" 그걸로 끝이다. 미안, 그런 거 없다. 오히려 자기네가 이상하다는 듯 입술을 삐죽 내밀더니 곧바로 여권부터 달라고 한다. 숙박계를 적으면서 "며칠이나 묵을 거냐?"고 해서 일단 3일을 불렀다. 수속 절차를 마치고 방으로 올라갔다. 열쇠가 제법 무거웠다.

에어컨을 틀었지만 무거운 밤 공기에 저 스스로도 감당하기 힘든 듯 아무리 강하게 틀어도 서늘한 바람이 나오지 않았다. 일단 짐을 풀었다. 예상대로 세팅된 이불은 쓸 수 없다. 가 보면 안다. 도저히 덮을 수 없다. 가져간 침낭을 침대에 나란히 폈다. 건너편 가게에서 생수 한 병을 사 와서는 빠하르 간즈의 첫날 밤을 우리만의 침낭으로 덮었다.

태리의 일지

길고 긴 시간이 지났다! 델리에 도착했다는 뜻이다. 델리는 정말 더웠다. 지금도 덥고 말이다. 잠깐 호텔 앞을 구경하고 왔는데 다행히 밤이라서 그런지 조금은 서늘해졌다. 오늘은 첫날이기 때문에 많이 쓰지는 못할 것 같다. 그럼 ZZZ~~ 꿈나라. 아빠와 싸우지 않기를~~!!

오늘의 지출
대만 우육면 68홍콩 달러 / 공항 택시 400루피 / 생수 15루피
길거리 아이 2루피 / 숙박비 950루피 / 총 1,367루피+68홍콩달러

2일차

뉴델리(6월 21일 40℃ 맑음)

한 치 앞을 알 수 없는 게 인생이라고!

오늘이 그날이다. 델리에서 현지인처럼 지낼 수는 없었다. 하룻밤 자 보고 알아챘다. 에어컨이 돌아간다지만 창틈으로 밀려드는 열기, 귀가 깨질 것 같은 시장통의 소음을 견딜 수가 없었다. 어디로든 가야 했다. 여행의 본질을 찾아서.

태리와 길을 나선 시각, 아침 7시.

'우선 아침을 해결하고 차표를 구한다'가 외출 목적이다. 빠하르 간즈 의 하늘은 눈부셨다. 햇살도 찬란했다. 문제는 발 디딜 틈이 마땅치 않 다는 것이다. 쓰레기, 인분, 오줌, 흙더미, 온갖 잡동사니가 바닥에 굴러 다녔다. 뭐니뭐니 해도 지뢰처럼 흩어져 있는 똥들이 제일 성가셨다. 샌 들 밑창에 꾹꾹 눌려 붙는 느낌을 피하기 위해 징검다리 건너듯 한발 한발 뛰어야 했다. 게다가 진동하는 지린내들은 어쩔 텐가. 누군가 여 행지에서 찍은 사진을 보여 주며 그곳을 느껴 보라지만 안타깝게도 온 도와 냄새가 쏙 빠져 있다. 사진이 알려 주지 않는 정보가 더욱 강렬한 곳, 이곳은 인도다.

인도의 아침은 개나 소나 부지런하기만 하다. 벌써부터 앞길을 턱턱 가로막고 사람들도 애 어른 할 것 없이 쏟아져 나와 세수를 즐긴다. 싸 구려 아침은 먹을 엄두가 나지 않는다. 일단 눈에 펼쳐진 색조가 너무 나 참담했다. 장맛비에 시멘트 발라 놓은 듯한 특유의 색감이 눈에 익숙할 리 만무하다. 쳐다만 봐도 암담할 지경이다. 게다가 정수리가 탄두리 치킨이 될 차비를 하고 있었다. 그런 상황에 파라솔도 없는 노상에서 커리를 먹는다? 아직은 이르다. 현지 적응에 시간이 필요하다.

이곳을 빠져 나가는 게 급선무다. 빠하르 간즈 입구 쪽으로 향했다. 그 너머에 기차역이 있었다. 2층에는 외국인 전용 인포메이션 센터가 있다는 것을 알고 있었다.

누가 말을 걸어왔다.

"헬로우! 재패니즈? 코레아?"

"코레아."

"아, 꼬레아! 아이 라이크 유어 헤어스타일."

대화는 이렇게 시작됐다. 인도에 오기 전에 마음 먹은 것이 있는데 '오는 삐끼 안 말리고 가는 삐끼 안 붙잡는다'다. 동냥도 원하면 그냥 주자였다. 하지만 후자는 실천하기 어려웠다. 일일이 응했다가는 제 걸음을 걷기도 어려웠다. 그래서 그건 바로 포기했다.

자신을 '릭샤왈라'(오토바이를 개조한 택시 운전수)라고 했다. 이름이 'Dol'(달)이라는 그가 말을 이어갔다.

"우리나라에 당신과 비슷한 머리 모양을 한 배우가 있는데 매우 좋아한다. 어디로 가냐?"

"기차역 인포메이션 센터에 차표가 있는지 알아보러 간다."

그는 고개를 가로저으며 말했다.

"그쪽으로 가지 마라. 두세 시간 줄 서는 건 기본이고 불친절하다. 차라리 저리 가면 DTDC라는 인포메이션 센터가 있다."

"DTDC?"

"거기가 좋다. 가면 다 있다. 기차표랑 필요한 여행 정보들 모두 쉽게 얻을 수 있다."

마음이 흔들렸다. 우선 긴 줄을 서기가 싫었다. 게다가 아직 어디로 가야 할지 정하지도 않은 상황 아닌가.

이런저런 이야기를 나누며 빠하르 간즈를 함께 걸었다. NEW DELHI STATION ENTRY(뉴델리 기차역 입구) 표시가 보이는 곳에서 그와 헤어졌다. 악수도 하고 사진도 찍었다. 릭샤가 필요하면 언제든지 부르라고 했다. 억지로 자기 차에 태우려 하지 않은 것이 신기했다.

그새 마음이 달라졌다. 태리와 나는 눈앞의 기차역 대신 그가 일러 준 방향으로 가보기로 했다. 하늘은 맑았고 오늘은 새로웠다. 어디든 갈 수 있는 자유가 있다. 그저 걷다가 아침을 먹어도 되고 그냥 되돌아와도 된다. 모든 가능성이 열려 있다.

또 누가 말을 걸어왔다. 그도 역시 헤어스타일을 언급했다.

"아이 라이크 유어 헤어 스타일!"

워싱 청바지에 노란색 폴로 티셔츠. 그의 이름은 'Sunil'(수닐)이었다. 릭샤왈라는 아니었다. 이번엔 내가 물었다.

"유 프롬 델리?"

친구 결혼식 때문에 며칠 전부터 빠하르 간즈에서 묵고 있다며, 고향은 뭄바이라고 했다. 그렇게 이야기를 나누며 발맞춰 걸었다. 그는 어젯밤 결혼식 이야기를 했다. 델리 시내로 무작정 나서는 길이라며 나더러 "오늘 무엇을 할 거냐?"고 했다. "특별한 계획은 없다"고 했더니, 그는 잠시 멈추며 "짜이 한잔 마시겠냐?"고 했다.

"와이 낫!"

바로 보이는 짜이 가게 앞에서 멈춰 섰다. 플라스틱 의자 하나를 끌어다 태리를 앉게 했다. 딸아이에게도 "무얼 마시고 싶냐?"고 묻는다. 자기 욕구에 솔직한 태리는 "콜라가 먹고 싶다"고 했다. 그는 짜이를 주문하고 건너편으로 뛰어가 콜라 한 병을 사왔다. 놀랍고도 고마웠다. 종이컵에 든 짜이를 쥐고서 이런저런 이야기를 나눴다. 처음 맛보는 짜이였다.

블로그에서만 보아 온 그 짜이. 인도 여행에서 맛본 것 중 가장 인상 깊은 맛이다. 생강 맛이 강하고 단맛이 깊었다. 인도식 라떼라고나 할까? 더위를 달래고 허기도 채워 주는 효과가 있다고 한다.

수닐, 그는 젊고 건강해 보였다. 뭄바이에서 형제들과 전자제품 대리점을 운영한다고 했다. 자기에게 매우 친근하게 대해 줘서 기쁘다고도 했다. "특별한 계획이 있냐?"고 내가 물었다. "아직 확실한 계획은 없다"고 하여 내가 "같이 다닐까?" 제안했다.

일이 이렇게 됐다. 그는 "템플에 먼저 가자"고 했다. 사원이든 오원(?)이든 좋았다. 역에 표 사러 가지 않아도 되어 괜찮다. 인포메이션 센터에 가지 않아도 말이다. 우리에겐 무엇이든 할 수 있는 선택과 가능성이 열려 있었다. 미리 정해 놓지 않은 불안감 위에 무엇이든 열려 있는 미지의 시간이 놓이게 되니 더욱 신선했다.

그가 짜이 값을 지불하고는 길을 나서자마자 릭샤 하나를 불렀다. 달리던 릭샤가 "삑!" 하고 멈춰 섰다. 태리와 나, 수닐이 운전자 뒷좌석에 나란히 앉았다. 수닐이 인도말로 "어디 어디로 가자"고 했다.

그런데 이게 웬걸! 그 릭샤 운전사는 조금 전 빠하르 간즈에서 나란히 걷던 '달'이 아니던가!

"이게 누구야?!"

엉겁결에 한마디 했지만 머릿속이 복잡해졌다. 이렇게 어리둥절한 경우는 간만에 처음이다. 우선 믿기지가 않았다. 무언가에 홀린 기분이다. 우연이라고 하기에는 너무나 극적이었다.

'이 모든 게 혹시 계획적인 접근?'

이 같은 추론을 하게 된 이유는 그날 결국 DTDC에 가게 되었기 때문이다. 게다가 여기는 인도 아닌가? 하지만 미리부터 각본을 꾸몄다고 하기에는 흩어진 조각들이 너무 많았다. 머릿속이 뒤엉키고 있었다. 아무튼 이 이야기는 나중에 다시 하겠다.

제일 먼저 간 곳은 '몽키 템플'. 달은 릭샤에서 수닐과 인사를 나눴고, 그도 함께 사원으로 들어갔다. 인도 사람들은 아침에 신을 알현하는 것으로 일과를 시작한다. 그런데 인도에서 처음 만난 신 치고는 너무나 파격적(?)이다. 원숭이, 그것도 새빨간 원숭이다. 수닐은 원숭이가 입을 쩍 벌리고 직립으로 서 있는 사원 안으로 데리고 갔다. 그러고는 자기네 신들을 하나하나 알현시켰다. 시키는 대로 우리는 그분들에게 인사를 드려야 했다. 맨 마지막에는 원숭이 신이 화가 나서 돌변한 모습을 볼 수 있는 지하실로 안내했다. 사람 목을 댕강 잘라 한 손에 들고 있었다. 다시 사원 꼭대기에 있는 카펫에 앉아 이런저런 이야기를 나누다가 급기야 우리의 여행 루트를 짜주기 시작했다.

"라자스탄을 보지 않고는 인도를 보지 않는 것과 같다. 마치 아침을 맞이하지 않고 하루를 지내는 것과 같다고나 할까?"

곧바로 내 수첩을 달라고 하더니 델리에서 바라나시까지 이어지는 코스를 그렸다. 그가 제시하는 코스는 일반적인 관광 루트이기도 했다.

"딸아이와 다니는 여행이니만큼 기차 여행은 위험하니 가급적 피하라. 인포메이션 센터에 가면 미니 버스로 여러 명이 함께 다니는 방법이 있으니 그것을 찾아 보라."

그러면서 안전에 안전을 강조해 주었다.

'그래? 그러면 어떻게 하지? DTDC에 같이 가자고 할까? 옆에서 조목조목 필요한 걸 알려 주면 티켓팅도 그렇고 아무래도 도움이 되지 않을까?'

그렇게 해서 모두 DTDC로 이동했다. DTDC의 정식 명칭은 DTTDC (Delhi Tourism & Transport Development Corporation)로, 코넛 플레이스 모퉁이에 있었다.

딸은 밖에서 기다리고 우리는 수닐과 센터 출입문을 밀고 들어갔다. 흰 전통의상을 입고 있는 책임자가 책상에 앉아 있었다.

"나마스테."

인사부터 하고 오늘의 자초지종을 꺼내기 시작했다. 그는 유연하게 종이 한 장을 꺼내 들었다. 곧바로 일정을 그려갔다. 한국으로 귀국하는 날짜를 묻고는 거꾸로 따져 보고 있었다. 이야기 중간에 짜이와 밀크 티 한잔씩을 내오게 했다. 중간중간 나는 수닐의 얼굴을 살폈다.

'과연 이들은 정녕 서로 모르는 사이란 말인가? 우리를 이곳으로 인

도하기 위한 인도 사람들의 철저한 계략에 말려든 건 아닐까?'

긴장의 끈을 놓지 못했다. 수닐은 가만히 듣고 있다가 센터 책임자인 '조나'에게 딸아이와의 여행이니만큼 거듭 안전을 호소했다. DTDC가 운영하는 시스템은 미니 버스라기보다는 기사와 함께 이동하는 '승용차 투어'의 개념이다.

나는 마지막 보름은 네팔에 가고 싶다고 했다. 그래서 바라나시까지만 차로 돌고 인도-네팔 국경에서부터는 독자적으로 여행하는 식이 되었다. 조나가 제시한 가격은 바라나시까지 약 25일간 미국 달러 1,100불이었다. 나는 "이런 가격이라면 너무나 좋다"고 했다. 조나는 곧 "한 사람에~"라고 말을 이었다. 1,100불과 2,200불은 우리 예산으로 엄청난 차이다. 그런데 달러로는 별 차이가 없게 느껴진다. 마치 천백 원과 이천이백 원 같은 느낌이랄까? 게다가 긴 시간 공들여 설명해 주는 모습에 무턱대고 거절할 수 없는 분위기가 돼버렸다. 그렇게 바가지는 아니라는 것을 나중에야 알았지만 아쉬운 것은 "한 사람에~"라는 더블찬스를 내주고 만 것이다. 인도인들의 협상 방식은 무섭다. 미리 앞서 가서 자리 깔고 기다리는 식이다. 섬세하고 교묘하고 빈틈이 없다.

나는 다른 염려를 하고 있었다. 이 무더위에 다시 머나먼 기차역을 찾아 오랫동안 줄 서기는 싫었다. 딸아이의 안전을 담보로 무작정 기차 타고 돌아다니는 것도 썩 와닿지 않았다. 숨을 크게 한번 쉬고는 OK 사인을 던졌다. 예상밖의 경비 부담을 한껏 안은 채.

곧장 그는 현금을 요구했고 나는 카드 결제를 제시했다. 그가 거부했다. 나는 그러면 돈을 가지러 호텔로 가야 한다고 했다. 그가 원래는 안

되지만 이번만큼은 특별히 카드를 받겠다고 했다. 그의 얼굴에서 가식을 느낄 수 있었다. 조나는 우리가 다시 돌아오지 않을지도 모른다고 예상하고 재빨리 기회를 마무리짓고 싶어 하는 눈치다. 게다가 "내일 떠나라"고 했다. 델리는 복잡하고 덥고 더럽고 하니 오늘은 시내 투어를 하고 바로 행선지로 가라는 것이다. 내가 "숙소에 3일 동안 묵는 걸로 예약했다"고 하니 그건 자기네가 알아서 처리해 주겠다고까지 했다. 전 일정에 대한 숙박 바우처와 서류를 건네주며 "바라나시에서 네팔 국경으로 가는 기차표는 내일 아침에 전해 줄 테니 오늘은 기사와 함께 시내 투어를 하고 내일 아침 출발하면서 다시 보자"고 했다.

이렇게 해서 여행 일정을 모두 세우게 되었다. 남은 15일은 네팔에서 지내 볼 계획이다.

운전 기사와 인사를 나눴다. 그의 이름은 '링쿠'(Linku)다. 수닐은 "이제 그에게 가자고 하면 가고 서라고 하면 서는 여행이니 마음 편히 다니라"고 했다. 달에게는 점심을 같이 먹자고 했다. 그는 릭샤 영업을 접고 우리와 함께 동행하고 있었다. 이렇게 해서 나와 태리, 수닐과 달, 넷이서 링쿠가 운전하는 차로 시내 관광을 나섰다.

왕의 길로 불리는 라즈빠트(Rajpath)를 따라 인디아 게이트, 국회의사당을 둘러보고 국립박물관도 들렀다. 점심을 먹으러 수닐이 추천한 커리집에 갔다. 탄두리 치킨과 양고기 카레 등을 시켰다. 인도에서 먹은 한 끼 중 가장 비싼 식사였다. 900루피. 달은 외국인과 밥 먹는 게 처음이라고 했다. 우리 돈으로 이만 원이 채 안 됐지만 10루피 가지고도 핏대를 세우는 릭샤 요금에 비하면 비싼 가격이다. 하지만 고마웠다. 계획적인 접근에 말려들었다 해도 말이다.

반나절의 시내 관광을 마치고 수닐, 달과 작별 인사를 했다.

"마지막에 기사와 헤어질 때 팁 주는 것을 잊지 마라."

"팁? 얼마나?"

좀처럼 대답하기를 꺼리는 수닐에게 좀더 캐물었다.

"나는 외국인, 너는 현지인 아니냐? 지혜로운 대답을 달라."

그제서야 3,000루피라고 말을 꺼냈다. 생각보다 금액이 커서 놀랐지만, "알았다"고 하고 헤어졌다. 이메일과 연락처도 나눴다.

이제 운전기사만 남았다. 링쿠는 정식으로 자기 소개를 했다. 나와 태리도 각자 소개를 했다. 수줍은 딸아이에게서 생기가 흘렀다. 링쿠는 델리의 명소를 추가로 돌아볼 것을 제안했고, 우리는 '후마윤의 무덤'과 '끄뜹 미나르'를 택했다. 남는 시간에 '로터스 템플'과 '탈리하트'에도 들렀다. 이때만 해도 우리는 이슬람교와 힌두교가 어떻게 다른지 알지 못했다. 이 둘을 융합해서 만든 시크교가 뭔지, 자이나교는 또 어떻게 다른지 그 차이를 전혀 알지 못했다. 그저 다 같은 인도의 유적지로 보일 뿐이다.

해는 지고 태리와 둘이서 링쿠가 추천한 'Saravana Bhavan'이라는 남부식 식당에 저녁을 먹으러 갔다. 한국에서는 접하지 못한 이들리, 나므낀, 도사, 핫짜, 라이타와 같은 다양한 종류의 커리들이 마치 종합 선물 세트처럼 반겨 주었다. 태리의 손이 분주해졌다.

태리의 일지

델리에서 맛본 그 후~끈한 더위는 상상조차 하지 못할 끔찍한 더위였다. 아빠와 나는 아침밥을 먹으러 걷고 있는데 달이라는 아저씨가 말을 건넸다. 그래서 우리는 한국에서 왔고 Information 센터를 찾고 있다는 등의 이야기를 하고는 Do이 알려 준 방향으로 갔다. 가다가 또 수닐이라는 뭄바이 사람을 만나서 또다시 되풀이해서 말했고, 그 사람이 같이 가겠다고 해서 그러자고 했다. 근데 릭샤라는 오토바이 택시를 탔는데 운전기사가 달이었다. ㅋㅋㅋㅋ 웃겨 죽는 줄 알았다.

센터에 가서 일을 잘 해결했지만 너~무 잘 해결이 되어서 사기인 줄 알았다. 오늘~~@! 너무 뻥~ 풀려서 좋았다. 행복했다.

오늘의 지출
몽키템플 기부 11루피 / 국립박물관 입장료 2루피 / 점심식사 900루피
후마윤의 무덤 입장료 250루피/ DTDC 투어 미화 2,200불 / 저녁식사 334루피
총 1,489루피+미화 2,200불(이후 모든 숙박비 포함)

3일차

만다와(6월 22일 42℃ 맑음)

"답이 너무 술술 풀리면 쉬워서 의심이 가더라도 그것이 답이다."

딸아이는 어제 하루 벌어진 일들이 수학 문제를 풀 때의 느낌과 비슷했다고 한다. 나 역시 그랬다. 아내와 긴 채팅을 나누면서 이 모든 게 사기일지도 모른다는 의구심은 여전했다. 그 믿을 수 없는 시나리오에 대한 전반적인 경계심은 쉽게 풀리지 않았다.

아침 7시 30분, 약속대로 링쿠가 차를 숙소 앞에 대기시켜 놓고 있었다. 체크아웃을 하고 나머지 기차표를 받기 위해 DTDC 사무실로 향했

다. 조나는 도착 전이었다. 우리 부녀는 책상 앞에 옹기종기 앉아 짜이를 마셨다. 뒤늦게 도착한 조나는 미안하다며 팔을 걷어붙인다. 그리고는 한 가지 제안을 하겠다고 한다.

"7월에 네팔은 비가 많이 온다. 일반 숙소는 곰팡이 냄새도 나고 조금 좋은 숙소는 1,500루피는 줘야 한다. 그래서 말인데 아주 특별히 나온 패키지가 있는데……."

팜플렛 하나를 펼친다.

"인도 북부 카슈미르 지방에 있는 '스리나가르'라는 곳인데 인도 사람들에게는 천국으로 불린다. 날씨도 덥지 않을뿐더러 여기 하우스보트에 가면 아이가 너무나 좋아할 것이다. '왜 이곳에 오지 않았을까?' 하는 생각이 들 만큼 나중에 후회할 지도 모르는 곳이다."

계속해서 인터넷으로 사진들을 보여 주었다. 값비싼 라탄 카펫, 마호가니 목재 가구, 샹들리에, 라사라 무명으로 꾸민 거실, 조석으로 제공되는 현지 식사에 설산으로 둘러싸인 청정 지역, 드넓게 펼쳐진 푸르른 호수 등등. 순간 마음이 흔들렸다. 태리의 이글거리는 눈빛과 규칙적으로 내뱉는 탄성에 내 마음이 고정되었다.

'카슈미르? 스리나가르? 하우스보트? 그래, 네팔은 히말라야 근처까지 가면 시간이 다 지나고 말거야. 이번 기회가 아니면 또 언제 이런 델 가보나?'

게다가 조나의 제안은 갈 때 비행기로 이동하는 조건이란다. 15일치 숙박과 조석으로 제공되는 식사까지 미화 500불이 든다. 또 흔들린다. 해외에서 500불은 왜 500원 같은 느낌일까. 바람둥이인 줄 뻔히 알면서

도 몸을 맡기는 기분이랄까. 비 맞아 가며 네팔을
돌아다니기는 정말 싫었다.

"오우~케이!"

이렇게 모든 일정이 확정됐다. 네팔에 육로로 건
너가려던 계획은 비행기를 타고 인도 북부 스리나
가르로 가는 일정으로 바뀌었다. 하우스보트에서
11일, 나머지 4일은 델리에서 보내기로 했다. 한국
으로 돌아갈 때 공항에 데려다 주는 것도 패키지에
포함시켰다.

드디어 출발이다!

첫 번째 행선지는 만다와(Mandawa). 링쿠가 운
전하는 차는 인도 국민차 '타타'다. 영국제 롤스로
이스 같은 것을 기대하면 안 된다. 1,400씨씨 경유
차로 누가 타다 버린 차보다 조금 더 낡았다. 그렇

지만 에어컨이 나온다. 창문도 닫고 다닌다. 이제 이 차로 3주가량을 달
릴 것이다.

톨게이트를 벗어나니 슬슬 배가 고팠다. 근처 맥도널드에 들렀다. 인
도 물가에 비하면 꽤 비싼 가격이다. 그래서인지 이곳에 모인 인도 사
람들은 달라 보였다. 말쑥한 옷차림에 머리카락이 번들거렸다. 적어도
차를 소유한 사람들이다.

근사한 구레나룻이 오마샤리프를 연상시키는 링쿠는 여동생이 없다
며 태리를 친동생처럼 대해 주었다. 대학에서 역사를 전공했고 여행사

를 운영하는 게 꿈이라고 한다. 육식은 전혀 안 하지만 치킨버거 정도
는 먹는다고 수염을 끌어 당기며 이야기했다.

울퉁불퉁한 길을 달려 7시간 만에 만다와에 도착했다. 우리가 묵은
'Hotel Heritage Mandawa'은 전통 하벨리(Haveli 18세기 이후 지어진 대
부호들의 저택)로 침대 벽면에는 마하라자(왕자), 마하라니(공주)를 연
상시키는 민화가 걸려 있고 가구들은 마호가니 원목으로 꾸며져 있었
다. 꽤 만족스러웠다. 무엇보다도 태리가 너무나 기뻐했다. 알라딘 공
주라도 된 듯 방 안을 보자마자 두 팔을 벌리고 한 바퀴 반이나 돌았다.
나는 앞으로 지내게 될 숙소가 모두 이런 줄로만 알았다. 하지만 처음
이자 마지막이었다. 여기가 어딘가? 인도 아니던가!

태리의 일지

오늘~은! 델리에서 만다와에 왔다. 이 호텔을 본 순간 너~무 예뻐서 정
말 기뻤다. 히힛. 우린 시장을 둘러보고, 점심밥을 먹고, 잤다~! 너무 이
른 낮잠이었지만 잠이 술~술 왔다. 잠을 잔 뒤에 밥을 먹으러 호텔 레
스토랑에 가서 커리 3개를 시켜서 냠냠 쩝쩝 맛있게 먹었다. 그러고는
림카(Limca)라는 인도 레몬 소다를 먹고 또다시 잠이 들어 버렸다.
오늘은 정말 먹고 자고를 반복한 것 같다.
I Love India.

오늘의 지출
맥도날드 407루피 / 저녁식사 700루피 / 스리나가르 미화 500불 / 총 1,007루피+미화 500불

4일차

인도에는 인도가 없다. 차도는 있다. 차도에는 차들이 다니지만 소와 양, 물소 떼와 낙타들, 염소와 개들까지 쏟아져 다닌다. 때로는 원숭이가 도로 한복판을 차지하기도 한다. 그렇지만 이보다 더 많은 숫자는 오토바이들이다. 경적을 울리며 떼지어 다니는데 소음이 장난이 아니다. 고막이 찢어질 것 같다. 그 사이사이를 자전거가 유유히 겹쳐 다닌다. 인도는 없다. 그 길이 인도라고 주장한다면 그곳엔 질퍽한 진창과 흙, 먼지투성이, 인분과 쓰레기가 뒤섞여 있을 따름이다. 이 길을 걷는다는 것은 어마어마한 인내와 평정심이 필요하다. 아이와 손을 잡고 즐거운 대화를 나누며 걷는다? 영화 속에서나 가능하다.

어제 태리와의 마실이 그랬다. 장시간에 걸쳐 타타를 타고 울퉁불퉁한 여정을 마친 뒤 태리는 낮잠에 빠져들었고 잠시 후 흔들어 깨워 나온 마실은 딸아이와의 전쟁 같은 사랑이 드디어 시작됐음을 알려 주었다.

근본적으로 아이들은 걷기 싫어한다. 자녀와 여행을 다녀온 부모들의 공통된 고백은 애들은 '호텔만!' 좋아한다는 것이다. 그곳에 '스크린만!' 있으면 된다고 한다. 속이 문드러 터지기 일쑤라는 것이다.

내 딸도 예외는 아니었다. 자다 깬 얼굴로 길을 나섰지만 동네 마트 가는 길로 생각하면 큰 오산이다. 걷다가 오토바이에 치이지 않으면 다행이고 게다가 동양에서 온 소녀시대(?)에게 쏟아지는 힌두인들의 뜨거운 눈빛과 휘파람 소리에, 나는 한 아이의 아빠라기보다 아이돌(Idol)

한 명을 보호하는 경호원 같은 각별한 경계가 필요했다. 그뿐인가? 스타의 온갖 푸념과 짜증, 걷기 싫어하는 그 질척거림을 받아 주는 역할까지. 얼마 못 가서 이내 화가 치솟기 시작했다.

"태리야, 지치고 피곤한 것은 알겠는데 네 기분을 길거리에 온통 흘리고 다니지는 말아야지. 안 그래? 주위를 한번 돌아봐. 사람들이 너만 바라보고 있잖아. 네 얼굴을 좀 보렴!"

해가 떨어져 가도 말로는 표현 못할 무더위가 짓누르고 있었다. 숨이 가빠온다. 고문 당하는 느낌이다. 게다가 두 귀를 막고 싶을 정도로 찢어질 듯한 경적음, 환호성, 툭툭 부딪치는 소 떼들과 개, 사람들의 무리. 그리고 발밑에 차고 넘치는 똥들. 이것을 뚫고 우아하게 부녀가 담소를 나누며 걷는다? 말했다시피 영화에서나 가능하다.

결국 딸아이는 호텔로 돌아가고 싶다고 했고, 나는 더 가고 싶은데도 멈춰 서야 하는 데 안달이 났다. 그녀가 줄줄 흘리는 짜증의 하수구에도 열이 올랐다.

"김태리!!!!!"

드디어 전쟁이 터졌음을 직감할 수 있었다. 여행을 가면 당일치기로는 그 사람을 알 수 없다. 급박하거나 꼬인 상황이 촉발될 여지가 없기 때문이다. 3박 4일 정도도 명확히 드러나진 않는다. 이미 예상되는 경로를 오가기 때문이다. 일주일 정도 지나면서 슬슬 인품이 보이기 시작한다. 그래서 내가 권장하는 배우자 선택법은 여행 길을 한번 나서 보라는 것이다. 무언가 드러나게 돼 있다.

하지만 딸아이와 이리 빨리 터질 줄은 몰랐다. 대번에 폭발했다. 그녀의 팔뚝을 있는 힘껏 꼬집었다. 그제야 내 말 뜻을 피부로 받아들였고, 그녀의 터져 버린 울음과 상황을 억지로 수습하면서 숙소로 돌아와야 했다.

숙소 2층에 마련된 식당에서조차 나는 여전히 분이 풀리지 않은 채 아이를 쏘아보았다. 딸아이는 닭똥 같은 눈물을 흘렸다. 자기 기분을 안 알아 주는 아빠가 야속했고, 꼬집힌 것을 몹시도 억울해했다. 내 요지는 "남의 나라에까지 와서 길바닥에 짜증을 질질 흘리고 다니지 말라는 것!"이었다. 그녀의 주장은 "그럴 때는 아무데도 가지 말자!"였다. 눈앞에 차려 놓은 일용할 카레를 두고 대화를 접었을 뿐, 사춘기 소녀와의 전쟁은 이렇게 시작되었다.

'아……, 내가 여길 왜 왔을까? 내가 미쳤지. 내가 왜 이런 데를 오자고 했을까?'

아이와 앞으로 긴긴 나날을 헤쳐갈 생각을 하니 마음이 착잡했다. 그런 밤을 보냈다.

새날(?)을 맞아 동네 관광에 나섰다. 같은 길을 또다시 나서려니 쑥스러웠다. 링쿠는 몇몇 성들과 민다와의 명소인 하벨리가 주변에 있고 걸어서 다닐 수 있는 거리라고 했다. 단, 따라붙는 소년들은 조심하라고 했다. 《론리플레닛》에도 이들의 존재가 언급되고 있는데 아니나 다를까. 매의 눈으로 우리를 반겨 줬다. 어떤 경우에도 이들은 목표물을 포기하지 않았다.

"우리 돈 받으려고 그러는 거 절대로 아니다!"

"아무런 대가도 필요 없다!"

일단 걸쳐 놓고 본다. 반면 우리는 정을 강조하는 민족 아니던가? 떼 버리고 싶은 욕구보다는 모질게 떼내고서 밀려드는 후회가 더 큰 사람들이다.

결국 스무 살 남짓한 토박이 두 명이 동행해 주었다. 엄밀히 말하면 두 녀석이 몰고 가는 대로 이리저리 부잣집들, 소위 영국 식민지 때 거부 상인들이 살던 하벨리에 들르기도 하고, 전통 터번을 두르고 있는 현지인과 고성에서 사진도 찍었다. 하벨리는 입구만 얼핏 보고 나왔고, 고성 역시 됐다고 하고는 돌아 나왔다. 끝으로 삼촌이 운영하는 가게에 한 번만 가달라고 졸라서 어쩔 수 없이 들어갔다가 길어지는 쇼올 설명회를 어렵게 멈추고 나왔다.

결국 아무런 대가도 필요없다고 한 녀석들은 손을 쩌억 벌린다. 10루피씩 쥐어 줬더니 불평이 이만저만이 아니다.

"이걸로는 아무것도 살 수 없다. 100루피는 줘야 한다!"

그 정도는 나도 안다. 하지만 웃으면서 "안녕"이라고 말해야 할 순간이다.

마을 구경을 마치고 다음 행선지인 비카네르(Vikaner)로 향했다. 1시간 15분 만에 숙소 도착. 숙소는 시내 외곽에 위치한 'Hotel Sagar'. 전날의 하벨리처럼 고풍스러운 느낌은 없었으나 아직까지는 만족스러웠다. 아침을 꼬박꼬박 주는 것이 마음에 들었다.

짐을 풀자마자 숙소 옆 길거리 식당에서 점심을 사먹고 4시에 링쿠를 만났다. 우리를 낙타 농원에 데려다 주었다. 평생 본 낙타보다 더 많은 낙타를 만났지만 농원에 퍼져 있는 똥 냄새와 하늘에서 내려 쬐는 열기

를 감당하기가 어려웠다. 머리에 부항을 뜬 것 같았으니까. 낙타 젖으로 만든 아이스크림도 사서 두 입 베어 먹어 봤지만 버릴 수밖에 없었다.

다음 행선지는 힌두교 사원, 일명 'Rat Temple'. 신을 벗고 들어가야 했다. 가마니 거죽을 밟으며 현지인들을 따라 사원으로 들어갔다. 입구부터 사람들이 몰려 서서 사진을 찍느라 북새통이다. 그때까지는 이곳의 정체를 몰랐다. 조금 더 진입하니 비둘기 떼가 천장에 가득했다. 바닥에 쌓인 비둘기 똥 무더기에 기가 막혀 말이 안 나온다. 있는 그대로 즈

려밟고 다녀야 했다. 하지만 서막에 불과했다. 사원의 실체가 드러났다. 좌우로 떼 지어 몰려든 쥐 떼들. 이곳의 신은 '쥐'였다. 그 중 가장 신통하다는 '흰 쥐'를 보기 위해 현지인들이 어깨를 다투며 줄을 서고 있었다. 표정이 자연스레 일그러졌다.

'소 똥도 모자라서 이젠 쥐 똥까지 밟고 다녀야 하나? 도대체 왜?'

하지만 힌두교인들은 애 어른 할아버지 할머니 할 것 없이 자신들의 신 앞에서 정성을 다해 행운을 빌고 있었다.

순례자(?)의 길을 마치고 밖으로 나온 우리는 한국에서 가져간 칙칙 뿌리는 세정제로 발바닥을 열심히 씻어댔다. "쥐들이 아무래도 이 사람들 밥 먹여 주나 보다" 하면서 말이다.

태리의 일지

오늘 만다와에서 비카넬으로 옮겨 왔다. 오는 데 시간이 많이 걸려서 힘들기는 했지만~! 호텔을 보니 마음이 푹 놓였다. 조금 쉰 뒤에 링쿠(운전기사)와 함께 낙타 농원에 갔다. 그곳에는 낙타가 너무 많이 있었다. 그 많고 많은 낙타와 사진을 찍은 뒤에 낙타 아이스크림을 먹었다. 우웩~ 너~무 무지무지 맛이 없어서 버렸다. ㅋㅋ 그리곤 'Rat Temple'에 갔다(엄마~야!! 징그러워 죽는 줄 알았다ㅠㅠ). 냄새와 온갖 쥐들이…… 흐~~~.
저녁밥을 먹고 호텔에 돌아온 뒤 그냥 대자로 뻗어 자려고 하는 중이다. 굿나잇 Zzzzz~~!

오늘의 지출

호텔 짐꾼 10루피 / 음료수 120루피 / 마을 가이드 20루피 / 고성 사진 10루피 / 물 40루피
점심식사 130루피 / 낙타 농원 입장료 200루피 / 낙타 농원 아이스크림 40루피
껌 3루피 / 저녁식사 166루피 / 물 40루피 / 쥐 사원 핸드폰 카메라 촬영 20루피 / 총 799루피

5일차

쿠리(6월 24일 40℃ 맑음)

김태리는 단호했다. 사막에서 하룻밤을 자겠다고 했다. 낙타도 반드시 타겠다고 했다. 그녀는 꿈에 부풀어 있었다. 나는 낙타 타기가 약간 지겨웠다. 마음이 늙었나 보다. 사막으로 가기 전 쥬나가르 요새를 방문했다.

인도를 어떻게 정의하면 좋을까? 고개를 조금만 들면 무굴 제국의 술탄들이 세운 거대한 이슬람 요새와 정교한 성전이 시선을 사로잡는다. 10세기경부터 인도를 지배한 주체는 아프가니스탄에서 건너온 무슬림들이다. 뜨거운 햇볕을 쪼개고 온방 가득 채우는 무지개빛 향연의 스테인드글라스, 그곳을 가득 메우던 무희들과 마하라자의 향응, 거침없는 칼날과 솟구치는 병기들, 상상 그 이상의 대칭과 비대칭의 균형 등.

그럼에도 불구하고 고개를 떨구면 무릎 밑으로 펼쳐지는 세계는 똥천지다. 이슬람, 힌두, 라마불교 이렇게 세 부류로 인도 사람을 나눈다면 똥을 숭상하는 부류는 힌두 사람들이다. 소똥은 자기 집을 더럽힌 카스트 하층민의 손때와 흔적을 닦아 내는 용도로까지 사용된다고 하니 똥을 얼마나 귀히(?) 여기고 가까이 여기는지. 먹지 않음이 다행이다.

위생 관념으로 똘똘 뭉쳐 살아가는 현대인의 시각으로는 인도에서의 발 밑 세계가 받아들여지지 않는다. 그들의 발을 보고 있자면 멀쩡한 대학교수도 사제들도 여인네도 차라리 그 발을 내다 버리는 게 나을 성 싶다. 없는 부위로 치는 게 낫다. 그래서인지 인도 여성들도 허리 밑

액세서리는 은으로 치장한다. 유난히 몸에 장신구가 많은데 금으로 장식하는 부위는 허리춤 위부터다.

발은 천대받아 마땅한 지체 중 하나인 것 같다. 그렇더라도 발을 잘못 놀렸다간 무슨 일이 벌어질지 모른다. 서양 사람들이 두 손을 머리에 깍지 끼고 책상에 발을 걸터 올리면 그렇게나 건방져 보였는데 이 같은 사상(?)도 인도에서 온 것이 아닐까? 그저 발을 올린 것뿐인데 말이다.

고성을 둘러보는 중에 딸아이와는 전략이 필요했다. 핸드폰을 건네 주고 파노라마 사진을 찍어달라고 부탁했다. 나는 탄성을 지르며 이방 저방 옮겨 다니지만 그녀는 결코 좋아하지 않는다. 조금이라도 빨리 나가고 싶은 얼굴이다.

'그래 그래. 가자! 사막으로!'

허허벌판 사막 한가운데 있는 식당에 들렀다. 우리처럼 차를 대절해서 여행을 다니는 영국 청년들과 이야기를 나눴다.

"인도 사람들이 잘 대해 주니?"

"음……, 그런 것 같다."

눈썹을 끌어 올리며 답했다. 인도와 영국. 떼려야 뗄 수 없는 공생 관계다. 각자의 결핍을 겉으로는 인정하지 않으면서 서로의 필요를 흡족하게 채우고 있다. 영적이거나 물리적인 동서의 합일? 불완전한 개체의 양 갈래 조합? 환상의 유니티? 너로 인해 내가 완전해지는 리더십의 만남? 인도와 영국은 서로를 미워하면서도 등 돌리지 않는 애증의 동반자다.

차로 달려 도착한 곳은 '쿠리'(Khuri). 바람의 도시 자이살메르에서 40

킬로미터 남단에 위치한 작은 마을이다. 개인이 민박 형태로 운영하는 소규모 사파리에 도착하자마자 낙타에게로 안내되었다. 담장 너머에 모래 벌판이 펼쳐져 있고 눈썹을 길게 기른 낙타들이 도란도란 탑승객을 기다리고 있었다. 마음에 드는 낙타를 고르라고 했다. 태리가 먼저 골랐다. 낙타 등에 오른다. 나도 올라타는 순간이다.

"우와!"

그렇게나 단박에 일어설 줄은 몰랐다. 우뚝 솟아 올랐다. 말 타는 느낌하고는 또 달랐다. 후두둑하더니 시야가 확 트였다. 낙타의 목덜미와 하나 되어 한 발 한 발 걸어 갔다. 단절과 연결의 분절음이 들린다. 낙타가 발걸음을 뗄 때마다 마디가 툭툭 끊어지는 느낌이 낙타 타기의 묘미인 듯했다.

태리는 의연했다. 무섭다고 내리겠다고 할 줄 알았는데 벌써 낙타와 한 몸이 되어 있었다. 잘하면 낙타를 잡아먹을 기세다. 낙타몰이꾼은 터번을 두른 노련한 할아버지였다. 우리 부녀를 한 시간 가량 끌고서 사막 한가운데로 안내했다. 그곳에서 낙조를 한참이나 즐겼다.

해가 모래 더미로 기울어지면서 바람이 거칠어졌고, 사파리로 돌아

올 때쯤 급격히 캄캄해졌다. 민박집에서 커리를 준비해 식탁에 차려 줬다. 다른 손님들도 함께 먹었는데 오늘 밤 네델란드에서 온 한 청년과 야영을 하기로 했다. 그도 자동차 투어 중인데 술병을 쥔 운전기사가 어깨동무를 하면서 신세 타령 중이었다. 팁을 줘야 한다는 둥 자식들이 자기만 바라보고 있다는 둥 뭐 그런 이야기였다. 네델란드 청년은 오래 전부터 들어온 운전기사의 이 소리가 너무나 듣기 힘들다고 했다. 돈 얘기 한 번 꺼내지 않은 링쿠가 고마웠다.

사막에서 거친 바람이 불어왔다. 은은한 달빛이 정수리를 비추고 있었고 태리와 나, 네델란드 청년은 낙타가 이끄는 달구지에 앉아 동방박사들마냥 밤 하늘의 별빛을 좇았다.

태리의 일지

벌써 인도에 온 지 5일차다. 그 전에는 인도에 익숙해져야 해서 일지를 쓸 여유가 없었는데 이제는 조금 자리가 잡힌 것 같다. 오늘은 낙타 농원에 이어서 낙타 사파리를 보러 갔다. 어느 오두막에서 출발하여 사막까지 낙타를 타고 가서 해지는 걸 보고 8시쯤 저녁을 먹으러 돌아왔다. 태어나서 처음 타 보는 낙타였다. 낙타가 일어서고 앉을 때 조금 무서웠지만 재미있었다. 저녁을 먹고 낙타 차를 타고, 사막으로 가서 잠을 잤다. 무서운 짐승이 나타날까 봐 조마조마했다. 하지만 막상 눈을 감으니 깊은 잠에 푹 빠져들었다. 오늘은 정말 의미 있는 하루였다.

오늘의 지출
물 100루피 / 쥬나가르 입장료 200루피 / 점심식사 346루피 / 물 20루피
껌 2루피 / 낙타 팁 60루피 / 피리 팁 20루피 / 총 748루피

6일차

자이살메르(6월 25일 42℃ 맑음)

차마 눈 뜨고 못 볼 장면을 보았다. 새벽녘에 거대한 물체가 지평선에 걸려 있는데 그렇게 큰 달은 난생 처음이었다.

'사진으로 담아야지.'

움직이려 했건만 몸이 전혀 말을 안 들었다. 너무 졸린 나머지 이내 눈을 감아버렸다. 그래서 차마 눈 뜨고는 볼 수 없었다.

김태리는 사막에서의 하룻밤이 너무나 인상적이었나 보다. 나는 매트와 이불에서 묻어 나오는 모래의 끈적이고 질척이는 느낌이 싫었다. 꽤 성가셨다. 어깨를 감쌀 만한 두꺼운 이불이 없으면 새벽녘에는 한기를 감당하기 어려울 정도로 추웠다. 쾌적한 야영을 생각한다면 오산이다. 하룻밤 정도는 경험해볼 만했다.

가이드가 우리를 흔들어 깨웠다. 일출을 보라는 것이다. 태리와 나는 이불을 꼬옥 뒤집어 쓰고는 매트 위에 앉아 떠오르는 태양을 바라보았다.

그러고는 곧바로 철수! 집에서는 손 하나 까딱 안 하는 딸래미가 밖에 나오니까 솔선수범이다. 야영 장비를 달구지로 나르는 걸 안 도와준다고 질책까지 한다. 이용객이 할 일은 아닌데도 말이다.

'와우! 놀랍다. 철이 든 걸까?'

하지만 판단은 금물이다. 그녀와 여행한 지 일주일도 안 됐으니까.

그동안 확실히 알아챈 것도 있다. 인도를 걷다 보면 똥 색깔로 장본인을 알 수 있게 된다. 첫째, 검은 똥은 누구? 소의 것이다. 황금 빛깔 변은 누구? 낙타 똥이다. 염소 똥은 작은 알맹이에 가깝고, 이도저도 아닌 것이 개똥이다. 코끼리 똥은 똥이라기 보다는 코코넛 열매에 가깝다.

온통 더럽고 지저분하고 잡다함으로 뒤범벅인 혼돈 속에서 인도의 오묘한 매력이 차츰 드러나기 시작했다. 고약한 냄새들 사이로 다소곳이 은닉한 향내가 풍겨나기 시작하는 것이다. 모래 더미를 털고 나오는 찬란한 팔색조 같다고나 할까? 코끝을 마비시키는 신비스런 오일 향이 싱그럽게 파고든다. 밖에서는 칡흑 같다고 하지만 안에서는 눈이 부시다. 그들이 걸치는 차도르, 사리에 수놓은 색조는 남녀노소를 불문하고 신비롭기 그지없다. 까만 피부에 하얀 수염, 오다리로 걷는 할배 머리 위에 세상에서 가장 야한 핑크 빛 터번이 둘러져 있노라면 정말이지 두 눈이 적응하기 어려울 정도다. 밖에서는 게걸스럽다고 하지만 안에서는 소박하다. 이들이 먹는 음식을 보면 알 수 있다. 주식은 야채다. 콩, 감자, 양파, 당근 등이 주재료다. 오히려 냄새 나는 부류는 서구 유럽인과 고기를 즐겨 먹는 무슬림들이다. 밖에서는 시끄럽다고 하지만 막상 안에 있으면 적막해진다. 진공의 묵언과 휴지(休止)의 음파. 말로는 표현 못할 인도의 묘한 매력이 점점 다가오는 것이 느껴졌다.

사막을 접고 황금도시라 불리는 자이살메르에 도착했다. 모래바람 위에 신기루처럼 펼쳐진 자이살메르 고성을 멀찍이서 바라보며 달려왔다. 'The Royale Jaisalmer' 숙소 로비에는 젊은 투숙객들이 너나 없이 와이파이(Wifi)를 붙잡고 있었다. 하이라이트는 숙소 뒤편에 마련된 수영장. 번개처럼 옷을 갈아입고 뛰어든 김태리. 날 붙잡고 애교를 부린다. 등에 올라타서 비비고 뽀뽀하고 안아달라 던져달라 자기 수영하는

거 봐라 마라 꽤 신나라 했다.

그동안 내가 알던 김태리의 매력은 단순함이다. 생각을 깊이 하지 않
고 분명하게 끊는 강점이 있다. 그러다 보니 결코 다정하지는 않다. 하
지만 여행 중에 태리의 애교가 얼마나 사랑스러운지 알아차리게 되었
다. 차로 이동 중이거나 깊은 안정감을 느낄 때면 평소에 안 하던 아양
을 내게 부린다. 이어폰이나 꽂고 핸드폰이나 만지작거리려야 하는데 내
손을 가져다 비비작거리고 손가락을 구부려 재주를 부리곤 한다. 기분
이 흐뭇했다. 뭔가 잘하고 있다는 생각이 들었다. 그러는 찰나, 비집고
드는 생각.

'근데 애랑…… 언제 싸웠지? 맞다! 바로 엊그저께지.'

오늘의 지출
가이드 팁 30루피 / 물 70루피 / 묘지 입장료 200루피 / 저녁식사 240루피
음료수 외 과자 70루피 / 총 610루피

7일차

조드푸르(6월 26일 40℃ 맑음)

아침 6시 45분. 천 년의 역사를 지닌 낙타 무역 루트, 자이살메르 고성. 서쪽으로 100킬로미터 정도 달리면 철조망이 굳게 쳐진 파키스탄 국경에 이른다. 벌집처럼 구불구불한 골목길 고성 안에 지금도 만 명의 시민이 살고 있다고 한다. 활개치는 것은 미친 개들과 심심한 소들뿐. 쓰레기를 뒤지는 멧돼지 한 쌍도 눈에 띄었다. 태양이 오늘도 하루를 호령하려는 듯 장대한 성곽 위로 기지개를 폈다. 가게 문은 굳게 닫혀 있고, 자이나교 사원을 입장하기에는 이른 시간이었다.

불교와 비슷한 시기에 발생한 자이나교는 인도 외부로 퍼져간 불교와 달리 토착 종교로 남아 있다. 가장 중요한 규율은 '아힘사'라고 해서 살생을 금하는 것이다. 단식과 명상, 고행, 무소유를 실천하고, 실오라기 하나 걸치지 않고 나체로 수행하는 공의(空衣)파까지 있다. 불교, 시크교, 자이나교는 모두 그 기원이 힌두교지만, 이들의 공통점은 카스트 제도를 전혀 인정하지 않는다는 사실이다.

중앙 아시아를 잇는 자이살의 오아시스, 자이살메르를 뒤로하고 우리는 푸른 도시, 조드푸르로 달려갔다. 바위에 돋아 피어 오른 듯한 메랑가르 성, 이곳에서는 한국말로 된 모니터를 대여받을 수 있었다. 안내 직원도 간단한 한국말을 구사했는데 대화의 마무리는 언제나 싸이의 "강남 스타일"이었다. 고성과 사원이라면 질색하던 김태리. 우리말이 반가웠는지 두 눈을 반짝이며 나를 끌고 다닌다. 오디오 가이드에선

70년대식 내레이션이 흘러나왔다. 대관식 앞마당을 비롯해 화초의 궁전, 진주의 궁전, 훔쳐보는 것 같은 테마 방들, 그리고 각종 회화, 도검류, 총포, 가마, 복장, 장신구에 이르기까지 자세한 설명과 이야기가 뒤따랐다. 흥미로웠다. 죽은 남편을 따라 산 채로 불길에 뛰어든다는 '쌰띠'라는 관습이 19세기 중반까지 유행했다고 한다. 성문에 찍힌 31명의 마하라니 손도장이 눈에 띄었다. 샤띠로 죽으면 여신이 된다(?)는 힌두교 전통 남존여비 사상과 맞물린 합작품이라고나 할까?

성곽에서 마을을 내려다보니 파랗게 칠한 집들이 눈에 띄었다. 카스트의 승려 계급인 브라만 신분을 나타내는 표시라는데 병충해를 막는 효과까지 있다고 한다. 영화 〈김종욱 찾기〉로 한국 배낭객이 제법 늘었다지만 만나지는 못 했다.

'너무 더운 때라 그런가?'

외딴곳에서 만나는 한국 사람이 슬며시 그리워지기 시작한다.

호텔에 짐을 풀고 링쿠가 시장에 데려다 주었다. 우리는 그동안 알아서 저녁시간을 보내고 특정 장소에서 링쿠를 다시 만나 숙소로 돌아오는 생활을 반복했다. 오늘도 마찬가지. 사다르(Sadar)시장을 걸어서 수차례 오갔다. 번잡하기 그지없다. 향신료로 유명한 곳이다. 링쿠도 이곳에 올 때마다 사 간다고 했다.

일주일 정도 지나니 길바닥에 깔린 똥, 오토바이 질주, 생필품 시세 등 물리적인 환경에 익숙해졌다. 카레 이름만 들어도 재료를 구별하게 되었고, 싸고 맛있는 카레 고르는 안목도 제법 생기게 됐다. 인도 사람들이 우리에게 관심을 갖고 있는 것도 알게 됐다. 얼마나 말을 걸고 싶어 하는지, 또 얼마나 함께 사진을 찍고 싶어 하는지도 알아챌 수 있었다. 그들 마음 속에 숨겨진 심리적인 거리도 차츰 구별할 수 있게 되었다.

태리의 일지

6일차는 쓰지 못했다(자이살메르에 가서 고성도 보고 수영도 했다).
또다시 하루가 시작되었다. 오늘 간 곳은 조드푸르라는 곳이다. 호텔에 먼저 왔는데 현대식으로 깨끗해서 좋았다. 조금 쉰 뒤에 저녁을 먹으러 시장에 갔다. 시장을 둘러보다가 예쁜 팔찌가 있어서 샀다. 다른 팔찌도 구경해 보고서 밥을 먹으러 갔다. 맛이 너무 좋았다. 밥을 먹고 또 뭘 먹으러 갔다. 'Soda Shop'이라는 데가 있어서 레몬, 망고 등을 먹었는데 soda만 전문으로 해서 그런지 신비롭고 맛있었다.
이렇게 배터~지게 먹은 뒤 또다시 휴식을 취하고 있다. 히힛ㅋㅋ
오늘도 이렇게 새로운 것을 맛보고 느끼게 해주신 아빠게 감사드린다. 새롭게 맛보고, 느낀 것에 대해서 기쁘고, 행복하다. 내일도 기대된다.

오늘의 지출
메랑가르 입장료 500루피 /근내가 쥬스 30루피 / 김태리 선생님 선물 320루피 / 물 20루피
저녁식사 175루피 / 김태리 팔찌 40루피 / 현지인 팁 10루피 / 음료수 60루피 / 총 1,152루피

8일차

라낙푸르(6월 27일 39℃ 맑음)

여행이 몸에 익숙해지는가 싶었는데 라낙푸르에 도착하면서 마음이 바뀌었다. 왠지 모를 외로움이 밀려들었다. 도시로 뛰쳐나가고 싶을 정도다. 무엇 때문일까?

자이푸르와 우다이푸르의 중간즈음에 위치한 산악 지대로 라자스탄의 캐시미어라고도 불리는 곳, 푸른 숲과 산이 어우러진 이곳에서의 휴식을 모두가 동경해 마지않는데 나는 쓸쓸했다. 맨발로라도 도망치고 싶었다. 인도 사람들의 관심과 시선에 둘러싸이는 게 훨씬 더 편해진 걸까? 인도식 향수병?

딸아이는 낙원에 온 듯 기뻐했고 나는 그러지 못했다. 쓸쓸한 느낌은 다음 날 복잡한 도시로 옮기고서야 그 실체를 알아차리게 됐다. 권태로움을 이겨 내지 못한 것이다. 게다가 마지막 행선지 '스리나가르'의 적적한 환경을 벌써부터 염려하고 있었다. 미래에서 반겨 줄 기쁨보다는 미리 예견된 식상함이 밀려왔다. 딸아이가 좋아라 해서 선택했다고는 하지만 여행을 편히 마무리 짓겠다는 나태함도 반영돼 있었다. 미리 지불한 비용도 마음에 걸렸다. 그 때문에 우울했다. 이 시간이야말로 얼마나 감사한가? 하지만 내 마음은 결코 호락호락하지 않았다. '아, 인간아!'

1,444개의 기둥이 떠받치고 있는 자이나교 사원에 들렀다. 신발을 벗는 것은 기본이고, 특정 장소에서는 잡담도 사진 촬영도 금지된 곳이다. 점심은 사원에서 제공하는 검소하고 저렴한 탈리 세트를 먹었다. 방문객

모두가 일 열로 마주 보며 먹는 구조인데 이방 나그네는 우리뿐이다. 그들이 밥을 먹겠다는 건지 시력 검사를 하겠다는 건지 헷갈릴 만큼 우리는 현지인들의 표적이 되고 있었다.

사원은 섬세했다. 긴 수염의 구루(Guru)들이 성스러운 표정을 지으며 접근했다.

"도를 아십니까?"

겨드랑이에 팔 하나를 붙인 채 나지막한 목소리로 다가섰다. 눈웃음으로 거부하고는 태리와 그늘진 구석에 걸터앉았다. 간만에 맞는 산들바람, 우윳빛 대리석과 해바라기 빛깔의 태양, 돌 문턱을 타고 올라오는 냉기와 공중에서 파고드는 외열, 멀리 흘러간 세월과 앞으로 다가올 미래가 시나브로 통하고 있었다.

짐을 푼 숙소는 계곡 변에 늘어선 펜션 같은 곳이다. 시즌에는 방이 없다지만 지금은 우리뿐이다. 원숭이가 나무마다 주렁주렁 매달려 있고, 천장에는 손가락만 한 도마뱀이 투명인간처럼 돌아다니고 있었다. 여전히 이불은 덮을 수가 없다. 가져간 침낭이 우리의 보금자리다.

뒷산에 올라가 지는 해를 보았다. 링쿠는 8년째 이 일을 하고 있다고 했다. 그동안 만난 관광객들 이야기를 들려주었다. 밤 12시가 돼서야 저녁을 먹는 스페인 여행객들, 남인도를 함께 다닌 100킬로그램이 넘는 거구의 스무 명 남짓한 피지 원주민들, 보드카를 마시고 내려가다 이 산에서 사고가 난 핀란드 커플 이야기도 들었다. 한국 사람은 처음이라는 것도.

운전자들을 위해 따로 마련된 전용 게스트 룸이 있는데 오늘도 링쿠는 그곳에서 잠을 청한다. 집 떠난 흔적이 내게도 점점 몸에 배기 시작한다.

'링쿠도 지금쯤은 아내가 기다리는 자기 집 안방이 그립지 않을까?'

태리의 일지

나무들이 웅성거리듯 바람이 불고, 새들이 노래하는 이곳! 바로 라낙푸르다. 나무가 많고, 바람이 불며 새들이 노래하는 곳이지만 그 외에는 볼만한 게 없다. 오늘은 그래서 그저 쉬는 날이었다. 한 것은 없지만 그냥 떠오르는 대로 시 한 편 쓰겠다.

그곳
김태리

나무들이 웅성거리고
머리카락이 바람과 함께
살랑거리는 그곳
라낙푸르

새들이 웅성이는
나무 사이에 앉아
노래하는 그곳
라낙푸르

오늘의 지출
점심식사 120루피 / 저녁식사 230루피/ 물 20루피 / 음료수 105루피 / 총 425루피

9일차

우다이푸르를 향해 달렸다. 산을 넘어야 했다. 산 정상 쿰발가르 (Kumbalgarh) 고성의 성곽에서는 장쾌한 바람이 불었고, 사방으로 촘촘한 신록이 덮여 있어 중세 유럽의 고성 같은 호젓함이 느껴졌다. 내게 인도에서 가장 기억에 남는 고성을 꼽으라면 이곳이다. 성 안에는 360개의 자이나교 사원과 함께 집단 거주지까지 갖춰져 있다. 사방이 트여 있고 세계에서 두 번째로 긴 36킬로미터 성벽을 따라 360도 경계와 관망이 모두 가능하다.

가는 길에 펑크가 났다. 적막한 고원 산마루에서 모든 것이 멈춰 섰다. 방목된 소와 양 떼의 걸음 소리, 산새 소리만이 낯선 인간들의 간헐적 진입을 반겨 주었다. 심각한 표정을 짓는 링쿠. 나는 차에서 내리자마자 바퀴가 주저앉은 모습을 사진으로 찍고 있었다. 태리가 나중에 한마디 했다.

"아빠, 그 상황에서 사진은 좀 그랬어!"

와우! 이건 내가 태리에게 해야 할 말인데, 김태리 많이 컸다. 며칠 여행하더니 이제는 다른 사람 마음을 깊이 공감할 줄도 알고. 즉시 시인했다.

"그러게. 미안하다, 태리야. 아빠도 창피하네. 다음부터 조심할게."

집 밖에서는 곧잘 하는 것을 여행 중에 여러 번 목격한다. 흐뭇했다.

펑크는 예사라는 링쿠. 뚝딱뚝딱 스페어 타이어로 갈아 끼우고는 다시 출발했다. 도로는 2차선이라지만 늘 도로 가장자리가 모자란다. 부서지고 홈이 파여 울퉁불퉁하다. 매끈하고 쭉쭉 뻗은 한국의 아스팔트를 생각하면 오산이다. 말이 2차선이지 면적으로 따지면 잘해야 1.5차선 정도. 마주 오는 차를 피하기 위해서는 가용 면적을 두고 곡예를 펼쳐야 한다. 결과는 부딪히기 1미터를 앞두고 결판난다. 먼저 핸들을 꺾으면 지는 게임이다. 먼저 꺾는 자, 도랑을 타고 떨며(?) 지나가게 돼 있다. 상남자 링쿠는 결코 지는 법이 없다. 아슬아슬 빗겨 가는 경우가 다반사인데 눈 하나 깜짝 안 한다. 슬쩍 뒤를 꼬나보는 강렬함까지 잊지 않는다. 이런 식으로 그는 DTDC 사무실에서 가장 적은 수의 펑크를 자랑하며 가장 오래 운행한 타타를 몰고 있다.

물의 도시 우다이푸르에 도착하니 오토바이, 자전거, 자동차 행렬이 쏟아져 다니고 있었다. 숙소에는 주차장이 따로 없었다. 우다이푸르는 걸어 다닐 수 있는 도시라며 곧장 내려 주고는 떠났다. 창문을 열면 영화 <007 옥토퍼스>에 나오는 수중 레이크 펠리스 호텔을 볼 수 있으리라는 기대가 가득했는데⋯⋯.

'도대체 창문도 없는 방에서 3일을 보내라니!'

처음 델리에서의 약속과 달리 숙소의 질은 점점 곤두박질치고 있다. 슬슬 본전 생각이 나기 시작했다.

오늘의 지출
쿰바르가르 입장료 20루피 / 물 30루피 / 호텔 팁 10루피 / 물 65루피
점심식사 270루피 / 저녁식사 300루피 / 음료수 30루피 / 총 755루피

10일차

우다이푸르(6월 29일 40℃ 맑음)

쿠리 사막에서 본 네덜란드 청년을 다시 만났다. 그는 껄끄러운 운전기사와의 관계로 여전히 고통스러워했다. 게다가 2주는 더 머물러야 하는데 예산까지 초과되어 고민이라며.

인도의 물가는 턱없이 싸다. 하지만 의외의 지출이 발생한다. 저렴한 기차 여행을 하다가도 건강에 문제가 생긴다거나 현지인들의 난데없는 상술에 예기치 않은 비용이 발생한다. 은근슬쩍 똥을 묻히고는 닦아주겠다고 손 벌리는 사람들도 있다. 끝까지 방심할 수 없다. 하지만 여전히 인도는 배낭족들에게 천국과 같은 곳이다. 먹고 자는 비용은 특히 그렇다.

여행하면서 나는 딸아이를 통해 '순수함'의 참된 가치를 돌아볼 수 있었다. 어쩌면 즐겁게 살 수 있는 길이 주어졌는데도 어렵게만 몰고 가는 나 같은 어른들의 방식을 반추하게 된다. 그녀는 먹는 것을 즐긴다. 하루 세 끼 앞에서 그저 겸손하다. 즐거움으로 말이다. 하지만 나야말로 일용할 양식 앞에서 즐거움만으로 반응한 적이 있던가? 그녀의 즐거움은 자기 삶의 감사였다.

그런 그녀도 인도식 커리가 지겨워진 지 오래다. 이 사람들이 먹는 커리의 주 재료는 야채다. 간디가 그랬다. 부귀와 권세를 버리고 초가집에서 단순한 먹을거리로 살아가던 겸손함이 그를 위대한 영혼 '마하트마'로 불리게 하지 않았던가. 그의 식사와 내 식사를 비교하면 정말이

지 부끄러울 수밖에 없다. 신분 상승을 위한 과도한 금욕주의가 배경에 깔려 있다지만, 우리네 먹을거리와 욕심 앞에서 고개가 절로 숙여진다. 인도 사람들의 먹을거리는 정말 겸허하다.

　그럼에도 항상 잘 먹고 언제 어디서나 이 즐거움을 **빼앗기지** 않는 건강함이 태리에게는 늘 숨 쉬고 있다. 그녀는 그 '순수함' 하나만으로 우다이푸르에서 피자와 스파게티만 먹었다. 거침없이 주욱 털끝 하나 남김없이. 나 역시 볶음밥과 산라탕만 먹었다. 3일 연속 주욱 계속해서 그녀의 가르침을 따라.

오늘의 지출
씨티팰리스 입장료 120루피 / 물 25루피 / 점심식사 315루피 / 망고 20루피
저녁식사 270루피 / 과자 10루피 / 음료수 30루피 / 총 795루피

11일차

우다이푸르(6월 30일 41℃ 맑음)

오토바이 경적소리가 좁다란 골목길을 가득 메우고, 시타 운율('시타'는 인도 전통 악기의 일종)이 모퉁이를 구비구비 돌아다닌다. 지붕마다 주황색 깃발이 한 방향으로 펄럭인다. 팬티 차림으로 물 바가지를 들이붓는 남정네들이 옥상마다 널려 있고, 찌르레기들이 노상 다니던 길목을 처음인 양 쏘다니고 있었다. 날짐승과 인간들이 어우러져 뒤섞여 있는 곳, 물과 땅이 하나 되어 마주하는 수중 도시 우다이푸르에서 우리는 침대에 누워 너무나 한적한 일요일 아침을 맞이했다.

잠시 스쳐가는 단상이 있다.

'여행 중에 노자 돈이 두둑하면 마음이 편할까? 그 돈으로 뭘 할지 궁리할 거야. 그렇게 시간을 보내다 보면 계속해서 채워지는 게 있겠지. 얼마나 넉넉하고 편할까? 반대로 얻지 못하는 것도 있을 거야. 얻는 게 있으면 막상 놓치게 되는 것도 더러 있지 않을까? 예를 들어 결핍 때문에 나타나는 긴장감 같은 거, 초조하고 절실해지고 그래야 비로소 움직이게 되는 거…….

때로는 모험으로 인도되는 여정이 더 가치로울 수도 있을 거야. 나를 보호하고 있는 것이 때로는 나를 새롭게 빚어가는 창조의 기쁨을 가로막는다는 사실도 알아야 해. 그래서 어떤 여행이 만족스러운지는 지금 나를 지켜 주는 것이 오히려 부족할 때 더 잘 알게 되는 게 아닐까? 인생길에서도 마찬가지…….'

순간 뱃속에서 꼬르륵 신호가 터지고 나는 순수의 화신 김태리를 떠올려야만 했다.

"태리야! 우리 밥이나 먹으러 갈까?"

태리의 일지

이번에 우리가 온 곳은 우다이푸르라는 곳이다. 여기서 3일을 머물렀다. 첫째 날에는 길을 익히며 구경했다. 그리고 둘째 날에는 길을 다 익힌 뒤라 다른 음식점은 없는지 찾아보았고 아침 일찍 일어나 성에 갔다. 그 성은 라자스탄에서 제일 큰 성이라고 한다.

실제로 보니 그렇게 큰 것 같지는 않았다. 그리고 나는 역시 지겨워졌다.

마지막 날에는 그냥 쉬었다. 우다이푸르에는 큰 강이 있는데 조금 물이 더럽지만 사람들은 그곳에서 수영을 즐긴다. 물론 나는 하지 않았다.

우다이푸르! 좋은 기억으로 남은 곳이다.

오늘의 지출
점심식사 395루피 / 물 25루피 / 망고 45루피 / 물 25루피 / 저녁식사 285루피
음료수 40루피 / 총 815루피

12일차

망고를 사러 갔다. 큰 거 4개에 50루피, 작은 건 40루피. 태리는 그냥 50루피 주고 큰 거 사자고 했다. 나는 깎아서 큰 거 4개를 40루피에 사고 싶었다. 인도에 와 보면 안다. 10루피에 목숨을 걸게 된다.

망고 파는 소년과 이런저런 실랑이를 벌이다 결국 큰 것과 작은 것을 두 개씩 섞어서 40루피 주고 샀다. 하지만 아이에게 깎은 것이 미안해서 되돌아서서 5루피를 얹어 주었다. 걸어오면서 마음이 쾅한 것이 흡족하지 않았다. 10루피 깎았지만 손에는 채워지지 않은 결과물을 잔뜩 쥔 기분이랄까.

다음 중 내게 가장 큰 만족을 주는 것은 무엇일까?

1) 50루피=큰 망고 4개<아끼고자 한 10루피

2) 45루피=작은 망고 2개+큰 망고 2개<아끼고자 한 5루피+큰 망고 2개

3) 40루피=작은 망고 4개+아끼고자 한 10루피<큰 망고 4개

이게 뭔가? 어지럽다. 나는 이렇게도 저렇게도 돈의 가치로는 등식을 만족시킬 수 없다는 것을 알면서 체면에다 명분까지 얻으려 한다. 마지막 5루피는 더욱 그랬다. 마음에 경계선을 긋지 못하고 여전히 복잡하게 사는 내 모습을 보면서 딸아이가 훨씬 자신에게 솔직하다는 반성을 하며 돌아왔다.

만다와에서 본 독일인 부부를 다시 만났다. 자이살메르에서는 떠나는 길이라 인사만 하고 헤어졌는데 링쿠와 그쪽 운전기사와는 서로 잘 아

는 사이였다. 숙소 옥상에 있는 루프 탑에서 함께 저녁을 먹기로 했다.

그들은 함부르크 근교에서 영어를 가르치는 고등학교 교사라고 했다.

태리에게 던진 첫 질문도 "학교는?"인, 예리한 선생님이다.

"땡땡이 치고요."

"뭐? 땡땡이?"

"야, 정말이지 부럽다."

턱을 끄덕거리며 말했다. "아빠랑 함께 여행 다니는 아이야말로 이 세상에서 제일 부럽다. 꿈이 뭐니?"

태리가 영어 대화에 본격적으로 끼어들었다.

"푸드 디자이너!"

"푸드 디자이너?"

"왓 이즈 푸드 디자이너?"

음식을 개발하고 새로운 맛을 코디한다는 것쯤은 알면서도 아이가 직접 자신의 꿈을 이야기하게 하려는 의도다. 김태리는 열심히 설득하기 시작했고 선생님들은 내게 씰룩씰룩 윙크를 보내고 있었다. 딸아이의 이야기를 아빠가 한번 들어보라는 것이다. 푸드 디자이너의 입맛대로 이런저런 카레를 시켜야 했다. 주방에서 커리는 점점 익어 갔고 옥상에서의 밤도 김태리의 영어 실력만큼이나 그렇게 깊어만 갔다.

태리의 일지

룰루~룰루~ 유후! 내가 이렇게 기뻐하는 이유는 오늘 와 본 푸쉬카르에 수영~ 수영~ 수영~! 수영장이 있기 때문이다. 호텔에 오자마자 나는 바로 입수를 했다. 수영을 한 시간 정도 하고 방에 와서 씻었다. 그러고 나서 점심 때 저녁을 같이 먹자고 약속한 독일인 부부와 식사를 했다. 나는 파스타~! 재미있게 수다를 떤 뒤에 잠깐 산책을 하고 잤다.

오늘의 지출
휴게소 점심 130루피 / 물 80루피 / 망고 80루피 / 저녁식사 520루피 / 총 810루피

13일차

아이와 24시간을 껌처럼 붙어 지내다 보니 반복되는 행군과 쉼, 나섬과 물러섬 사이에 자연스레 갈등과 마찰이 일어난다. 어쩌면 당연한 결과이기도 하다. 애당초 이 여행의 본질은 "아이와 어디를 가느냐"는 게 아니었다. "아이에게 어떻게 있을 것인가"가 본질이라면 본질이다. 하지만 잊게 된다.

여행에 점차 익숙해지면서 초반에 품은 긴장감과 기대는 사라지기 시작한다. 새 차를 사도 새 집을 사도 익숙해지는 순간 그에 따라 사라지는 긴장과 감흥을 떠올려야 한다. 익숙해질수록 얻는 것은 그것을 쉽게 시작할 수 있다는 것이지만, 주의해야 할 것은 달리 시작할 수 있어야 한다는 것이다.

내게 던져진 과제도 분명해졌다.

'정말로 단순하게 살 수 있는가?'

묵고 있는 숙소는 도심 외곽에 있는 리조트다. 푸쉬카르 시장이 주인이어서인지 매니지먼트가 곧잘 되고 있었다. 하지만 너무나 한적했다. 나는 그게 싫었다. 아무도 없는 공허함이 싫었다. 재미없는 TV에 익숙해진 식사, 적적한 환경 가운데 마주해야 할 삶의 연장선…….

스마트폰만 열어도 넘치도록 제공되던 뉴스, 가십, 쇼, 억측, 유행, 정보, 알림, 트래픽……. 이런 자극에서 멀어지다 보니 참다운 휴식이 되기보다는 진공 상태의 어색함이 강해지고 있었다. 도시 문명의 번잡함

없이도 크게 불편하지 않을 줄 알았는데, 아니었다. 사회 관계 통신망이라는 고치가 나를 점점 더 외롭게 만드는 굴레로 돌변하고 있었다. 얼마 전 라낙푸르에서 밀려든 쓸쓸함도 동일한 이유였다.

아내는 예전부터 '단순하게 사는 것이 꿈'이라고 했다. 나는 그 말뜻을 이해하지 못했다. 고생을 덜하거나 별탈 없이 산다거나 욕심을 버리고 사는 것이라고 여겼다. 그 이면에는 '재미없게 사는 모양새'라는 판단마저 내리고 있었다. 인도 여행을 통해 비로소 그 의미를 가늠해 보게 된다.

명백하게 나는 길들여져 있었다. "인생, 이렇게 살아라!"라는 홍수처럼 쏟아지는 대중문화의 트래픽에 젖어 있었다. 내게 맞는 옷을 입고 있기보다는 다수의 복장에 익숙해져 있다. 다른 옷이 있어도 당장 갈아입자니 귀찮고 혼자 입자니 어색해서 택하지 못하는 습관에 길들여져 있었다. 나 홀로 남는 자유를 군중 틈에서 지켜 가는 것이야말로 독자성에 이르는 길이다. 지금 이 순간의 '무료함'(Boredom)은 평소 챙겨 보지 못한 '자유함'(Freedom)을 돌아보는 촉매제가 되었다. 대중의 굴레 안에서 과연 변함없는 내 존재 가치를 가치 있게 지켜낼 수 있을 것인가에 대한 도전이기도 했다.

그러다가도 망고 까 먹고 대자로 뻗어 있는 딸래미를 볼 때면 '그래, 김태리는 이런 생각 절대로 안 하겠지?' 하는 생각에 이내 번뇌를 접곤 했다.

오늘은 아침 9시에 모스크라는 무슬림 사원에 갔다(나는 교회에 다니는 크리스천이다). 너~무 너무 복잡했다. 그 절에서 빠져나온 뒤 이번에는 힌두 사람들의 사원에 갔다가(운전기사는 먼저 호텔로 돌아갔다) 나와서 탄두리 치킨이 되기 직전에 시장님을 만나 시장님 차로 호텔에 돌아왔다! 시장님은 우리 호텔의 주인이다. 넘넘 다행이었다. 우리는 너무 더웠기 때문에 조금 뒤에 수영을 하기로 했다. 수영을 하는데 거센 비가 쏟아지며 천둥, 번개가 내리쳤다. 하지만 우리는 아랑곳하지 않고 조금 더 수영을 했는데 큰 지붕이 날아오는 것을 봤다. 사태의 심각성을 안 우리는 방으로 돌아왔다. 씻고 나서 저녁을 먹으러 호텔 레스토랑에 가서 따뜻한 스프와 커리, 인도식 치즈(Palak paneer), Paneer Butter masala, 얇고 둥근 빵 자파티를 시켜 먹었다.
먹을 때 약간의 논쟁이 일어났지만 냠~(x2) 쩝~(x2) 잘 먹었다!
어제와 오늘은 정말 찬란하고, 행복하고, 기쁜 하루였다. 난 그럼 망고 먹으러 출동~!

오늘의 지출
음료 30루피 / 망고 40루피 / 바나나 20루피 / 과자 10루피 / 쥬스 40루피
튀김 30루피 / 저녁식사 540루피 / 총 710루피

14일차

자이푸르(7월 3일 40℃ 맑음)

김태리는 이 더위에 걷기 싫다고 하고 나는 나가자고 했다. 나는 행복한 여행자이고 싶다. 무더위를 뚫고 이겨 내는 즐거운 여행자이고 싶다. 어디든 바람처럼 누비는 보행자이고 싶다. 그녀는 다르다. 그녀는 머물고 싶다. 어떤 침대든 편하게 누워 버리는 수면자이고 싶다. TV 시청자

이고 싶다. 오늘은 더더욱 그랬다.

아무리 비를 뿌려도 좀처럼 식지 않는 용광로 속을 헤집고 다녔지만, 그 어떤 도시도 핑크씨티, 자이푸르에서의 인파와 소음, 혼잡과 오염에 비할 바가 아니었다. 이런 환경에서 아이를 달래가며 가고자 하는 목표 지점과 숭고한 사랑의 목적을 동시에 이루는 일, 이건 정말이지 힘겹고 어려운 과제다.

그녀의 손톱 정리, 선크림 발라 주기, 출발 시 가방 챙겨 주기, 소지품 확인하기, 속옷 비벼 빨기, 신발 널기, 큰 빨래 물 짜기, 우비 챙겨 주기, 틈틈이 할 일 일러 주기 등등. 그동안 엄마가 해온 역할과 기능을 빠짐없이 실천하며 차에 칠라, 사람에 칠라 단속과 경계에 초집중해 가며 계속 이어가는 도보 여행. 그 와중에 쏟아 내는 그녀의 짜증과 인품까지 일일이 받아 주기란 정말 대단한 수련이 필요하다. 게다가 그게 어디 하루 이틀인가!

내 안에 숨 쉬고 있는 어린애가 불쑥불쑥 뛰쳐나온다. 어떤 때는 김태리 머리채를 끄집어 당겨 주먹으로 쥐어박고 싶어진다. 한번은 이 기분을 "옆에 총이 있으면 쏴 버리고 싶을 정도"라고 표현했다가 아내에게 크게 혼났다. 아무리 그래도 그렇지 아이에게 총이라니!

김태리도 아빠로서 이런 표현은 너무 심하지 않냐며 원성이 대단했다. 내 진술문을 다시 살펴봐라. "옆에 총이 있으면 집어서 쏴 버리고 싶을 정도의 기분"이라고 했지, 쏴 버리겠다는 의지가 아니다. 그럴 만큼의 기분이 든다는 비유일 뿐이다.

김태리는 열두 살 여자 아이, 총을 들고 싶은 나는 나이를 잊은 남자

아이.

'사이좋게 지내자고?'

사이좋게 지내는 때가 틈틈이 공존할 뿐이다. 너와 나, 부녀임을 잊은 사이사이에 말이다.

태리의 일지

더 이상은 걷고 싶지 않다. 그것이 이곳 자이푸르에 와서 계속 맴돈 끔찍한 생각이다. 자이푸르의 Maharani Plaza 호텔에 와서 짐을 풀자마자 시장 구경을 나섰다. 물론 내 의견은 아니었다. 한 30분을 걷고 나니 시내가 보였다. 그리곤 음식점들이 나타나기 시작해서 우리는 바로 KFC에 들어갔다. 너무 배가 고팠다. 밥을 먹고, 우린 극장을 찾았고, 시장을 맴돌고, 또 돌고 걸었다. 호텔 근처에 온 우리는 지도를 보며 호텔을 찾았지만 1시간이나 걷고 있었다. 으악~~!! 한 2시간쯤 걸었을까? 우리 호텔이 보였다!!!

이렇게 호텔이 반가울 줄이야. 하~! 너무 더워서 바로 수영장에 갔지만 공사 중이다. 이런…… 삐~삐~

씻고 쉬다가 운전기사와 사원, 박물관, 의회를 구경하고 호텔에 와서 저녁밥을 먹었다. 먹는 사람이 우리밖에 없어서 좀 그랬지만 음식은 와우! 환상이었다. 다른 날보다 더 배 터지게 먹고, Limca와 껌을 사서 방으로 들어왔다. 내가 들어오자마자 침대에 누우니, 아빠 왈 "너, 할 일 있지 않니?" 헉! 이렇게 해서 나는 일지를 쓰고 있다.

오늘 너무 힘들고 지치고 짜증났지만 행복했다. 우리에게 차와 운전기사, 호텔을 주신 하나님께 감사드린다.

내일도 건강하고, 감사할 수 있고, 안전하고, 서로 사랑할 수 있기를.

오늘의 지출
물 30루피 / 튀김 20루피 / 점심식사 131루피 / 물 18루피 / 물 30루피 / 음료 20루피
음료 41루피 / 저녁식사 599루피 / 총 889루피

15일차

자이푸르(7월 4일 40℃ 맑음)

"한국말은 참 재미있어."

"왜? 뭐가 어떻게 재미있는데?"

"한국에선 '저녁 먹었어?' 하고 묻잖아. 그런데 영어로 옮기면 그게 'Did you eat night?'으로 되잖아."

음, 하기야 나도 예전에 밤에 'Night'에 다니기도 했었다.

'I went to night at night.'

드디어 한국 사람을 만났다. 비행기 안에서도, 학생들에게 인기가 많다는 자이살메르에서도 그 어디에서도 보지 못한 조국 동포를 말이다. 자이푸르 씨티팰리스에서 한국말이 귓가에 들리기 시작했다. 태리의 말수가 늘기 시작한다. 내게 팔짱을 끼더니 짝 달라붙어 평소보다 큰 소리로 떠들어댔다. 불필요한 질문까지 하는 김태리.

'아, 태리가 한국 사람이 그리운가 보구나?'

그들 가까이 접근해 갔다. 오랜만에 접하는 한민족이라 어색하기까지 했다. 먼저 말을 걸었다.

"한국에서 오셨어요?"

"아, 네에."

반갑게 맞이하는 그들. 엄마, 아빠, 장성한 두 딸과 아들 이렇게 다섯 명. 뉴델리 근교에서 온 목회자 가족이었다. 인도 여행을 다닐 때 주의할 점, 불편한 점, 인도 사람들의 심각한(?) 정체성, 이방인으로서 겪는 애환 등을 순우리말로 나눴다.

태리를 보더니 대학생이냐며 몇 학년인지 묻는다.

"초등학교 6학년이요."

다들 놀라는 표정이다.

"아니, 우린 다 자란 어른인 줄 알았는데……."

내 눈엔 아직 한참이나 어린 철부지 소녀로 보이는데 여행 중에 키가 부쩍 자란 걸까? 나도 모르는 새 아이 티를 벗을 걸까? 잘 모르겠다. 델리에 들르면 집에 꼭 놀러 오라고 연락처를 받고 헤어졌다.

그후 KFC에 갔는데 이곳에서도 한국인 학생들을 만났다. 어학 연수를 마치고 한국으로 돌아가는 길이라고 했다. 우리는 보름 정도 여행 중이라고 밝혔더니 태리에게 이구동성으로 외쳤다.

"야! 부럽다."

"나는 우리 아빠랑 이런 여행 못 해봤는데……."

어디를 얼마나 여행했느냐보다 누구와 여행하는지가 제일 눈에 띄나 보다.

매장 직원이 설문 작성을 도와달라고 부탁했다. 영어로 된 설문지였다. 태리에게 교육상 스스로 작성해 보라고 했다. 김태리는 "못한다"고 했다. 나는 "해보라"고 다그쳤다. 대한민국의 학부형이 어디 가겠는가.

KFC의 친절도 평가와 메뉴 품평을 다 마친 김태리.

"이렇게 작성하면 돼?"

내게 내민다. 꼼꼼히 살펴보는 학부형은 다시 꼬치꼬치 캐묻는다.

"그런데 태리야, 근데 너 왜 □ F 와 □ M에는 표시를 안 했어?"

"……."

"F는 뭘까?"

"?"

"넌 성별이 뭐야?"

"여자."

"그래. 그래서 F는 뭐야? Fe……."

"?"

"몰라? Female!"

"아아, Female?"

"그럼 M은 뭘까?"

"M?"

"그래, M."

"음……, Mobile?"

그렇다. 나는 지금 정처 없는 모바일 세대와 여행 중이다.

태리의 일지

오늘의 일정

V 하와마할 – 공주들을 가둬 놓고 도시를 보게 했던 곳이다. 보기엔 그저 그랬다.

V 암베르 성 – 옛날에 왕이 살면서 자이푸르를 통치했던 곳이다. 성으로 올라갈 때 코끼리를 타지 못해 몹시 속상했고, 앞으로 코끼리를 보고 싶지도 않았다. 성 안에 도시락 같은 정원이 있고, 바깥 풍경을 내다볼 수 있다. 그리고 풍경이 좋다.

V 씨티팰리스 – 글자 그대로 도시에 세워진 도시 궁전이다. 안에는 그냥 작디작은 박물관뿐, 볼 게 없는데도 입장료는 매우 비싸다.

V 맥도날드 – 햄버거가 맵고, 커리 맛이 났다.

V 호텔(Maharan Plaza) – TV를 보다가 씻고, 휴식을 취했다.

V 호텔 레스토랑 – Hot n Sour Soup과 Veg. Fried Rice를 먹었다.

오늘 매우 속상하기도 했지만 속상한 것조차 감사했고 재미있는 하루였다.

오늘의 지출

암베르 성 입장료 200루피 / 씨티팰리스 입장료 400루피 / 물 20루피
점심식사 236루피 / 릭샤 30루피 / 저녁식사 330루피 / 총 1,216루피

16일차

자이푸르(7월 5일 41℃ 흐리고 비)

링쿠에게 물었다. 인도에서 영화를 본다면 어디서 보는 게 좋냐고.
"자이푸르!"

인도 최고의 극장인 라즈 만디르 극장(Raj Mandir Cinema). 모바일 세대 김태리는 도착하기 전부터 들떠 있었다. 오래된 극장 하면 나에게도 추억이 있다. 지금은 모두 현대식으로 바뀐 그 옛날 그 시절 대한극장, 국도극장, 국제극장, 계림극장, 그리고 내가 살던 왕십리 광무극장 등. 실내에서 풍겨 나오는 오래된 나무 냄새, 커다란 목재 출입문, 돌 계단 등이 그립기도 하다.

인도 영화는 남녀노소가 볼 수 있는 전체관람가 영화가 대부분이다. 그래서 어느 작품이든 아이와 제약 없이 감상할 수 있다. 자리가 항상 만원이라는 얘기를 듣고 매표소에 일찍 도착했다. 이왕이면 좋은 자리에서 보고 싶어 무리해서 특별석을 끊었다. 입구에 들어서자마자 푹신한 카펫이 발걸음을 반겨 주었다. 화려한 장식과 푸른 실루엣 조명, 천장에 매달린 커다란 상들리에에 이르기까지 마치 시상식장에 온 느낌이다.

비싼 좌석은 입구부터 달랐다. 전용 바와 함께 가죽 카우치로 만든 대기석이 별도로 마련되어 있고, 스크린은 정확히 눈높이에 맞추어져 있다. 품위를 갖춘 나이 지긋한 중년들이 듬성듬성 앉아 있었다. 반면 1층은 총각들 차지다. 영화 상영 내내 박수치고 휘파람 불고 주위는 아랑곳 않는 자유로운 핸드폰 통화까지 여간 난리가 아니었다.

  하지만 태리는 슬프다. 팝콘 때문에. 안 사준 걸 후회했지만 생각보다
극장 표가 비싸서 어쩔 수 없었다. 내가 누군가? 대한민국 학부형이다.
절제와 검약, 인내와 금욕의 필요성을 강요한다. 어제도 암베르 성을 코
끼리를 타고 오를 수 있었지만 과감히 포기하고 무더위를 뚫고 계단으
로 걸어 올라갔다. 코끼리 등에 걸터앉은 관광객들을 올려다보며 한참
을 부러움과 맞서야 했다.

김태리는 "다시는, 다시는, 결단코, 네버(never) 코끼리는 쳐다도 안 본다"고 했다. 우리는 한참을 말이 없었다. 그래도 고마운 것은 태리가 코끼리를 못 타 서운한 것을 내 탓으로 돌리지 않았다는 점이다. 링쿠가 살살 걸어서 주위 풍경을 감상하는 편이 좋겠다고 해서 미리 결정했지만, 땡볕 아래 인간들 걸음마에 비해 코끼리 등짝은 너무나 편안해 보였다. 한마디로 시험이었다. 어제와 비슷한 시험이 팝콘으로 다시 찾아왔다.

'거 하나 사 주지. 얼마나 한다고……'

이제 와서 후회해 봐야 소용없다.

인도 영화는 중간에 쉬는 시간이 있다. 극장 막이 오를 때 진짜 커튼이 열린다. '발리우드식 영화'가 나는 썩 마음에 들지 않았다. 뭄바이의 예전 명칭인 봄베이의 B를 따서 발리우드라고 부르는데 이런 영화에는 패턴이 있다. 영화 중간에 남녀 배우가 갑자기 하던 일을 멈추고 가슴을 털면서 어깨도 이리저리 흔들며 춤을 추기 시작한다. 계속해서 주위에 있던 엑스트라가 스텝을 밟으며 쏟아져 나와 결국 난장판을 벌이는데 전개 방식이 동일하다. 거북했다. 굳이 왜? 그 순간에 꼭? 이해가 되지 않았다.

영화 제목은 〈Yeh Jawaani Hai Daewani〉 우리 식으로 표현하자면 재인이와 대완이? 스타일이 다른 남녀 대학생이 좌충우돌하며 성장하는 러브 스토리다. 주인공은 인기몰이가 한창인 디피카(Deepeka Padukone)와 란비르(Ranbir Kapoor)가 맡았다. 말은 못 알아들어도 우다이푸르 등 우리에게 익숙한 장소가 속속 등장하면서 화면은 더욱 생생해졌다.

그들의 매력에 깊이 빠져들어갔다. 춤추는 대목에선 뛰어들고 싶을 정도였다. 김태리도 팝콘의 결핍은 잊은 채 영화에 푹 빠져 있는 모습이다.

춤추는 시점은 인도에서 로맨스 시작을 알리는 신호탄이라고 한다. 축제의 시작이라는 것이다. 그들의 정서가 점차 이해되기 시작했다. 어느 시점에서 춤판이 터질지 슬슬 감이 왔다. 나중에 할리우드 영화를 볼 때도 이런 식으로 빵 터지지 않으면 꽤나 아쉬움을 느낄 정도였으니까 말이다.

태리의 일지

자이푸르에 온 지 3일째가 됐다. 오늘은 아빠와 함께 극장에 가서 영화를 보기로 한 날이다. 아침밥을 먹고 10시 30분쯤 링쿠가 극장에 우리를 데려다주었다. 극장 앞에서 기다리다가 안내를 받고 제일 좋은 좌석표를 끊고, 기다릴 곳이 없어서 옆에 있는 맥도날드에 가서 기다렸다. 11시 30분 정도까지 있다가 극장에 들어갔다. 나는 들어가자마자 극장 좌석이 있을 줄 알았는데 팝콘 파는 곳이 있었다(팝콘이 있을 줄은 상상조차 못했는데 말이다). 11시 45분이 되자 극장 문이 열려 들어갈 수 있었다. 우리 좌석은 화면이 제일 잘 보이는 자리였고 푹신했다.

영화 내용도 생각보다 흥미진진 재미있었다. 영화를 다 보고 그저께 갔던 KFC에서 밥을 먹고 자전거 릭샤를 타고 호텔에 돌아왔다. 조금 쉰 뒤 씻고 저녁밥을 먹었다. 그리고 평소처럼 일지를 쓴다.

오늘 새로운 경험은 인도 극장에 간 것이다. 신비롭고 즐거웠다. 내일 가는 아그라에서도 신비롭고 새로운 경험이 기대된다.

오늘의 지출
라즈 만디르 극장 600루피 / 물 20루피 / 점심식사 132루피 / 릭샤 30루피 / 물 72루피
저녁식사 456루피 / 총 1,254루피

17일차

아그라(7월 6일 41℃ 흐리고 비)

링쿠와 헤어질 시간이다. 약정이 다 됐다. 라자스탄의 후예, 용맹한 전사, 인도 최고의 베스트 드라이버를 이제 돌려보내야 한다. 이제부터는 기차로 이동한다. 링쿠는 집에 며칠 들를 거라고 했다. 그는 엄마가 선별한 여자와 작년에 중매결혼을 했다.

인도에서는 자식들 배우자를 주로 부모가 정한다. 드라마를 봐도 고부간의 갈등 장면이 자주 등장하는데, 시집살이가 무척 깊이 퍼져 있다. 여자들은 집 안에서 활동한다. 길거리, 가게, 식당, 숙박업소에서 만나게 되는 경제 활동의 주체는 대부분 남자다. 요리사, 릭샤, 악사, 재단사 등이 전부 남정네들이다. 여성들은 대가족 전통 체제에서 시부모를 모시고 산다. 아이를 쉼 없이 낳고 일찍 가정을 꾸리는 것이 인도식 도리라면 도리다. 나이가 찼는데도 싱글이라거나 자녀 없이 사는 외국인들을 보면 좀처럼 이해를 못 한다. 링쿠에게 물었다. "오래 집을 비우면 고부간의 갈등이 염려되지 않느냐?"

총명한 링쿠는 "아무래도 그렇다"고 한다. 하지만 자기는 이렇게 해결한다고 했다. "엄마가 직접 고른 며느리지 않냐?"

아쉬운 작별을 두고 계속되는 고민이 있었다. 그것은 링쿠에게 얼마의 팁을 주어야 할까였다. 한심하게도 나는 그에 대한 감사보다도 내가 어떻게 보여질지를 두려워하고 있었다. 얼마나 줘야 불평을 안 할지를 저울질하고 있는 것이다. 인상 좋고 너그러운 인간으로 남고 싶은 이기적인 기대가 가득했고 국가적인 체면(?)이 걸린 문제라 더욱 그랬다. 그렇다고 얼마 받기 원하느냐고 대놓고 물어볼 수는 없었다. 다른 여행자들도 고심하기는 마찬가지였다.

"대체 얼마나 성의 표시를 해야 하느냐?"

여행 내내 던져진 미완의 과제다. 그 어디에도 팁 공정 가격표라는 게 없기에, 그러면서도 서로의 행적과 친밀함을 증명하는 관계 증명서 같은 것이기에 피해 갈 수 없는 최종 행선지이기도 했다. 역시 인간은 사회적 동물이다. 조선 사회건 힌두 사회건 그 어디서든 말이다.

태리의 일지

오늘의 일정

V 아침밥 - 뷔페, 맛있었다.

V 자동차 - 자이푸르에서 아그라로 이동한 시간이 네 시간이나 돼 지겹고 힘들었지만 호텔에서 쉴 생각을 하니 괜찮았다. 그리고 중간에 모스크에 들렀는데 발이 타 들어가는 줄 알았다.

V 저녁 - 먹을 곳 찾기, 아빠와 영화관을 구경하다가 싼 식당을 찾으러 다녔다. 우리 호텔은 무~쟈게 비쌌기 대문이다. 주변에 식당이 모두 비싸서 어쩔 수 없이 맥도날드에 갔다. 점심도 안 먹은 터라 콜라, 감자튀김, 햄버거 등이 식당에서 가장 큰 것으로 먹었다(6시경).

V 호텔 - 씻고 쉬면서 테니스 여자 결승전을 보며 일지를 쓰고 있다.

오늘은 별로 한 일이 없다.

오늘의 지출

빠떼흐뿌르씨크리 버스 20루피 / 저녁식사 414루피 / 음료 72루피 / 총 506루피

18일차

아그라(7월 7일 41℃ 흐리고 비)

아그라의 5대 명소 '빠테흐뿌르 씨크리'. 이슬람교는 힌두교 우상을 철저히 경멸한다. 그래서 모스크 사원에 우상이 없다. 신의 형상을 만들어서는 안 된다는 구약의 율법에 따라 성전에는 동물 문양도 사람들 모습도 그 어떤 생명체를 묘사한 흔적도 찾아볼 수 없다. 대신 비규칙적 규칙, 대칭 속의 비대칭이 시선을 현혹한다. 오묘하고도 섬세한 문양이 신비롭다. 다채로움과 화려함으로 따지면 지구상 그 어떤 문명도 견줄 수 없을 만큼 대단해 보인다.

맨발로 도저히 디딜 수 없는 바닥을 "앗 뜨거!"를 연발하며 경박스럽게 걸어 다녔다. 빠떼흐뿌르 씨크리가 성전이라면 타즈마할은 궁전이다. 그것도 죽음 이후의 궁전, 즉 무덤이다. 무굴 제국의 전성기를 꽃 피운 샤쟈한은 라자스탄 곳곳에 자신의 존재감을 건축물로 세워 놓았다. 그 재료가 되는 대리석들은 이곳 라자스탄에서만 채굴할 수 있다. 그래서인지 싸구려 숙소에도 미백의 대리석이 종종 깔려 있는 것을 볼 수 있다.

장대한 무덤을 돌아보기 위해 새벽길을 나섰다. 해뜰 무렵 수로에 포착된 타즈마할을 보는 것이야말로 최고의 타이밍이고, 인파의 홍수를 피하라는 링쿠의 추천도 있었다.

비가 살포시 내리는 아그라의 그 끈적임은 가히 살인적이었다. 인도인들조차 혀를 내두르는 곳이다. 석회질 농도가 높은 물을 곧잘 마시는 인도인들도 아그라에서만큼은 물을 사 먹는다. 물 부족으로 인해 빠떼흐뿌르 씨크리를 건설한 악바르가 1585년 세상을 떠나기 전, 이 도시는 버려졌다. 손자 샤 자한이 자신의 15번째 아이를 낳다 죽은 뭄따즈 마할(Mumtaz Mahal)의 무덤을 짓느라 2만 명이나 되는 인부를 다시 불러 모았다. 이로써 국고를 낭비한다는 죄목으로 아들 아우랑제브가 8년 동안이나 그를 가둔 유배지가 있는 곳이기도 하다.

타즈마할에 들어선 김태리의 반응은 의외로 덤덤했다. 날씨 탓인지

아니면 무슬림 구조에 익숙해져서인지 성실한 관찰을 하지 않았다. 속상했다. 사진까지 찍어 주겠다고 수차례 제안했지만 모델이 적극적이지 않았다.

궁전 앞에 길게 펼쳐진 관상용 정원에선 관광객들이 사진을 찍고 있었다. 인도 전통 의상을 빌려 입고 여러 포즈로 찍고 있는 무리들의 틈바구니로 두 손을 길게 모아 하늘로 뻗으며 다리 하나는 무릎에 올린 채 학 다리 자세를 취해 보았다. 뒤뚱거리는 나를 김태리가 쳐다보며 난감한 표정으로 셔터를 눌렀다. 뒤돌아보니 어느덧 나처럼 흉내 내는 이들이 몇몇 보였다. 이건 아무리 잘 봐줘도 강남 스타일은 아니지 않은가!

태리의 일지

아침 5시 30분! 우린 이 이른 시간에 분주하게 나갈 준비를 했다. 그 이유는 타즈마할을 보기 위해서다. 오후에도 문을 열지만 늦게 가면 사람이 너~무 많아서 이른 시간에 가기로 했다. 5시 50분! 링쿠와 만나서 타즈마할 근처에 갔다. 거기서부턴 걸어서 West Gate까지 갔는데 가는 길에 원숭이들이 많이 보였다. 원숭이들을 볼 때마다 느끼는 거지만 아기 원숭이 한 마리 잡아서 키우고 싶다~~ㅎㅎ.
걷다가 보니 타즈마할 표를 사는 곳이 있었다. 입장료가 무려 750루피였다. 우리나라 돈으로 15,000원가량이다. 세계적인 명소의 입장료로는 그렇게 비싸다고 할 수 없지만 현지에 익숙해지다 보니 높은 가격으로 다가온다. 입장료를 내고 타즈마할을 보러 안으로 들어갔다. 정말 아름다웠다. 하지만 내 생각에는 타즈마할 앞에 서 있는 나무나 길이 없으면 그토록 아름답지는 않을 것 같다.

오늘의 지출
타즈마할 입장료 750루피 / 릭샤 20루피 / 점심식사 362루피 / 망고 40루피
사탕 3루피 / 릭샤 200루피 / 과자 90루피 / 볶음밥 112루피 / 총 1,577루피

19일차

카쥬라호(7월 8일 42℃ 흐리고 비)

"그간의 수고에 다 보답할 수는 없지만 작은 성의라고 여기고 나중에 펴 보라."

고민 끝에 나는 3,500루피를 팁으로 건넸다. 그의 손바닥에 금괴를 얹듯 쥐여 줬다. 김태리가 나중에 얼마 줬냐고 물었다. 금액을 말했더니 적정 여부를 혼자 계산하는 눈치였다. 끄덕이며 "잘했어"라고 했다.

그렇게 링쿠와 헤어지고 이제 우리 둘만 남았다. 인도에서의 첫 기차는 밤 11시 20분 출발, 다음 날 아침 6시 35분 카쥬라호 도착 예정이다. 릭샤를 타고 역전으로 향했다. 인도는 기차 연착으로 꽤나 악명이 높다. 제 시간에 와달라고 기도했다. 간절한 소망대로 우리가 탈 기차는 겨우 20분 늦게 도착했다. 1분이 1시간 같았다. 연착해도 안내방송이 없고 언제 도착할지는 아무도 모른다. 때로는 며칠이 걸려도 할 말이 없다는……. 여기가 어딘가? 인도다.

기차역 풍경이 보인다. 인도에서 무릎 밑 세계는 꽤 적응이 되었으나 또 다른 도전이었다. 인도 파리는 이합집산형이다. 윙윙대며 시끄럽게 돌아다니는 대신 모였다 흩어졌다를 마술처럼 해낸다. 어느 틈엔가 떼로 모였다가 금세 보란 듯이 사라진다. 기차역 바닥은 음식물 찌꺼기와 분뇨 등으로 얼룩진 대형 오물 집합소였고, 인도 파리는 문을 닫지 않는 그곳에서 연중무휴 합숙을 하고 있다.

자정에 가까웠지만 기차역은 북새통이었다. 이방 나그네에게 쏟아지는 눈빛은 무심코 피하면 안 된다. 그 중심에 들어가야 오히려 안전하다. 멀리서 슬금슬금 주변을 도는 것 같지만 세세히 관찰 중이다. 안 그런 척하지만 핸드폰으로 사진을 찍기도 한다. 하지만 이제는 안다. 그들의 호기심을. 그들과 우리 부녀의 모습이 다르다는 것을. 그리고 그것을 신기한 눈으로 바라보고 있다는 사실을. 태리는 의외로 그 시선을 즐기고 있었다. 동양 여자 아이에게 쏟아지는 휘파람, 따가운 관심이 거북할 법도 한데 도리어 재미있다며 은근히 맞대응하고 있다.

언제부턴가 우리는 우리를 관찰하는 그들을 관찰하고 있었다. 그리고 그들 눈을 정면으로 들여다볼 수 있었다. 어떻게든 이방인 지갑을 열게 하려는 의도가 뻔히 보이지만 그럼에도 불구하고 그들 눈 속으로 들어가면 나도 인간, 그들도 인간이다. 숨은 매력과 인간미를 발견하는 경지(?)에 도달했다. 인도 사람 누구에게서도 인간으로서의 아름다움을 느낄 수 있다.

기차는 6명이 한 칸에 자는 침대 열차. 자정 가까운 시간이라 커튼이 닫혀 있다. 어두움을 뚫고 보따리 짐과 몸을 풀었다. 선풍기 팬이 요란하게 돌아갔지만 나름 에어컨이 가동되고 있었다. 개인용 시트와 베개, 묵직한 담요가 자리에 놓여 있다. 덜컹거리는 열차 칸, 산업혁명 때나 만들었을 법한 잿빛 기차에서 담요로 이글루 같은 잠자리를 만들었다.

김태리는 자신의 로망이라는 '밤 기차에서 일기 쓰기'를 감행하고 있다. 그동안 그렇게 쓰라고 쓰라고 해도 겨우 두세 줄 쓰다 말던 그 여행 일지에, 전에 쓴 일기보다 두세 줄은 훨씬 더 길게 말이다.

링쿠와 작별 인사를 했다. 헤어지고 나니 조금 슬프기도 했고, 뭔가 놔두고 온 느낌이다.

링쿠와 헤어진 뒤 호텔에 돌아가서 조금 쉬다가 남자 테니스 결승전을 봤다. 승자는 영국의 앤디 머리였지만 내가 응원한 선수가 아니어서 조금이 아니라 매우 짜증이 났다. 그렇게 짜증이 난 이유는 영국이 콧대도 높은데 이것까지 이기면 좀 공평하지 않다는 생각이 들었기 때문이다. 테니스를 다 본 후 우리는 역으로 갔다. 역에서 기차들을 봤는데 일반석은 무지하게 지저분해 보였다. 하지만 다행히 우린 특별석이었다. 우리가 탈 기차에 오르니 생각보다는 매우 좋았다. 기차에 익숙해지고 나서 나의 로망인 기차에서 여행 일지 쓰기를 실행하고 있다. 오늘은 다른 날에 비해 잠만 잔 것 같고 이제 곧 나는 잠이 들 것 같다ㅎㅎ.

오늘의 지출

점심식사 240루피 / 망고 40루피 / 저녁식사 355루피 / 음료 62루피 / 샌드위치 20루피 / 총 717루피

20일차

카쥬라호(7월 9일 41℃ 흐리고 비)

카쥬라호 역은 진풍경이었다. 배낭족들과 어깨를 나란히 하고 걸었는데 뭐라도 된 듯했다. 여행자로서 흡족했고 딸아이와 동행하는 이 시간이 그 어느 때보다 뿌듯했다. 오락가락 비를 뿌리다 맑게 갠 햇살이 아침 행진을 빛내 주었다. 역 앞은 호객꾼들 천지. 기차역을 나서며 숙소에서 나오기로 한 픽업을 찾았는데 보이지 않았다. 이게 처음은 아니

지 않은가! 경험은 충분했다.

달라붙는 릭샤왈라들이 "어디 가냐?"고 계속 묻길래 숙소 이름을 가르쳐 주었다.

"아, 오늘 그 호텔, 픽업 안 나온다. 내 차 타라! 싸게 데려다 주겠다!"

아우성이다. 하지만 이제는 분별력이 있다. 잠시 기다려 보았다. 아니나 다를까, 숙소에서 사람이 나왔다. 타고 갈 자리가 부족해서 추가로 부른 릭샤는 오늘 호텔에서 안 나온다던 그 기사다. 그들 말만 믿다간 코 베이기 십상이다. 자기네들끼리 물고 물리기는 마찬가지다.

시내로 이어지는 가로수 길은 평화로웠다. 인도가 맞나 싶을 정도로 드넓고 한산했다. 가이드 북에서 추천한 대로 자전거 타기가 가능해 보였다. 기대가 됐다. 하지만 온종일 비가 내린다. 에어컨과 찜통 더위를 들락거리는 통에 감기가 낫지 않았다. 에어컨을 벗어나지 않으면 낫기 힘들 거라는 직감이 들었다.

비 오는 틈새를 헤치고 카쥬라호 서부 사원군을 돌아보았다. 이슬람의 우상 파괴를 은밀히 피할 수 있었던 곳. 1838년 영국의 한 관리가 발견하기 전까지 미지의 사원으로 웅크리고 있던 힌두 세계의 보물이다. 어떻게 카마수트라(Kama Sutra)가 인도 사람들에게 신격화됐는지 정확한 유래는 알 수 없지만 도발적인 성행위 묘사는 보면 볼수록 그 의도가 궁금하다.

라틴, 그리스, 페르시아, 유럽의 북구어는 모두 인도 산크리스트어에서 비롯됐다. 인도 게르만이라 불리는 종족에서 시작됐다고 한다. 예를 들어, 고대 인도어 'Dyanus'는 그리스의 'Zeus', 라틴어 'Zupiter', 북구어

로는 'Tyr'와 동의어다. 다산의 여신 'Venus'도 북유럽에서는 'Wanen', 즉 '쾌락', '욕구'를 뜻하는 산크리스트어 'Vani'에서 비롯됐다. 그리스 로마 철학은 그래서 고대 인도에 깊은 뿌리를 두고 있다. '지혜'와 '명철'을 나타내는 산크리스트어 'Vidia'는 플라톤의 철학 'Ide', 라틴어로는 'Video', 즉 '본다'로 이어진다. 보는 것이야말로 이들에게는 매우 중요한 문화 유산이다. 선과 악을 놓고 괴물들과 싸우는 신들의 전쟁, 이를 둘러싼 그들의 형상과 조각물을 만드는 것은 인도 게르만인들에게 흔한 일이다. 다양한 신을 믿는 다신교의 특징을 이들 문화권에서는 전통적으로 반영하고 있다.

아무튼 "아이들 교육상 카쥬라호는 여행지에서 빼는 게 어떻겠냐?"는 델리에서 수녀의 조언을 무시하고 사춘기를 지나고 있는 딸아이와 남녀가 하나 되는 모든 가능성(?)을 여과 없이 느긋하게 감상했다.

알다시피 우리는 성인이기 이전에 자연인이 아니던가!

아침에 사원, 성, 궁전 가는 것에 맛 들린 우리는 타즈마할에 이어서 아침 일찍 '카주라호 서부 사원군'에 갔다. 이곳은 힌두교의 우상들을 싫어한 이슬람 사람들의 손에 파괴되지 않은 원형 그대로가 남아 있는 곳이다. 조각조각 정말 정교하게 만들어져 있었다. 하지만 사원 둘러보기를 싫어하는 나에게는 진심으로 다가오지 않았고 그저 이곳을 빨리 빠져나가고만 싶었다.

사원을 다 본 뒤에 호텔에 돌아와서 밥을 먹었다. 오늘 메뉴는 마살라 오믈렛과 토스트다. 맛있게 밥을 먹고 방으로 돌아와서 TV 시청과 핸드폰을 가지고 놀면서 쉬었다. 또다시 점심시간이 돌아와 버렸다. 아빠는 몸살 감기가 걸린 상태라서 배가 고픈 것을 느끼지 못해 우리는 길거리에서 파는 감자와 수프 종류로 배를 채우고(레스토랑이나 밖에서 파는 거나 똑같다), 카페에 가서 음료수와 케익을 먹었다. 카페에서 충분히 휴식을 취하고 우린 방으로 돌아와 또다시 뻗댔다. 몇 시간을 뻬대고 나니 저녁 시간이 왔다. 저녁은 시골밥상이라는 한국 식당에 가서 라면과 나가사끼를 시켜 먹었다. 맛은 있었는데 뭔가 허전해서 "뭐지?" 했는데 김치가 없다는 것을 알았다. 그래도 맛있게 먹고 다시 호텔로 돌아왔다.

여행 20일차(인도 여행 기간의 절반) 되돌아보고 다짐하기!!!
벌써 반이나 되었다는 것이 조금 우습기고 하고 아쉽기도 하다. 시간이 늦게 간다고 생각했지만 돌아보니 그렇지도 않다. 요즈음 한국에서 슬픈 뉴스들이 들려오고 있는데, 내가 여행에 잘 집중했으면 좋겠다. 앞으로도 의미 있는 여행을 계속할 수 있기를 기대한다.

오늘의 지출
카주라호 입장료 250루피 / 점심식사 30루피 / 카페 140루피 / 물 55루피
망고 40루피 / 저녁식사 300루피 / 음료 52루피 / 총 867루피

21일차

잔시(7월 10일 41℃ 맑음)

새로운 세계였다. 땅을 밟지 않고 인도를 누비는 즐거움 말이다. 자전거 타기는 환상 그 자체였다. 감기몸살로 콧물이 줄줄 쏟아지고 맞바람도 거칠었지만 길거리 똥을 지배하는 그 쾌감은 아무도 모를 것이다. 똥을 피하지 않고 바퀴로 꾹꾹 눌러 지나칠 수 있는 그 통쾌함! 한 켠에 묻어 둔 케케묵은 답답함이 풀리면서 기대 이상의 힐링이 되었다. 나란히 달리는 김태리의 얼굴에서도 웃음꽃이 피어 오른다. 불쑥불쑥 뛰쳐나오는 오토바이에 행여 다칠까 앞뒤를 살피기는 했지만 이 시간만큼은 철저한 자유다.

어제 빗속을 걷던 서부 사원군 반대편을 돌기로 했다. 동부 사원군은 체계적으로 관리된 유적지라기보다는 마을 주민들과 어우러진 생활 시설물 같았다. 길을 나서자마자 태리 또래 아이들이 미행하듯 따라붙기 시작한다. 녀석들을 가이드 삼아 마을 깊숙이 들어갔다. 딸아이는 현지 남자들의 부푼 호기심을 채워 주는 이국적인 대화의 장을 이어나갔다. 자전거를 빌릴 때 프러포즈까지 받았다고 했다. "짜이나 한잔 하자"는 소리를 들었단다. 웃음이 절로 나왔다.

딸아이가 점점 자라고 있다는 사실은 가까이 있어서 더욱 지나치게 된다. 여행 중에 키가 160센티미터를 넘어섰고 여자로서 성징이 나타나는 시기다. 내가 딸아이와 여행을 가급적 빨리 추진해야 하는 까닭이기도 했다. 여자만이 아는 고충을 여행 중에 겪지 않게 하기 위해서 말이다. 그래서인지 딸아이와 인도에서 밟는 페달만큼은 보사노바 리듬에 맞춰 더욱더 신나고 재빨리 밟아야 했다.

22일차

야간 열차는 한낮이 되어서야 바라나시에 도착했다. 픽업? 안 나왔다. 역내 여행자 센터에서 전화기를 빌려 델리 DTDC 사무실로 걸었다. 대뜸 고통을 호소했더니, "아무 릭샤나 타고 숙소에 가면 비용을 따로 정산해 주겠다"고 했다.

숨을 크게 들이켰다.

"자! 역에서 나가자."

릭샤 고르기는 어떻게 할까? 비용을 정산해 준다고 해도 부르는 가격대로 탈 수는 없는 법이다. 100루피에 가격을 흥정하고 릭샤 기사를 호텔 로비로 데리고 갔다. 카운터에 들어서자마자 "픽업 나오기로 했을 텐데 안 나와서 무척 곤란했다"고 했다.

이야기를 분명히 해야만 한다. 델리 사무실에서 예약하기로 한 숙박도 믿어서는 안 된다. 여기가 어딘가? 인도다.

어제 바라나시로 오는 기차 또한 카쥬라호 역에는 없었다. 잔시로 가

야 바라나시행 기차를 탈 수 있다. 거리가 170킬로미터다. 부대 비용을 델리 DTDC에서 내주는 조건이지만 문제는 오토바이 릭샤라는 것. 생각해 보라. 비포장 길을 뚝뚝이에 짐짝처럼 매달려 6시간을 가야 한다니. 하지만 비가 하루 종일 와서였는지 우리를 기다린 것은 창문 달린 택시였다. 태리와 나는 연거푸 환호성을 질렀다.

숙소 직원을 DTDC 사무실과 전화로 연결해 주고는 기다리고 있던 릭샤 기사에게 돈을 내주게 했다. 내가 미리 지불하면 DTDC로부터 어떻게 그 돈을 받겠는가? 정산해 준다고 하지만 그건 그들의 이야기다. 쉬운 일이 없다.

기다리고 있던 릭샤왈라. 상황을 짐작한 듯 어느 호주머니에서 돈이 나오는지 너무나 잘 알고 있었다. "얼마를 주면 되냐?" 호텔 직원이 묻자 이 셈이 밝은 기사님 "300루피"를 부른다. 내가 눈을 흘겼다. 다시 제 가격인 100루피로 정정하고, 벌인 일들을 수습해서 방 열쇠를 건네받았다.

며칠 전 카쥬라호에서 만난 한국인 일행을 계단 입구에서 다시 만났다. 가볍게 목례로 인사를 나누고는 방으로 올라가는데 그때까지만 해도 나는 그들이 무슨 이야기를 하는지 전혀 알지 못했다.

바라나시 도착! 호텔에서 픽업이 나오지 않아서 아무 뚝뚝이(릭샤)나 타고 갔다. 오늘 호텔은 무지하게 크고 좋았다. 호텔에서 어제 봤던 한국인을 만났는데 기쁘지 않았다. 그 이유는 매너가 없고, 우리를 보자마자 손가락질을 하면서 "여기는 한국 사람이네" 하는 것이 불쾌했기 때문이다. 그리고 카페에서 Veg(야채)가 없냐는 등 불평한다. 그것도 한국말로 말이다. 우린 그들과 다시 마주치고 싶지 않았다.

점심을 먹고 시티 투어를 위한 새로운 기사가 온다고 했는데 비가 너무 많이 와서 나가지 못했다. 그래서 내일 혹은 떠나는 날에 만나기로 하고 방으로 돌아와서 놀다가 강을 구경하고 몰 비슷한 곳에 가서 버거콤보를 먹었다. 정말 KFC나 맥도날드에서 파는 거랑은 차원이 달랐다. 환상이었다. 아빠와 나는 여기에 다시 오기로 다짐하고 과자를 사서 호텔로 돌아왔다.

아빠가 그 식당을 무척 좋아하는 것 같다. 그 식당 사람들이 나를 보기 위해 주방에서부터 줄줄이 나온 것이 웃기고 재미있었다. 또 오늘 안전하게 도착할 수 있게 해주신 하나님께 감사드리고 감사드린다.

먼저 물어보고 행동을 하듯이 물어보기 전에 생각을 하자! – 태리

23일차

바라나시(7월 12일 41℃ 맑음)

하룻밤 자 보고서야 이 숙소의 정체를 알았다. 결혼식 연회장이 호텔 2층에 마련돼 있었다. 한국인들은 그 때문에 잠을 못 잤다는 이야기를 털어 내고 있었던 게다. 인도에서의 결혼식? 꼬박 일주일 간다. 게다가

풍악을 울린다. 진풍경이다. 정말 재미나다. 풍악만 울리는 것이 아니라 리오 페스티벌하듯 머리 위에 무지갯빛 조명을 휘감고는 떼지어 걸어간다. 이게 다 형광등이다. 불이 어떻게 들어오는지는 알 수 없지만 고적대와 하나 되어 마을을 온통 뒤집어 놓는다. 이 호텔은 그 전진기지나 다름 없는 곳이다. 연회에 참석한 하객들 또한 호텔에 묵으니 끔찍할 수밖에. 대가족 체제에서 아이들이 빠질소냐! 복도가 운동장이 된다. 밤 12시가 넘어도 결코 잠을 안 잔다.

다행히 4층 맨 끝 방을 받았다. 2, 3층 투숙객은 안 봐도 비디오다. 진격의 인도인들로부터 공습을 받았다. 생각해 보니 도착했을 때도 내게 줄 방은 없었던 것 같다. 하지만 DTDC와 운전수를 세워 두고 벌인 그 까다로운 행각이 데스크 직원을 감화 감동(?)시킨 것이다.

태리와도 오늘 한판이 벌어졌다. 갠지즈 강변까지는 걸어서 족히 한 시간. 우리는 인도에서 가장 인구가 많다는 웃따르 프라데시주(인구 1억 7천 만 명!)를 뚫고 지나갔다. 그 중에서도 가장 혼잡하다는 곳이 바라나시다. 일생의 업보를 씻으려고 강물에 몸을 담그는 사람들로부터 죽은 사람을 태우는 화장터에 이르기까지 인생 다반사가 나열돼 있다. 걸어가는 것까지는 문제가 없었다. 호객꾼에 이끌려 미로 같은 시장 골목에서 스카프 구경까지 하고 나왔으니까.

문제는 김태리의 태도였다. 강가 여신에게 숭배의식을 하는 '다와스와메드 가트'(Dasaswamedh Ghat)는 외국 관광객과 현지인이 뒤엉켜 계단은 물론 물에 띄운 배에도 발 디딜 틈이 없었다. 그 와중에 현지인들은 동양 여자를 주목하고 있었다. 하지만 이 여인, 고개를 푹 숙이고 입은 대단히 튀어나온 채 몸을 흔들며 찌뿌둥해 있다.

재미없으니 가고 싶다는 거 안다. 하지만 부모 심정이 어디 그런가. 비싼 비행기삯 내고 일부러 오는 사람들도 있는데, 생각해 보라. 이 얼마나 감사한 일인가! 넓은 세계를 보여 주고 싶은 부모 공통의 독선이 작동하고는 있었지만 종교와 문화, 관습의 차이가 있는 나와 다른 세계를 견지하며 그 문턱을 넘어서는 기회 앞에 그녀가 늘상 취하는 수동적인 태도가 다시 나를 돌아버리게 만들었다.

아아! 한숨이 또 나온다. 인도로 출발하기 전에 아이의 교육상 때릴 수 없으니, '정말 말 안 들으면 꼬집으리라' 작정했었다. 족히 오십 번은 그러리라 예상했으나 이제 겨우 두 번이다. 제대로 한 번이 추가되는 순간이다. '아, 내 자식과의 여행이여!' 이럴 때는 내 편이 절실하기만 하다. 나의 답답함을 누구와 나누리요. 아내가 옆에서 내 이야기를 들어 줘야 하는데 혼자서 참고 견딘 지 이제 23일이 되었다.

돌아오는 길은 그야말로 지옥 길이었다. 가트에서 오붓하게 저녁을 먹기로 한 계획은 때려치우고 숙소 근처 상가 식당에 마주 앉았다. 억울하고 서글픈 김태리, 닭똥 같은 눈물을 흘리고 있다. 하지만 내 속은 여전히 문드러 터질 것 같았다. 햄버거 조리하는 직원들이 쑥덕쑥덕 먼 발치에서 이방인들의 갈등 상황을 생중계로 지켜보고 있다.

아! 사랑이라는 문제지 앞에 오늘도 매번 틀리는 답안을 붙들고 햄버거를 돌 씹듯 넘기며 또다시 전쟁 같은 사랑 싸움을 한바탕 치렀다.

오늘의 지출
점심식사 205루피 / 물 60루피 / 망고 50루피 / 저녁식사 310루피 / 릭샤 80루피 / 음료 55루피
총 760루피

24일차

바라나시(7월 13일 41℃ 비)

"When windows open, monkey strike!" (창문 열면, 원숭이 습격!)

방 안에 스티커가 하나 붙어 있었다. 무슨 말인가 싶었다. 다행히 비가 세차게 들이쳐서 창문을 닫아 두었기에 망정이지 큰일 치를 뻔했다. 원숭이가 정말로 주변에 진을 치고 있었다. 틈만 보이면 창문을 밀고 들어와 투숙객 옷가지며 냉장고 안 음식을 초토화시켰다. 도착 당일 한국인들끼리 나누던 이야기가 바로 원숭이들의 공습이다.

바라나시의 태양은 가히 살인적이다. 자외선이 속옷을 뚫고 들어왔다. 아무리 비가 내리고 먹구름이 껴도 여전히 또렷했다. 태리와 나는 바른 생활표를 만들었다. 두 개의 시간대를 노리기로 했다. 활동 시간을 아침 6시 이전, 저녁 6시 이후로만 하고 나머지 시간은 죽어 지내자고 했다. 안 그러면 정말로 죽을 것 같았다.

머무는 동안 간헐적인 강수량도 대단했다. 배가 묶일 정도였으니 말이다. 배를 띄워 가트 전역을 멀리서 감상하려던 통과 의례는 생략할 수밖에 없었다. 대신 자전거 릭샤를 타고 사람 구경, 살림살이 구경을 했다. 힌두교 신들과 무슬림들이 달아 맨 생고기를 보는 재미도 쏠쏠했다.

비 오는 날에도 갠지즈 강가에는 현지인들의 순례가 끊이질 않았다. 흙탕물에 몸을 씻고 합장하고 기도하며 꽃과 초를 띄워 저마다의 안녕과 행운을 빌고 있었다. 인도인들이 어머니라 부르는 강 갠지즈. 이 강물에 몸을 씻으면 전생, 현생, 후생의 3종 업보가 모두 씻기고 죽어서 화

장 하면 윤회의 사슬이 끊어진다고 여기는 곳. 사실 브라만 계급의 물건을 훔치기라도 하면 구더기로 태어난다고 믿는 사람들이니 이 얼마나 신통방통한 물인가. 영국 황실에도 거대한 은 항아리에 담아 친교의 선물로 보내던 그 생명수다.

그런데 사람이 목욕하기 안전한 수질은 리터당 박테리아 균 500마리라는데 갠지즈 강물은 1,500,000마리쯤 된다. 3,000배다. 그런 강물을 마시는 것은 살겠다는 건지 죽겠다는 건지 죽어도 다시 살겠다는 건지 가늠이 안된다. 그야말로 한번 잘(?) 살아 보겠다는 인간의 염원이야말로 생명의 한계를 훌쩍 뛰어넘고 있었다.

사르나트도 둘러보았다. 붓다의 출생지 룸비니, 득도한 보드가야, 열반에 든 꾸쉬나가르와 함께 불교의 4대 성지 중 하나다. 이곳에서 석가모니가 처음 설법을 펼쳤다고 한다. 쉬폰 케익을 쌓아 올린 것 같은 스투파(탑)뿐 아니라 태국 절, 한국 절, 일본 절, 미얀마 절 등 다양한 국적의 절들이 한동네에 모여 있다. 사르나트의 유적들은 기원전 233년, 인도 최초 통일 국가 마우리아 왕조 때 아쇼카 왕이 지은 것이라고 한다. 불교에 귀의하여 사절단을 파견, 중국에 불교를 전파한 인물이기도 하다.

그러다 보니 또 까맣게 잊고 있었다. 눈물 콧물 범벅으로 싸우던 어젯밤 일 말이다.

"언제 그런 일이 있었나? 그치? 태리야!"

이쯤 되면 부녀 싸움도 칼로 물 베기라고 해야 하는 거 아닐까?

태리의 일지

오전 6:30 석가모니가 깨달음을 얻고, 처음으로 설교(?)를 한 Sarnath와 Chinese Temple, Stupa Temple을 구경했다. 하지만 나의 종교가 불교는 아니어서 그렇게 와닿지 않았다.

8:40 호텔에서 아침밥을 먹고, 내일 생일인 엄마를 위해 카드를 썼다. 함께하지 못해 미안하고, 돌아가서 늦게라도 파티를 했으면 좋겠다. "엄마, 생신 축하드려요!"

카드를 완성한 뒤 영화를 보려고 했지만 피곤해서 보지 못했다.

오후 1:50 몰에 있는 Bikaner's 식당, 요즘 매일 가니까 뭔가 좀 웃겼다.

3:00 호텔에서 영화를 봤다. 여러 개를 번갈아 가며 봐서 제목은 잘 모른다.

6:35 Bikaner's 식당에서 식사, ㅋㅋㅋ 웃기다.

8:00 호텔에서 일지 쓰기, 오늘 인상적인 것은 몰에 자주 가서 웃겼고 그럭저럭 재미있는 하루였다. 굿 Sleep~! Good 슬립~!

오늘의 지출
사르나트 릭샤 왕복 350루피 / 점심식사 200루피 / 저녁식사 330루피 / 망고 30루피 / 총 910루피

25일차

바라나시(7월 14일 33℃ 맑음)

태리는 자이푸르에서 본 영화가 무척 인상깊었나 보다. 한 번 더 가자고 성화다.

"그래, 가자! 그런데 가트 한 군데만 더 보고 가자!"

마크 트웨인은 '역사보다 전통보다 전설보다 오래된 도시'로 바라나시를 압축했다. 그 마지막 도전지는 '마니카르니카 가트'(Manikarnika Gaht)로, 시체를 화장한다는 곳이다. 릭샤를 흥정해서 입구까지 갔다. 그는 우리가 나올 때까지 기다리겠다고 했다. 미로 속으로 들어갔다. 묻고 또 물어 걸어갔다. 시간이 꽤 흘렀는데도 갠지즈 강가는 나오지 않았다. 소 한 마리, 사람 한 명이 겨우 지나갈 요지경을 헤치고 가트에 도착하는 데 걸린 시간은 약 30분.

그 시간 내내 나는 되돌아갈 길을 열심히 저장하고 있었다. 마치 삶을 생각하며 죽음을 찾아 나서는 기분이었다. 알 수 없는 두려움이 다가왔다. 앞길을 찾아 나서는 것보다 되돌아가지 못할 것에 대한 공포가 더 컸다. '죽음'을 알현하러 가는 길보다 '삶'으로 되돌아가는 길이 더 어려웠다.

아! 비록 그동안 내린 비 때문에 화장하는 광경은 보지 못했지만 삶을 묵상하는 죽음의 통로, 그 정도면 충분했다.

태리의 일지

하아암~ 졸려! 이른 아침, 우리는 평소와 같이 새로운 관광지를 돌아다녔다. 오늘 가 본 곳은 사람을 화장하는 곳인데 거기에서는 말하기 금지, 사진 찍기 금지였다. 어떤 곳인지 궁금해서 릭샤를 타고 골목길에 들어간 뒤 한참을 헤매다가 드디어 찾았다. 우왓! 그런데 물이 너무 차서 화장을 하지 못했다 (여기서 말하는 화장은 돌아가신 사람을 태우는 거). 에이, 쫌 하지! 그래서 우린 그 골목길에서 다시 헤매다가 릭샤 타고 호텔로 돌아왔다. 아침을 먹고 영화관에서 <Sixteen>이라는 영화를 봤다. 오 마이 갓! 열여섯 살 애들이 뭔 클럽에 가지를 않나, 운전을 하질 않나. 보는 내내 찝찝해 죽는 줄 알았다. 영화를 본 뒤 밥을 먹고, 기차역에서 먹을 것을 샀다. 기차역에서 한 30~40분 정도 기다리니 경찰 아저씨가 왔다고 알려 줬다. 기차를 탄 뒤 우린 사람들이 자길 기다렸다. 이 말의 뜻은 오직 인도 기차 3등칸을 타 본 사람만이 알 수 있다. 30분에서 50분쯤 뒤에는 다행히 잠을 잘 수 있었다. 그럼 *good night* 뿌~ 뿌~!

오늘의 지출
릭샤 50루피 / 맥스몰 영화 240루피 / 점심식사 270루피 / 저녁식사 50루피 / 음료 80루피 / 총 690루피

26일차

델리-스리나가르(7월 15일 31℃ 맑음)

델리 시내 한복판에 서 있다. 처음 수닐과 달을 만난 곳. 첫날 어디로 갈 것인지 모든 가능성을 열어 두었던 그곳. 벌써 태리와는 마음의 고향이 된 지 오래다. 인도를 여행하다 보면 기차표 때문에라도 몇 번씩 델리를 거친다던데 우리도 그런 셈이다.

릭샤에 올라타는 외국 단체관광객들이 눈에 띄었다. 어색한 행색과 몸가짐에서 딱 봐도 초짜 티가 난다. 우리는 제법 오래 묵은(?) 현지인의 시각으로 썩 오만해지기까지 했다. 외지에서 온 이방객들에게 이들이 무엇을 원하는지, 관광객들은 그들에게서 무엇을 얻고자 하는지를 들여다볼 수 있게 됐다. 그러면서 이제 그들과는 무엇을 나누어야 할지 더욱 잘 알게 된 느낌이다.

픽업 나오기로 한 DTDC. 역시 없다. 델리 역에는 두 개의 출구가 있는데 오가면서 살펴보았지만 없다. 결국 릭샤를 타고 사무실로 갔다. 이젠 현지인과 합승까지 할 정도로 릭샤왈라 다루는 솜씨가 늘었다. 역에서 코넛 플레이스까지 20루피. 배낭을 짊어진 채 DTDC 문을 밀고 들이닥쳤다. 우리를 바라보는 조나는 미안해서 놀란 표정일 줄 알았는데 아니다. 역으로 마중 나간 운전 기사에게 연락이 오는데 우리를 못 만났다며 다시 기사에게 전화를 건다. 꾸며댄 말인 줄 알았지만 사실이었다.

스리나가르 행에 대해 태리에게는 이야기하지 못했지만 후회하고 있었다. 단조로운 행선지라서 산으로 야영을 가지 않는 이상 12일씩 머물

필요가 없어 보였다. 그래서 그동안 갖은 메일로 추가 비용 없이 스리나가르에서 다른 지역으로 돌아 나올 수 있도록 요청했으나 이곳이 어딘가? 인도 아니던가! 계산에 밝은 조나는 추가 금액을 요구하는데 금액이 만만치 않았다. 나는 늪에 빠졌다. 더 이상의 추가 비용은 정신적으로 한계에 달했다. 태리가 그렇게 사달라고 조르던 아이스크림도 제대로 한 번 사주지 못했다. 설사를 핑계 삼아서 말이다.

마날리와 암리챠르로 돌아 내려오는 흥정은 깨지고 판단은 내가 알아서 해야만 했다. '이번 일을 교훈 삼자. 가자. 그냥 가자!'고 되뇌었다. 아! 이제야 단순한 삶이 보이기 시작한다.

1시간 남짓 비행기를 타고 스리나가르에 도착했다. 그동안 보아 온 도시들과는 달랐다. 높다란 하늘, 쾌적하고 맑은 공기의 청정 지역이다. 길에는 키다리 나무들이 줄줄이 늘어서 있고, 피부에는 서늘함조차 느끼게 해주는 바람이 와 닿았다. 현격히 달라진 환경이다. 공항 문을 나오기 전에 조서를 꾸몄다. 군인들의 삼엄한 경비 가운데 K&M 지역(케쉬미어&잠무)의 여행 목적, 세부 인적 상황, 숙소 정보를 세세하게 적어야 했다.

하우스보트의 유래는 이렇다. 인도가 식민지에서 벗어나며 영국인들의 토지 소유를 금지시켰다. 히말라야를 사이에 두고 북인도 산악 지역에 별장을 소유하던 영국인들은 이같은 규제를 피해 청정 지역인 이곳을 찾아 토지 대신 호수 위에 보트를 만들었다. 비상한 앵글로색슨족이다.

이곳은 힌두교도를 찾아보기 어려운 100퍼센트 무슬림 지역이다. 도시 곳곳에 총으로 무장한 인도 군인들이 돌아다니고 있고, 직감적으로 서로 공존할 수 없음을 느꼈다. 우리를 반겨 준 하우스보트 주인 하메드 씨 역시 무슬림이다. 무슬림의 전통은 손님들을 자기 집에 초대해 배불리 먹이고 마시고 잠자리를 제공한다. 공덕을 쌓기 위한 종교적 관습이다. 하지만 이곳은 철저한 상업 지구다. 남부러울 정도의 하우스보트가 두 개나 있는 하메드 씨는 보트 옆에 지은 집으로 우리를 초대했다. 케쉬미어 전통 차를 내어 주고 비스킷을 먹게 했다. 지역 특산물인 샤프란의 유래도 설명해 줬다. 아내 샤미아와 초티, 룩싸나, 압싸나, 이렇게 세 딸과도 인사를 나누었다. 태리와 비슷한 또래라 이런저런 화젯거리가 있을 법도 한데 그의 본론은 어떻게든 산악 트래킹으로 유도해 수익을 창출하는 데 목적이 있었다. 이해한다. 비즈니스. 나도 미리 준비한 대사를 읊었다.

"델리에 있는 조나, 알지 않냐? 조나가 이곳을 추천해 줬다. 그가 말하길 이곳에 가면 모든 게 해결된다고 했다. 나도 그리 될 줄 알았는데 나중에 보니 조건이 다르더라. 산에 가려면 따로 돈을 내고 다른 지역에 가려 해도 추가 비용을 내야 하니 말이다. 말했다시피 처음에 그런 얘기를 안 해줬다. 우리는 라자스탄을 여행하다 이곳에 왔는데 애석하게도 더 이상 지불할 돈이 없다."

딱 잘라 말했다. 아주 잘했다고 생각했다. 왜냐하면 그곳에 머무르는 동안 매일 밤 펼쳐지는 트래킹 강매가 우리에겐 단 한차례도 없었기 때문이다.

아닌가? 내가 없어 보여도 너~무 없어 보였나?

오늘의 지출
릭샤 20루피 / 점심식사 476루피 / 음료 45루피 / 물 30루피 / 사탕 2루피 / 과자 10루피 / 총 583루피

철컹~철컹~쿵~끽~! 3번 반복한 뒤 기차는 New Delhi에 도착했다. 릭샤를 타고 DTDC에 갔다. 조나를 만나서 앞으로의 일정을 상의하고 Old Delhi의 Red Fort, 자하마스지드에 갔다가 비행기를 타고 스리나가르로 온 것이다! 주인과 인사를 하고 저녁을 먹었다. 그 후 음료수를 사서 각자 할 일을 했다. 오늘 너무 복잡하기도 하고 뭘 했다는 기억이 없다. 단, 스리나가르! 너~무~ 너무 좋은 곳인 것 같다.

27일차

 카슈미르, 인도 사람들이 천국이라 부르는 곳이다. 인도 북단으로 오니 달라진 것은 나무의 높이, 공기의 깊이만이 아니었다. 거리를 뒤덮은 똥들과 쓰레기, 오물들은 제법 자취를 감췄고, 힌두인들과는 대비되는 정갈한 옷차림과 청결한 생활 양식이 눈에 띄었다. 남자들은 뜨개질이나 천으로 만든 챙 없는 흰 모자를 쓰고 있고, 옷은 길고 흰 '깐두라'를 입었다. 사막에서 살던 유목민의 전통을 반영하고 있다는데, 모자에 챙이 없는 이유는 기도하다 머리가 땅에 닿아서라고 한다. 그래서인지 이슬람 군인들 모자도 챙이 없는 터번식이다.

 여성들을 더욱 배려하는 듯했고, 남녀가 구분된 공중 화장실도 더러 보였다. 식수용 수도꼭지까지 길에서 발견할 수 있었다. 이방인을 향한 타들어갈 듯한 시선이 싹 사라져서인지 힌두 사람들이 새삼 그리워지기까지 했다. 식어 버린 인기를 되찾고 싶은 조바심이 생길 정도다. 소들도 종적을 감췄다. 동네 구석구석을 꾸미던 새빨간 양초의 무덤들, 향신 불, 코끼리 신, 할아버지 신, 팔이 다발로 몸에 달린 여체 신, 원숭이

태리와 나는 곧장 필살기에 들어갔다. 12일 동안 최소한의 비용으로 살아보자고 했다. 하루에 얼마를 쓰기로 한 것은 아니었다. 지킬 수 없다는 것을 알기에 그렇게까지 하고 싶지는 않았다. 한국에 가기 전 델리에서 그동안 못 먹던 탄두리 치킨도 먹어 보고 가족 친지들에게 안겨 줄 선물도 넉넉히 챙겨 보자는 의도다. 따라서 트레킹? 미리 밝혔다시피 안 한다. 아무리 심심해도 안 한다. 고원 사막? 안 간다. 히말라야 설빙을 바라보는 근교 산행? 안 한다. 입구까지 진입? 결코 안 한다. 오직 이곳 하우스보트에서 12일간 조석으로 주는 밥만 먹고 이동은 두 발로 걸어다니고 점심은 최소한으로 해결하고 델리로 때맞춰 돌아간다는 '스리나가르 조약'을 맺었다. 태리는 좋아라 하며 합의했다. 산에 가면 종일 걸어야 하지 않겠는가!

첫날 우리는 87루피, 둘째 날은 40루피를 썼다. 마실 물 약간과 시장에서 사온 과일로 점심을 때우고 3일째 되는 날은 점심을 사먹는 게 마스터 플랜이다. 왜 이렇게 사냐고? 인도 아닌가! 욕구를 고행으로 승화하는 곳이다. 지금이 어느 때인가? 라마단 기간이다. 이들은 꼬박 한 달을 단식하는데 우리도 못하랴. 참아야 하느니라. 로마에선 로마법, 스리나가르에선 스리나가르법.

아! 쓸데 없는 말을 씨부렸더니 속이 쓰라리다. 배가 몹시 고프고 쓰리다.

태리의 일지

스리나가르에서(나=＿, 아빠= ｜)

＿ : 하~암 지금 몇 시지? 아직 7시네.
　　 자야겠다. ㅋㅋzz~

〈잠시 후〉

｜ : 우리 밥 먹으러 안 가?

＿ : 지금 몇 신데? 어?! 8시네~!
　　 빨리 가자!

밥을 먹으러 부엌으로 간다. 쩝쩝.

＿ : 우리 한 시쯤 나갈까?

｜ : 그럴까? 그럼 그러자!

〈1시〉

＿ : 나가자~!

｜ : 그래!

시장을 찾아 자두와 사과를 사서 들
어온다.

＿, ｜ : 우적우적 후루룩~
　　　　　 맛있다 ㅎㅎ.

아빠와 나는 다음부터 자두만 사와
야겠다고 다짐한다.

＿ : 핸드폰 후 자는 중

｜ : 강의 준비.

＿ : 지금 몇 시야?

｜ : 6시, 1시간만 참아.

＿ : ㅠㅠ

〈7시〉

＿ : 우와 앗! 저녁이당!

｜ : 그러게. 우와 앗! 오늘은 당근,
　　 브로콜리 볶음하고 고기, 감자
　　 볶음이넹?!

＿ : 쩝쩝 꿀꺽~ 아빠, 안 먹고 뭐 해?
　　 언능 먹으셩~!

｜ : 으이구~ 벌써 먹고 있어?! ㅋㅋ

〈식사 후〉

＿ : 배불러. 옥상 가서 바람 쐬고 오
　　 자.

｜ : 그래!

〈옥상〉

｜ : 우와~ 경치 좋다.

＿ : 그러게. 하~ 행복하다. 먹고 자
　　 는 인생ㅎㅋ.

｜ : 나두~ 좋다~!

＿ : 이제 내려갈까?

｜ : 그러자!

〈방〉

｜ : 무슨 생각해?

＿ : 오늘은 정말 한 일이 없었던 것
　　 같아ㅎㅎ.

오늘의 지출
과일 40루피 / 총 40루피

28일차

시장에서 만난 이슬람 과일 장수에게서 과일을 샀다. 사과를 봉지에 담는 과정에서 하나를 빼는 것을 목격했다. 꽤 실망스러웠다. 어제 그 사과 맛이 별로였던지라 오늘은 다른 가게에서 과일을 사보기로 했다.

빨간 자두를 먼저 사고 노란 자두를 10루피 주고 더 샀다. 그런데 봉다리로 노란 자두를 담는 과정에서 이 과일 장수, 어제와 마찬가지로 빨간 자두 하나를 몰래 빼고 담아 주었다.

언제나 먹을 것을 유심히 지켜보는 김태리. 자두 하나가 빠졌다는 것이다. 빨간 자두가 모두 8개라는 것을 태리는 명확히 기억하고 있었다. 노란 자두를 이 손에서 저 봉다리로 옮기는 과정에서 빨간 자두 하나가 봉다리 안에서 줄어 7개만 남는 과정을 눈으로 똑똑히 보았다. 똑센발인('똑똑하고 센스 있고 발표 잘하고 인기 짱'이라는, 내가 기분 좋을 때 부르는 그녀의 별명)!

시장에서 털래털래 걸어오면서 씁쓸한 기분을 털어놓았다.

"무슬림 사람들은 힌두 사람들과는 좀 다를 줄 알았는데, 대실망이야! 이 사람들은 그나마 정직할 것으로 기대했는데……."

"너는 어떻게 생각하니?"

태리의 대답은 흔들던 고개를 이내 끄덕이게 했다.

"뭐, 그들도 사람이니까……."

제목: 내가 본 인도

인도의 첫인상은 더러움이었다. 개와 소가 많고, 개똥, 소똥이 많다. 또 덥고, 습기가 차서 불쾌함 때문에 괜히 왔다는 생각이 절로 들었다. 하지만 시간이 갈수록 모든 것이 익숙해졌다. 여러 도시를 거쳐 숲 속에 있는 라낙푸르의 호텔에 갔을 땐 그곳은 인도라고 생각되지 않았다. 그저 숲 속 어디엔가 와 있는 것 같았다. 그리고 기차를 타고 카주라호에 갔을 때는 인도가 어마어마하게 큰데 이렇게 작은 마을을 만들었다는 게 궁금했고 신기했다.

그 후 마지막 여행지인 스리나가르는 첫인상과 반대로 깨끗했다. 짐승들 똥무더기를 볼 수 없고 개와 양이 간간이 다닌다. 덥지 않고, 습기가 없다. 아빠와 나에겐 천국이다. 아, 행복하다.

이곳 스리나가르에서의 여행이 조금 남았지만 지금까지 여행한 것을 바탕으로 볼 때 나의 기분은 행복과 지겨움(?)이다. 그리고 남은 시간에 대한 기분은 기대와 지겨움, 걱정이다. 앞으로 잘 지냈으면 좋겠다.

오늘의 지출
빵 20루피 / 자두 30루피 / 물 30루피 / 음료 45루피 / 아이스크림 25루피 / 총 150루피

29일차

스리나가르(7월 18일 31℃ 맑음)

새 하루가 밝았다. 여행 중 일상의 낯선 권태와 무료함과 맞서 싸우고 있다. 걸어서 갈 수 있는 곳이라고는 한 시간 거리에 있는 동네 시장 한 군데가 전부. 시내라도 가려면 택시를 불러 한참을 가야 한다.

인생에 고비가 오듯 여행에서도 온다. 참기 힘든 순간이 몰려온다. 분통 터지는 경계선에 홀로 설 때가 있다. 이곳이 그랬다. 돈을 더 아끼려는 부담감까지 겹쳐 답답했다. 마치 덫에 갇힌 기분이다. 뭘 먹고 싶어도, 어딜 가고 싶어도 그러지 못하는 자신이 처량하기까지 했다. 주어진 상황을 슬기롭게 풀어가면 좋으련만 피해의식마저 겹쳐 짜증이 솟는다. 더 답답한 일은, 아이마저 나처럼 짜증을 부리면 그동안 스스로 가둬 놓은 불만을 애한테 쏟고 만다는 것이다.

자식을 향한 부모의 마음은 하나. 나처럼 살거나 아니면 내가 살아온 것과는 반대로 살기를 바라는 것. 아닌가? 여전히 기준은 하나. 나다! 배고픔의 아픔도 절제의 미학도 소비의 심리도 내 기준에 부합하길 원하는 것이다. 내가 그렇게 참았으니 너도 그러든가, 그렇지 않으면 내가 그렇게 못살아서 한이 되었으니 너만큼은 제발 달리 살아라. 있는 그대로 잘 살고 있는 아이를 내 기준에 맞춰 요리조리 재단한다.

"아이 인생은 아이 스스로 알아서 하게끔 그냥 내버려 둬라."

말로는 잘한다. 하지만 아이의 독자성을 인정해 준다고 해놓고는 그게 어디 아이만의 것인가. 감성적 교두보, 물리적 압박, 경제적 조율은 부모가 다 해 놓고서 말이다.

　나는 지금 이 권태를 참을 것인가 아니면 이겨 낼 것인가? 둘 다 해답은 아닌 듯싶다. 태리는 이런 고민 안 한다. 나 같은 애어른이 문제다. 누가 날 좀 제발 달래 줬으면 좋겠다.

태리의 일지

오늘은 제목 없는 시 두 편!

1

또다시 해가 호수 아래로
들어간다

그리고 그 호수 아래에 있는
하늘에 몸을 말린다

해가 높은 곳에서
사람들을 바라볼 때쯤
사람들은 분주하다

가만히 바라보던 해는 지겨운지
다시 호수 아래로 들어가고
그제서야
사람들도 집으로 돌아가
침대로 들어간다

내일이 되면 해가
분주하게 지구를 비춰 줄 것이고
사람들도 해와 함께
분주해질 것이다.

2

아주 이른 새벽부터
분주하게 움직이는 사람들

그 사람들이 일어나기 시작하면
들려오는 빵빵대는
오토바이와 차 소리
그리고 그 사람들과 차, 오토바이와
어울려 걷고 있는 나

이곳에 있는 모든 것이
때론 싫고, 짜증나지만
설계자에게 감사한다.

하지만 가끔씩
그 설계자를 원망할 때도 있지만
원망하는 그 시간조차도
사랑한다.

— 지은이/김태리

오늘의 지출

치킨 롤 70루피 / 케익 55루피 / 물 20루피 / 음료 55루피 / 자두 40루피 / 총 240루피

30일차

"한국인에게 무슨 일이 있으면 저희가 가장 먼저 알게 됩니다. 기다려 보세요."

그동안 아내는 군사 분쟁지대에서 벌어진 통신두절이라고 여기고 대사관에 연락하고 한바탕 난리가 났었나 보다. 연락이 하루만 늦어도 비행기를 잡아 타고 이곳으로 뛰쳐 올 기세였다. 영화 한 편 찍을 뻔했다. 이 모두가 와이파이가 열리면서 알게 된 사실이다.

스리나가르는 통신망 서비스가 없다. 한국에서 발신하는 전화 통신과 문자 수신이 안 된다. 와이파이로 주고받는 방법이 있는데 하루 사용료가 200루피다. 이마저도 아끼려고 거부하고 있는 중이었다. 아내의 거센 질타가 기다리고 있었다. 안 그래도 오늘쯤은 연락을 취하려고 했는데 말이다.

와이파이가 열린 계기는 보트 응접실에 진열된 한 권의 책 때문이었다. 책자 사이에서 무언가 느낌(?)이 오는 종이 한 장을 발견했다. 러시아 국적의 여권 사본이었는데 필기체로 옆에 'Password'라 쓰여 있었다. 이곳에 머물다 적어둔 표시 같았다.

'98765421'

'아하!'

즉시 시도해 보았다. 하지만 안 열렸다. 누구나 처음에는 '123456789' 정도의 순열은 시도해 본다. 하지만 거꾸로? 예상 밖이었다. 게다가 서

열이 취약하기에 번호 하나를 생략한다? 매우 현실적이다. 그렇지만 열리지 않았다. 태리에게 이 사실을 알렸다. 그녀는 고개를 끄덕이며 무심한 듯 "그래?"라고만 했다.

한나절이 지나고 저녁식사를 무료하게 기다리고 있었다. 각자 잔디밭에 의자 하나씩 끌어다 앉고는 빈둥거렸다. 태리는 핸드폰으로 무언가 열심히 조작하고 있었다. 순간! 똑센발인 김태리의 홍조 띤 목소리가 들려왔다.

"아빠! 풀었어!"

"뭐라고?!"

그녀를 황급히 방으로 데리고 들어왔다.

"봐봐!"

"98765321!"

약간의 변화가 있었지만 역시 책갈피 수준의 패턴이었다.

'내가 할 땐 안 됐는데……'

이어서 SNS를 통해 봇물 터지듯 들어오는 메시지들. 나는 신나게 혼났다. 아내 왈, "고작 하루 200루피 때문에 사람을 그렇게 개고생을 시키나! 집에 오면 제일 먼저 내 손에 죽을 줄 알아라! 알라!! 알라!!!"

나는 그 "알라!"에 맞서 죽도록 "쏘리~"를 연발하는 수밖에.

와이파이 통신에서 벗어나려던 이유는 또 있었다. 장인어른이 위독하다는 소식만큼은 피하고 싶었다. 직면하기가 너무나 버거웠다. 한국 같으면야 한걸음에 달려가겠지만 인도에서, 게다가 국제공항과는 묘연한 스리나가르에서는 도무지 어렵다는 것을 알기에 그 걱정을 미리

직조하고 있었다.

떠나기 전에도 장인어른은 말기 암으로 투병 중이셨고 의사의 소견은 "이제 마음의 준비를 하라"는 것이었다. 여행 중에 뜻하지 않게 들을 수 있는 이 비극적인 소식에서 나는 되도록 달아나고 싶었다. 가급적 멀리, 아예 들리지 않는 공간 속으로……

비밀번호가 풀리면서 그토록 피하고 싶던 순간을 가까이 대면하게 되었다.

태리의 일지

Big News1 : 오늘 인도 스리나가르 카쥬라호의 장엄한 하우스보트에서 김 모 양이 와이파이 패스워드를 풀었다. 원래 와이파이 사용료는 하루에 1인당 200루피(우리나라 돈으로 약 10,000원)인데 김 모 양의 아빠인 김 모 씨가 책 사이에 사람들이 적어 둔 와이파이 패스워드 힌트를 발견했다. 그것으로 연구를 거듭하다가 김 모 양이 푼 것이다. 그리고 이들은 이제부터 몰래 해야 할 것을 다짐했다.

Big News2 : Big News1에서 밝혔듯이 김 모 양과 김 모 씨는 와이파이를 풀었고 그들은 곧바로 엄마에게 연락했다. 그랬더니 엄마는 울면서 얼마나 걱정을 했는데 그까짓 10,000원 왜 안 썼냐며 화를 냈고, 인도에 있는 한국 대사관에 전화도 하며 김 모 씨 부녀의 안전을 걱정했다고 한다. 그래서 김 모 양과 김 모 씨는 미안해했고, 화해했다.

- 2013년 7월 19일 금요일 김태리 기자

엄마에게 미안했다. 그리고 내가 와이파이 패스워드를 풀다니!
정말 내가 다 깜짝 놀랐다. 그냥 눌렀는데 연결이 되다니, 눈물 날 정도로 기쁘당!
그럼 이제~ 핸드폰~ 폰~ 폰~ 폰 핸드폰~ 우왓!! 행복~!!

오늘의 지출
해당 사항 없음

31일차

스리나가르(7월 20일 31℃ 맑음)

잠이 깼다. 새벽 2시 30분. 졸린 눈과 싸워가며 변기에 앉았는데 아니나 다를까 설사다. 인도에서 처음 겪는 강도 높은 설사였다.

'물이 바뀌고 식사가 달라져서 그런가? 아니면 위장도 쪼인 걸까?'

침대로 돌아와 잠을 청했지만 새벽녘 알라의 향연으로 이번엔 달팽이관이 경련을 일으킨다. 라마단 때문인지 연중무휴 규칙적으로 부르짖는 건지는 알 수 없다. 라긴 호수를 에워싸고 스리나가르 전역에서 일제히 울려퍼지는 경전 외는 소리는 크레센도에 스타카토까지 찍고 점차 흐느끼기 시작하는데 소름이 끼칠 정도다. 나 또한 내면의 소리와 자기 최면을 총동원하여 다시 잠을 청했다.

비 온 뒤 아침은 그야말로 황홀했다. 물 청소로 닦아 낸 유리창마냥 반들거렸고, 산꼭대기엔 구름 떼가 고무줄 넘기 하듯 능선을 넘나들고 있었다. 다시 저녁이 왔다. 호수 위로 석양이 용해된다. 강물이 빗질하듯 큰 결을 가르고 창공이 수면 위로 숨 죽인 채 차분히 잠수하고 있다.

이제 여행이 열흘밖에 남지 않았다. 전혀 예상치 못한 마무리를 하고 있다. 정말 이런 권태는 오랜만에 누리는 여정인데 낯설고 괴롭다. 스리나가르는 후회 많은 선택이다. 아쉽다.

그렇지만 지루함 반대편에 마주 선 분주함은 서로의 불완전함을 채우는 축복이리라. 단언컨대 오늘의 지겨움에서 사뭇 잉태하는 내일이 있으리라. 길고 긴 기다림 가운데 내면에서 끓어오르는 미래의 기억이

있으리라. 아들과 여행할 때는 결코 이런 식으로 내 발목을 잡지 않으
리라. 내가 원하는 것을 분명히 밝히고 그 권한을 누구에게도 넘겨주지
않으리라.

　이 여행에서 마주한 낯섦과 망설임, 성가심과 불결함, 아쉬움과 혐오
스러움까지도 새롭게 인수분해하는 정갈한 결정체로 꿈꾸리라.

인도에 와서 그것도 아빠랑 단둘이 와서 정말 느낀 것이 많다.
오늘은 인도의 사람들을 돌아보자.

힌두 사람

닭을 제외한 고기는 먹지 않으며 닭도 거의 먹지 않는다. 길거리를 청소하지
않고, 거리에 똥들이 무수히 굴러다니는 환경도 아랑곳하지 않으며 산다.
* 고쳐야 할 점:
1. 고기를 먹여야 한다. 2. 신을 좀 줄여야 한다(그들의 신: 브라만, 쉬바, 비
누슈, 가비쉬 등등). 3. 거리를 청소해야 한다.
* 좋은 점:
1. 고기를 먹지 않아서 냄새가 나지 않는다. 2. 먹는 것이 겸손하다.
3. 사람들에게 관심을 가져 준다.

무슬림 사람

아라비아에서 모하메드가 창시한 이슬람교를 믿는 이들이다. 힌두 사람들과
달리 깨끗한 환경에서 산다. 돼지 외의 모든 고기를 먹는다.
* 고쳐야 할 점:
1. 돼지를 먹어야 한다. 2. 고기를 먹어서 나는 냄새를 조심해야 한다.
* 좋은 점:
1. 고기를 먹는다. 2. 길이 깨끗하다. 3. 경건하다.
이렇게 힌두 사람과 무슬림 사람이 다르다.
뭐, 그 차이는 무수히 많겠지만 내가 아는 것이 이렇다.

힌디 사람에 대해 추가하고 싶은 것

* 고쳐야 할 점
1. 소를 팔아야 한다. 2. 개를 팔아야 한다.
만약 힌두 사람들이 이를 실행하면 부자가 많아질 것이다.

오늘의 지출
물 60루피 / 음료 90루피 / 아이스크림 10루피 / 과자 65루피 / 총 235루피

32일차

스리나가르(7월 21일 29℃ 맑음)

"자전거나 빌려 볼까?"

종업원 무사파트가 얼마 전 자전거를 타고 오는 걸 보았다. 자전거는 주인집 딸의 것이라고 했다. 그녀도 과외 다니면서 매일 쓴다고 했다. 대여에 실패했다.

여행자를 위한 시설, 정말이지 아무것도 갖춰져 있지 않다. 뭘 하려면 산에 가야 하는데 큰돈을 지불해야 한다. 지프차를 빌려야 하니 말이다. 아니면 시내에서 시간을 보내는 방법이 있는데 이렇다 할 버스정류장 표시도 없다. 우리는 갇혀 있다.

점심을 사 먹는 날이다. 눈여겨봐 둔 레바논 닭집에 들렀다. 무슬림들의 표정에는 무언가 빠져 있다. 감정이 생략되어 있다. 그래서 좀 답답하다. 시킨 닭이 나왔다. 생각보다 적은 수가 나왔다. 꼬챙이에 네 개가 달려 있었다. '그래도 이게 웬 떡인가!' 자두로 연명하며 살아온 수행 경력에 비하면 씹히는 식감이며 그 감칠맛이 감지덕지다. 천국이 따로 없다. 한국인들의 식탐 규격에 비하면 턱도 없는 양이지만 추가 주문은 없다.

내 여행의 실패작은 늘 돈 문제와 결부됐는데, 패턴이 반복되고 말았다. 출발 전에도 그렇게 다짐했건만 여기서 또 발목이 잡힐 줄 몰랐다. 스스로 풀고 나올 수 있으면 좋으련만 그 순간엔 어림도 없다. 뻔히 알면서도 꽉 쥐게 된다. 시간이 지나면서 실망스럽고 부끄럽다는 사실 또한 반복된다.

살짝 변심을 했다. 어쩌다 그렇게 됐다. 소화도 시킬 겸 시장 반대 방향으로 걸어가 보자고 했다. 시내 방향이다. 시내로 갈 생각일랑 결코 없었다. 차로도 꼬박 30분 거리다. 낮에는 보트가 하도 더워서 어디선가 시간을 보내야만 했다. 태양을 피해 있다가 해질 무렵 돌아가는 게 일상이다.

도로는 걷기가 여간 성가신 게 아니다. 보도블록을 보기 힘들었다. 차도에 한 발씩 걸쳐 가며 공간을 밀당해야 하는데, 오가는 차들이 제법 많다. 감정 없는 무슬림들의 불투명한 눈초리, 정수리를 말리는 뙤약볕, 길을 턱 막고 있는 장사꾼들. 도드라진 이방인 부녀의 반바지 행색으로 다니기에는 쉬운 길이 아니었다. 외부 사람에게 친근한 여행자 마을은 더더욱 아니었다.

태리는 벌써부터 뒷걸음치고 있었고 나는 선풍기조차 없는 보트 안으로 돌아갈 엄두가 나질 않았다. 엉겁결에 지나가는 릭샤를 세웠다. 시내까지 가격이나 물어볼 참이었다. 비싸면 돌아가자고 하며 도리어 위로라도 받을 참이었다.

"200루피!"

손가락 두 개를 나란히 펴서 내게 흔들었다. 괜히 물어봤다 싶을 만큼 위로가 되는 금액이다. 하지만 마음이 또 살짝 흔들린다. 그새 너무 멀리 걸어왔다. 극도의 피로가 몰려온다. 그래도 이 가격으로는 안 된다. 왕복으로 따지면 400루피다. 흥정에 돌입했다. 만두를 빚듯 허리를 굽혀 가며 "50루피치만 태워 줍쇼!"에 성공했다.

스리나가르는 택시가 흔치 않기에 운전수가 갑이다. 그들이 싫으면 어쩔 수 없다. 다른 지역에서 통하던 방식과는 다르다. 무슬림 타운 아닌가! 결국 시내에 있는 달(Dol) 호수까지 가게 되었다. 이 얼마만의 탈출인가! 감회가 새로웠다. 집에만 틀어박혀 있다 간만에 눈썹 붙이고 외출하는 주부의 일탈이랄까! 몇 푼 안 되는 돈을 정신적으로 붙잡던 자기 검열에서 벗어나는 순간이다.

달 호수에도 하우스보트가 다닥다닥 붙어 있었다. 1,400여 개라고 한다. 옆집 보트와 사이 좋게 이야기해도 될 성싶다. 무턱대고 예약하고 왔다가는 크게 낭패 보기 쉽게 하는 주범들. 떼로 널려 있었다. 물론 우리가 머무는 라긴(Lagin) 호수의 보트들도 권태롭긴 마찬가지지만 말이다. 그래서 이곳을 찾는 힌두 사람들도 보트에서는 하룻밤 정도 경험 삼아 들리는 듯했다.

곤돌라처럼 생긴 시카라(Shikara) 호객꾼들이 졸졸 따라 붙는다. "No, No, No." 거절에 거절을 수차례 하며 강변을 걷다 말고 그냥 길가에 털썩 앉았다. 한산했다. 아니, 아무도 눈에 띄지 않았다. 텅 빈 관광지다. 관광객의 주체성을 살려 상점도 보고 활기찬 시내 구경도 하리라 기대했건만 모두 문을 닫은 상태다. 나무 그늘에서 쉬고 있던 시카라 운전수가 이야기를 꺼냈다.

"며칠 전 잠무 지역에서 총기 사고가 났다."

셔터를 내린 가게 문과 텅 빈 거리를 응시하며 말했다. 순간 내 귀에는 마치 전쟁이 난 것처럼 들렸다. 그는 인도 정권과 군인을 향해 거센 비난을 퍼부었다. 스리나가르는 인도 전역에서 몰려드는 힌두 사람들을 위한 전용 관광지나 다름 없다. 며칠 전 이 사건으로 인해 무슬림들은 시위의 일환으로 상가 문을 전부 닫았다고 한다.

라마단 기간에 온 것도 모자라서 민감한 총기 사고까지 겹치니 답답한 노릇이다. 게다가 며칠 후 잠무(Zammu) 지역을 통과해야 하는데 혹시 육로가 통제되는 것은 아닌지 슬슬 걱정이 되었다. 자세히 물어보니 인도 군인이 일반인 다섯 명을 총으로 사살했다고 한다. 종교 갈등이라고 하는데, 과연 우리는 잠무 지역을 무사히 통과할 수 있을까?

태리의 일지

2013/7/21/Sunday (32Day) English Diary

I think that as time goes by we wakeup very late.

Today we wakeup at 8:20 am and tomorrow we will wake up at 9:00 am. ㅋㅋ

After eating breakfast Dad look at map and I did a game and watch a 몬스타(드라마). And at 1:30 am we go outside for a lunch. Today menu was 샤슬릭 치킨. It was very good!

Yummy~ Yummy~. And we walk and walk and take a 릭샤!!! Good! Good! So we went to Boulevard(Boulevard는 큰 거리다). But Oh my God! Every market didn't open. ㅠ~ㅠ 엉~엉~ however I was happy is that I don't want to see. 유후~ so we come back here (house boat) and rest and we eat and eat everything. ㅋㅋ(싹싹 긁어먹었다는 뜻!)

아~!! Today dinner menu was Ram~ Ram~ Ram~ Ram~ meat~!

We were so happy!

The end.

오늘의 지출
점심식사 280루피 / 릭샤 50루피 / 릭샤 90루피 / 아이스크림 10루피 / 총 430루피

33일차

밤마다 울려퍼지는 경전 소리. 이제는 빼먹으면 허전할 정도가 됐다. 배경음악이라고나 할까. 인도 게르만 후손들이 조형물이나 조각상 등 눈으로 보이는 것에 신성을 둔다면 아브라함의 후손 셈족에겐 듣는 것 이야말로 예배의 핵심이다. 말씀과 찬양, 한목소리로 읽는 낭독! 가톨 릭, 이슬람, 기독교, 유대교 모두에게 말이다.

그렇지만 새벽녘에 자다 말고 봉창 두드리는 소리는 심히 고통스럽 다. 스리나가르 전역이 하나 되어 메가폰을 붙잡고 일제히 터져나오는 데, 그 울부짖는 소리에 소름이 돋는다. 지구상에서 가장 열렬한 그들 의 신앙적 태도가 부럽기도 하지만 때로는 섬찟하기도 하다.

보트 주인에게 어제 귀동냥으로 들은 사건을 물었다.

"총격전이 있었다고 들었는데 대체 무슨 일인가?"

그는 손가락을 좌우로 휘둘렀다.

"인도 군인들 정말 나쁘다."

길게 한숨을 내쉬었다. 이야기인즉 라마단 기간 중에 경전 외는 소리 가 시끄럽다고 실랑이를 벌이다 인도 군인이 민간인을 쏘아 죽인 것이 라고 했다. 이슬람의 오랜 전통인데 어쩌라는 것인지, 인도 사람들 이 해하지 못하겠다면서 말이다.

무슬림들은 모두가 한결같다. 일하다 절하고, 청소하다 절하고, 밥하 다 절하고, 아이 돌보다 절하고, 강아지 밥 주다 절한다. 자신만의 장소 에서, 보트 구석에서, 마당에 매트를 깔고 한결같이 메카를 향해 기도 한다. 무슬림들은 다음 다섯 가지를 꼭 지킨다고 한다.

1) 알라가 유일신이고 모하메드는 예언자라는 신앙고백

2) 기도는 하루 다섯 번

3) 자진해서 자선단체에 기부할 것

4) 성스러운 라마단에 참여하기

5) 이슬람 교도라면 누구나 인생에 한 번은 메카로 성지순례 가기

그렇다! 나도 그렇다. 지금 나도 내 고향을 찾아 집으로 돌아가기만을 간절히 열망하고 있지 않은가.

태리의 일지
∨ 어제의 일지와 같이 정말로 9시에 일어남.
∨ 유튜브에서 정선우(본명 강하늘) 동영상 보기. 그 외에 카톡이나 카스도 함.
∨ 핸드폰도 질린 나는 아빠에게 빨리 나가자고 함. 끈질긴 설득에 아빠는 넘어가고 2시 출발!
∨ 시장 가는 길에 아는 아저씨(?)를 만나 그분이 차를 태워 줌. 시간이 많이 남아서 그늘에 1시간 동안 앉아 있다가 자두를 산 뒤에 단골 가게집에 가서 콜라와 아이스크림을 사서 돌아옴.
∨ 시간 가는 줄 모르고 엄마와 통신을 하다 저녁을 먹음. 오늘 저녁은 감자, 닭 구이, 버터 야채볶음 등 기름기 좔좔이었음. 완전 대박 맛있었음.
∨ 아빠와 싸웠을 때 쓴 시와 수필들(시인지 수필인지는 모름ㅋㅋ) 정리.

오늘의 지출
음료 66루피 / 아이스크림 10루피 / 자두 20루피 / 총 96루피

마음 속의 해

김태리

내 안에 있는 해가
나오려 하지 않는다

해가 주는 빛 대신
밤이 주는 어둠이

밤하늘 별이 주는 아름다움 대신
어둠이 주는 두려움과 쓸쓸함이……

지나간 먹구름

김태리

먹구름이 지나갔다
먹구름이 지나가니
뒤에 있던
해도 조금씩 마음을 연다
해가 조금씩 마음을 여니
다시 먹구름이 온다
먹구름이 오면
해는 열려던 마음을 다시 닫고
먹구름 뒤로뒤로 쪼그라든다

34일차

구멍가게를 운영하는 형제와 친해졌다. 단골이 된 이유는 단순하다. 그들은 웃었다. 스리나가르에 와서 우리에게 첫 웃음을 선사한 사람들이다. 큰형은 첫날부터 우리에게 관심을 보였다.

"엄마는 왜 안 왔냐?", "왜 딸하고 왔냐?", "다른 아이는 지금 뭐하냐?", "그럼 엄마는 집에서 뭐하고 있냐?" 등등.

아줌마 같은 질문을 퍼부었다. 말도 아줌마처럼 빨랐다.

"일부러 아이와 둘이서 왔다. 음……, 그러니까 전략적으로 왔다. 엄마랑 오면 아이가 엄마하고만 밀착하지 않느냐? 엄마와 아들은 지금 집에서 둘만의 시간을 잘 보내고 있을 것이다."

그랬더니 엄지손가락을 치켜 세우고 "따봉!"을 보여줬다.

태리를 향해선 "너, 정말 훌륭한 아빠를 두었다"고 했다. 다시 나를 바라보며 "그 심정 이해한다"고 했다. 자녀와 여행을 떠난 아빠의 말못할 고충을 이해해 주는 동지를 만나니 더없이 반가웠다. 눈물이 핑 돌 정도였다. 그렇게 우리는 단골이자 친구가 되었다. 덕분에 김태리에게도 하루에 아이스크림 한 개씩 친교(?) 삼아 공급되고 있다.

어느 날 가게 주인이 바뀌어 있었다. 하지만 둘이 형제라는 것은 보자마자 알 수 있었다. 형제는 가게 위층에 휴게소도 운영하고 있다. 휴게소라고 해봐야 의자 몇 개, 선반 위에 놓인 자그마한 컬러 TV가 고작이지만 우리는 시장에서 사온 빵과 가게에서 산 음료수를 들고 이곳에서

점심을 해결했다.

주인의 아이가 TV 앞에서 떠나지 않고 있었다. 곧 동생 주인이 쫓아 올라왔다. 그때부터 자식 걱정을 늘어 놓기 시작한다.

"이 녀석, 학교에 보내 놓았더니 받아오는 성적이 정말로 형편없다. 집에서 하는 일은 그냥 저렇게 멀거니 TV만 쳐다보기다. 밖에 나가면 애들이랑 늘 사고만 치고 돌아온다. 방학 때도 다른 아이들은 꼬박꼬박 학교 가서 영어 보충수업을 듣는데 쟤만 저러고 논다. 곧 있으면 중학생인데 이래가지고 학교는 고사하고 나중에 장가는 갈 수 있을런지?"

어쩜 그렇게 한국과 똑같을까. 나이를 물어보니 태리와 동갑이다. 딸 가진 부모건 아들 가진 부모건 똑같다. 무슬림 부모건 한국 부모건 똑같다. 고민은 하나다.

"저 녀석이 과연 사람 구실을 할 것인가?"

방학이라지만 학교 땡 치고 여행 온 김태리. 자기 이야기 하는 것 같아서 간만에 오금이 저렸을 것이다. 아닌가?

보트로 돌아왔다. 저녁을 먹고 김태리를 앉혀 놓고 물었다.

"힌두교도들은 매년 한 번은 '야뜨라'라는 성지순례를 하는데 말이야. 이슬람교도 역시 '하즈'라고 하는 성지순례를 한다고 해. 그렇다면 이슬람교도들이 평생에 한 번은 꼭 이곳에 가기를 열망한다는 성지 순례 장소는?"

뜸을 들이길래 사우디아라비아에 있다고 힌트를 일러 줬다. 계속해서 뜸을 들이길래 "두 글자다!"라고까지 알려 줬다. 그랬더니 "끝 글자를 알려 달라"고 해서 "카"라고 했더니 한 치의 망설임도 없이 "림카!"라고 자신 있게 말했다.

나는 조금전 가게에서 사가지고 온 림카를 벌컥벌컥 들이킬 수밖에.

태리의 일지
오늘도! 어제와 같이 아침 먹고 놀다가 마트 가고 삐대고 저녁 먹고 일지 쓰고를 반복했다. 그래서 오늘은 뭘 써야 할지 모르겠다. 만화를 그리겠다.

오늘의 지출
자두 30루피 / 오렌지 50루피 / 음료 120루피 / 과자 20루피 / 아이스크림 10루피 / 초콜릿 5루피
총 235루피

35일차

"할아버지, 많이 힘드시죠? 조금만 있으면 가요!"

"장인어른, 일주일 후에 뵐게요!"

SNS로 전해 온 메시지는 더 이상 효력이 없었다. 장인어른 스스로 곡기를 끊으셨다고 한다. 더는 머무를 수 없었다. 하루라도 서둘러 귀국해야 했다. 아내와 상의 후 항공권을 조정했다. 델리에 도착하는 대로 출국하기로 했다. 옆에서 듣고 있던 김태리, 그 의미를 감지했다. 감정의 봇물을 왈칵 쏟아 내었다.

일정이 바뀌어 귀국 날짜가 당겨짐으로 기나긴 단조로움을 풀어 보리란 계획은 물거품이 됐다. 딸아이가 몹시 허탈해할 거라는 것을 잘 알고 있다. 나 또한 아쉬움이 많았다. 그동안 아이에게 강요한 절제와 검약에서 해방시켜 줄 기회를 놓치는 것이 너무나 아쉬웠다. 딸아이가 애처롭고 불쌍하기까지 했다. 힘든 여정 가운데 이토록 건강하게 잘 지내 준 것이 얼마나 고마운가. 집에는 또 얼마나 가고 싶었겠는가! 특히 엄마의 따뜻한 손길은 얼마나 그립겠는가!

게다가 딸아이가 쏟아 내는 눈물의 설움은 인도 여행에 대한 아쉬움보다도 그동안 간절히 품은 염원이 물거품 되는 허탈함 때문임을 잘 알고 있다. 할아버지의 건강을 위해 얼마나 기도하고 소망했는데⋯⋯.

"도대체 왜 할아버지를 데려가시나요?"

깊고 깊은 슬픔이 그녀의 가슴 속으로 밀려들었다.

일정이 바뀌고서야 내게 묵은 체증이 오히려 시원하게 내려갔다. 그것은 올바른 선택을 했다는 안도감 이상의 것이다. 삶의 진정성에 대한 보답이기도 했다. 또다시 믿고 맡기기로 했다. 생명을 주관하시는, 내가 믿는 신께 말이다.

슬-괴-짜-힘-하-원

이제 스리나가르도 바이바이다. 그리고 이제 곧 집으로 돌아간다!

원래 델리에서 4일은 더 있으려고 했는데 할아버지께서 많이 위독하셔서 델리에 도착하자마자 한국으로 돌아간다. 구경하지 못한 것, 선물 사지 못한 것 등은 둘째치고 할아버지의 건강이 오늘내일한다니 정말 슬프다.ㅠㅠ

괴롭고 짜증나고 힘들고 하나님이 원망스럽다. 아, 할아버지!

구경하지 못한 것, 선물 사지 못한 것에 대한 아쉬움까지 겹쳐 아까는 펑펑 울었다. 지금 눈물이 날 것 같아서 못 쓰겠다.

①나의 기분 – 불쾌(?), 쓸쓸, 심각, 복잡 등.

②나의 총 기분 및 생각 – 슬프고, 괴롭고, 짜증나고, 힘들고, 하나님이 원망스럽고, 불쾌하고, 심각하고, 복잡하다.

To 엄마, 아빠

엄마와 아빠도 슬플 텐데 나를 위로해 주고 공감해 주고 이해해 주고, 같이 아쉬워해 주고, 울어 줘서 고마워!

그리고 특별히 엄마, 한국에서 외할아버지 간호해드리고, 친할머니도 간호해드리느라 힘드시죠? 그리고 아빠, 제 옆에서 도와주고 안아 줘서 고마워. 사랑해!

To 동생 이후

이후야! 엄마 옆에서 위로해 주고 물어봐 줘서 고맙다. 너도 힘들지? 힘내, 홧팅! 사랑하고. 우리 얼른 만나자. 히힛^~^!

To 외할아버지, 외할머니, 친할머니

할아버지, 할머니, 요즘 안녕하시지 못하죠? 외할아버지도 안 좋으시고 친할머니도 안 좋으시고…… 하지만 정~말 오래 사실 거예요. 그리고 외할머니, 할아버지 편찮으셔서 슬프실 텐데 표현도 안 하시고……. 그래도 슬픈 거

알아요! 모두 힘내세요.

To 하나님
하나님!! 하나님께 기도드릴 땐 눈물이 흘러요. 그렇지만 이렇게 글은 엉망이
지만 정성 들여 기도드립니다. 하나님!! 너무 원망스럽고 화가 나지만요. 이런
감정 갖는 것조차 죄송하고, 감정을 갖는 것에 감사합니다. 먼저 할아버지 수
명, 조금만이라도 늘려 주세요. 그리고 저희가 무사히 돌아가서 할아버지 볼
수 있게 해주세요. 또 남아 있는 가족들 평안하게 해주세요. 감사하고 정말
사랑합니다. 예수님의 이름으로 기도드립니다. 아멘.

To 모든 사람들 힘내시고 기도합시다. 홧팅! 사랑해요.

오늘의 지출
치킨롤 165루피 / 음료 30루피 / 물 30루피 / 사탕 5루피 / 총 235루피

36일차

스리나가르(7월 25일 31℃ 맑음)
'과연 스리나가르를 벗어날 수 있을까?'
'버스는 출발할 수 있을까?'
'도로는 무사할까?'
'제 시간에 맞춰 비행기는 탈 수 있을까?'
　새벽 2시 30분. 폭우가 몰아치더니 천둥 번개가 호수를 쩍쩍 가르고
있다. 빗소리조차 들리지 않는 엄청난 우레 때문에 한 숨도 못 잤다. 피

가 거꾸로 쏠리는 듯한 긴장이 몰려왔다. 오만 가지 불길한 잡생각이 뻗쳤다.

호수 반대편은 정전으로 암흑이다. 새까매진 지 오래다. 신기하게도 이쪽에만 전기가 들어온다. 아내에게 여러 가지 가능성을 열어 두라고 문자를 보냈다. 델리에 도착하지 못할 가능성부터 지금 이 순간 와이파이 통신이 두절될 가능성까지. 예측할 수 없는 긴장감이 스리나가르를 끝까지 붙잡았다. 비가 잠시 약해지는가 싶더니 다시 세차게 퍼붓기를 몇 차례. 그러더니 하늘에서 쏟아붓던 모든 것이 순식간에 멈췄다. 믿기지 않았다.

어느덧 터미널에 왔다. 오전 6시. 말이 터미널이지 버스, 트럭, 화물차들의 전진기지와 다름없다. 게다가 인도 특유의 간판 실종 매표소에서는 한 여자 승객이 실랑이를 벌이고 있다. 한국 사람이다.

"왜 그러느냐?"

"이 사람들이 거스름돈을 안 준다."

치를 떨며 난감해했다. 아무리 달라고 해도 보라며 내줄 잔돈이 없지 않느냐며 서랍을 탈탈 털어 보이기까지 한다. 이들에겐 항의해 봐야 소용없다. 천부당만부당하지만 서로를 달래면서 잘 가라고 인사를 나눴다. 그녀는 아프가니스탄 국경을 넘는다고 했다.

좌석을 뒤로 눕히는 카우치형 버스를 기대했건만 좌석 위 칸에 두 명 들어가는 수납공간(?)이 마련된 버스였다. 게다가 에어컨이 없다. 밖에서 들어오는 흙먼지를 다 받아 마셔야 한다. 뉴델리까지 걸리는 시간은 27시간. 내가 타 본 단일 교통수단으로는 최장 시간의 고역이 대기하고 있었다.

벌써부터 길을 막는 군수 차량들에 꼬리에 꼬리를 무는 화물 차량들과 뒤섞여 마치 거대한 화물 축제 같았다. 쉴 틈 없는 경적 소리, 비포장을 흔드는 둔탁한 흔들림, 좌석은 앞뒤 간격이 있다지만 열린 소음과 매연 소리에 몸이 금세 지쳐 갔다. 운전자는 두 명이 교대로 운전하되 한 명은 도로 상태를 확인하는 역할이다. 서로 돌아가면서 취침하기도 했다.

잠무(Zammu)까지는 산악 도로가 펼쳐졌다. 고도가 높아지고 압도적인 풍경에 접어든다. 그동안 보지 못한 커다란 장대 소나무가 눈에 띄고 빼곡한 참나무가 시선을 앗아간다. 인도가 맞나 싶을 정도로 거대한 나무와 계곡이 끝없이 이어졌다. 산악 도로로 진입하자마자 외국인 출국 신고부터 마쳐야 했다. 옆에는 총을 든 군인들이 내내 버티고 서 있었다.

이 길은 달려도 달려도 끝이 없다. 산을 넘는 것이 아니라 산 옆구리를 뱅뱅 돈다. 대형 트럭들과 맞물려 열차처럼 꼬리를 물고 비포장 길을 돌고 돌아도 여전히 산이다. 산중 산마루가 아니라 늘 산허리다. 평지가 그토록 그리울 줄은 몰랐다. 아침 7시경에 출발한 버스는 이미 12시간이 지났는데도 아직도 산허리다. 마치 같은 산을 도돌이표처럼 도는 느낌이랄까.

석양이 사라지고 흑암이 익숙해질 무렵 잠무(Zammu)에 도착했다. 드디어 평지와 만났다. 도로 좌우로 군사 기지들이 펼쳐져 있고, 이슬람과 힌두교가 공존하며 종교 갈등과 영토 분쟁이 일어나는 곳이다. 얼마 전 이곳에서 민간인과 군인 간에 총격 살인 사고가 일어나기도 했단다.

'어서 가자. 빨리 벗어나자!'

하지만 끝이 보이지 않는다.

태리와 나는 이층 철제 공간으로 들어가 잠을 청했지만 맨몸으로 비포장의 덜컹거림을 받아 내야 했다. 잠을 청한다기보다는 눈을 꼭 감는다는 표현이 옳다. 그러면서 시간이 가기를 꿈꾼다. '지금쯤 델리 외곽이라도 왔겠지?' 싶으면 새벽 1시다. '이제는 아침이 오겠지?' 하며 시계를 보면 겨우 2시다. 3시, 4시⋯⋯. 새까만 길에 정차하기를 수차례.

뭘 자꾸 먹으라고 한다. 기사 마음이다. 그들은 쉬고 싶으면 쉬고, 가고 싶으면 간다. 언제 쉴지 어디서 쉴지 정해진 바가 없다. 그들은 밥도 몇 번을 먹었는지 모른다.

다시 꿈을 꾸었다. 수납식 잠자리는 날아온 모래 투성이고 그 끈적임은 사막에서의 느낌과 동일했다. 바지와 상의 색은 벌써 숯검댕이로 변한 지 오래다. 꿈은 계속된다.

무언가 강렬한 빛이 눈을 더욱 꼭 감게 했다. 차가 멈췄다. 시계를 보니 7시.

"여기가 어디냐?"

"여기? 어디 어디다!"

말해도 어딘지 모른다. 그나마 희망을 본 것은 태양이 희미하게 떠오르고 있다는 것이다. 아침 먹으라는 시늉을 한다. 버스 밖으로 나왔다. 여자 화장실 한 켠에 서서 딸아이의 경계 근무를 보면서 인도에서 가장 이색적인 아침을 맞았다. 이제 겨우 4시간만 더 가면 델리다. 나와 태리는 속으로 중얼거렸다.

'살았다!'

태리의 일지
아직도 산 속이다!

오늘의 지출
과자 50루피 / 바나나 20루피 / 점심식사 150루피 / 과자 70루피 / 총 290루피

37일차

뉴델리(7월 26일 40℃ 맑음)

"Tis Hazard!"

"어디? 디스 하자리?"

27시간을 달려 도착한 곳은 델리에서도 전혀 들어보지 못한 버스터미널. 여기가 어딘지 도통 알 수 없었다. 지도를 꺼내 들고 위치를 알려달라 했지만 오히려 그들이 헤맨다. 하지만 우리가 누군가? 델리에서 릭샤 잡기라면 이제 도가 튼 사람 아닌가. 순식간에 릭샤를 타고 DTDC에서 미리 예약해 놓은 숙소로 향했다. 비행기표를 출력해서 오늘 밤 비행기를 타야 한다.

만약 낯선 곳에 내려서 릭샤를 타야 한다면 다음 팁이 도움이 될 것이다. 일단 걷고 있으라는 것이다. 릭샤왈라에게 먼저 다가가면 안 된다. 주도권을 빼앗긴다. 어디론가 가는 척하면 오게 돼 있다. 반가움을 표시해서도 안 된다. 잠시 기다려라. "어디 가냐?"고 물어보면, 그때 짧게 대답해야 한다. "어디!"라고 대답하고 바로 앞을 주시해야 한다. 그러면 고개를 길게 빼면서 큰소리로 "얼마!"를 부른다.

그런 다음 그 "얼마"의 1/5을 부른다. 턱없다 싶어도 그렇게 불러야 한다. 여기는 인도다! 그러면 그들이 "됐다"면서 고개를 흔들며 떠난다. 하지만 결코 떠나는 것이 아니다. 새로운 가격을 들고 새로운 얼굴로 나타나는 과정이다. 마치 처음 본 사람처럼 턱없이 낮춰진 가격을 가지고 말이다. 하지만 잠깐! 아직도 그 가격에 "OK" 하면 안 된다. 그 가격의 절반을 불러라. 그제서야 그들은 진지한 표정으로 적정 가격을 다시 부른다. 하지만 결코 잊지 마라. 아무래도 당신은 티가 나는 여행자라는 사실을. 만약 두 명이라면 두 명 값이라는 것을 분명히 밝혀야 한다. 안 그러면 도착 지점에서 사람 수대로 달라고 할 테니까. 또는 당신이 열 받아서 도착하기도 전에 미리 내리는 불상사를 치를 테니까.

　마지막 그 가격의 절반이 먹히지 않을 경우에는 그럼 어떡해야 할까. 어쨌든 소중한 정보를 얻은 셈이다. 적어도 목적지까지 얼마 이상은 줘야 할지, 얼마까지는 줘선 안 될지 알았을 테니 말이다. 그렇다면 조금만 몸을 움직여 그 자리를 피하라. 어차피 이 상황을 바라보는 또 다른 릭샤왈라가 당신을 쫓아올 것이다.

　평소에 거절하기를 두려워하는 사람에게 릭샤 흥정은 일종의 힐링 프로세스다. 인도에서 달라는 대로 다 주는 사람은 없다. 이것은 어찌 보면 이들의 언어다. 그들과 다른 언어를 쓰면 처음에는 선심을 쓴 것 같지만, 이들과는 멀어지는 허전함 또한 느낄 것이다. 인도 여행의 아이러니는 이들의 구차한 수작들이 점차 애틋해지고, 끈적이는 인간미로 다가온다는 것이다.

　우리는 얼마 남지 않은 델리에서의 마지막을 그들과 한번 끝까지 해 볼 참이었다. 이곳저곳 기웃거리며 그들의 얼굴과 눈빛 속으로 뛰어들어 인도에서의 마지막 추억을 향해 달음박질을!

오늘의 지출

릭샤 100루피 / 전철 42루피 / 릭샤 70루피 / 전철 42루피 / 화장품 1460루피 / 향초 420루피
사탕 100루피 / 물 30루피 / 과자 150루피 /카세트 298루피 / 사탕 40루피 / 점심식사 498루피
식품 조미료 1,040루피 / 저녁식사 542루피 / 이후 선물 27미국달러 / 총 2,427루피

12시간을 산에서 15시간을 도로에서 시간을 보낸 뒤 오늘 10시 30분, 델리에 도착했다.
내리자마자 우린 릭샤를 잡아서 '나마스카르 호텔'에 갔다. 씻고 잠시 쉬다가 지하철을
타고 대형 몰에 갔다. 몰에서 가족들 선물을 고르고, 점심도 먹었다.
다시 지하철을 타고 호텔에 돌아와서 또 씻고, 짐을 싸고 있다. 이제 곧 비행기를 탈 텐
데 오늘이 마지막 날이라는 것이 믿기지 않는다.
넘넘 아쉽고 아쉽고 또 아쉽다. 에이~ 더 있을 수만 있다면……
일단 인도 여행! 너무 재미있었고, 인생에서 정말 좋은 추억으로 남겨질 것 같다. 특히 아
빠랑만 온 것이! 잘난~ 척ㅋㅋ.
또 다음에는 온 가족과 혹은 친구들과 함께 왔으면 좋겠다. 히히!
그럼, 인도야~! 나마스테~!

38일차

서울(7월 27일 31℃ 맑음)

"태리야, 그동안 고생 많았지? 마지막 일 정만큼은 좀더 넉넉하게 보낼 줄 알았는데 일이 이렇게 되고 보니 너무 아쉽다."

공항에서 대기하는 시간 동안 제일 근사해 보이는 식당을 고르라고 했다. 그동안 잘 참아 주고 더없이 환한 얼굴로 기쁘게 함께해 준 딸에게 무언가 아낌없이 베풀고 싶었다. 그렇게나 스파게티 노래를 부르던 김태리. 막상 사준다고 하니까 너무나 미안한 표정을 짓는다. 고급스러운 식당 분위기에 '그래도 되나?' 하는 표정을 짓는다. 지금 상황이 너무나 안타까울 따름이다.

이어진 탑승. 아이는 비행기 모니터에 금세 빠져 버렸다. 오랜만에 보는 한국 예능 프로그램 <아빠! 어디가?>를 잠도 건너뛴 채 두 편이나 보았다. 아침 9시 홍콩에 도착했다. 이곳에서 7시간을 대기해야 한다. 아니나 다를까. 김태리는 고개를 푹 숙여 긴 머리를 바닥에 늘어트리고는 공항 대기석에 앉아 꼼짝없이 잠을 잔다. 수면 귀신 출몰! 그녀는 말이 없다. 나는 그렇게 자는 사람을 이제껏 본 적이 없다. 미동 하나 없이 몇 시간을 자더니 갑자기 긴 머리를 세차게 걷어올리며 한마디 한다.

"아, 잘 잤다!"

공항 와이파이 존에서 아내와 소식을 나눴다. 식구들은 모두 중환자실에 있다고 한다. 의사가 권고하기를, 이제 보내드리는 시간을 가지라며 가족들에게 통보해 놓은 상황이다. 대만행 비행기 탑승, 이제 곧 한국이다.

'조금만요, 제발……'

간절한 염원은 더해만 가는데 대만 땅을 이륙하는 활주로에서 문자 하나를 받았다. 그토록 받지 않기를 기도했던 그 문자를.

인천공항에 도착했지만 우리를 기다리고 있는 것은 무언의 애통함과의 독대다. 무빙워크를 걸어 나오는데 눈물이 동글동글 맺힌 태리가 어렵사리 말을 건넨다.

"아빠?"

"응, 태리야."

"우리…… 너무너무 슬프지만…… 그래도 우리 한 번만 크게 활짝 웃어 보자, 응?"

오늘의 지출
공항 버스 20,000원 / 총 20,000원

한국! 그 뒷 이야기(인도 여행 후부터 방학 전까지)

1. 할아버지

끝내 할아버지는 아빠와 나를 기다리지 못하고 세상을 떠나셨다. 우리가 대만에서 출발하고 있을 때 말이다.

전에는 할아버지께서 나를 별로 좋아하지 않으신 듯했고 나도 따뜻하게 대해드리지 않아 무척 후회스럽다. 할아버지는 내게 전화하시면 "누구지?" 하면서 애교를 부리셨다(할머니께서 애교라는 걸 알려 주셨다). 그런데 나는 진심이 아닌 사랑하는 척을 한 것 같다. 꽃에 둘러싸인 할아버지 영정 사진을 보니 너무 슬펐다. 진짜 이렇게 돌아가실 줄은 몰랐는데⋯⋯.

2. 장례식 마치고

그 후 우린 그냥 예전과 똑같이 지내고 있다. 사실 난 아직도 실감이 나지 않는다. 그리고 가족들도 말이다. 할머니 빼고! 할머니는 할아버지의 빈자리가 크게 느껴지실 것이다.

끝.

아빠 고마워~
우리 다음에 또 가자 ~! ^^

2ND STEP

이흑랑 배낭 메고
38일간 중국 여행

0일차

중국 가는 길 - 카운트다운 1

"힘들지 않으세요?"

"또 다녀오실 수 있겠어요?"

올 여름은 지독하게 더웠다. 중국 대륙에 걸터앉은 고기압으로 연일 낮 기온 40도를 웃돌았고 열대야는 사상 최고치를 기록하고 있다. 최근 중국을 다녀온 이들도 낮에는 개미들조차 안 보일 정도라고 했다. 한반도와 일본 열도까지 집어삼킨 폭염은 8월 하순에도 식을 줄을 몰랐다.

하지만 어찌 여행을 억지로만 다녀오겠는가. 딸아이와의 여행은 재미있었다. 보람됐다. 장인어른의 부고로 인도 여행의 마무리가 덜 끝난 느낌이다. 공항에서 얼싸안고 반겨 줄 아내와의 해후도 빈소에서의 애통함으로 대신하고 서로의 가슴팍을 끌어당겨야 했다.

인도에서 겪은 이야기는 좀처럼 끄집어내지 못했다. 태리와 나는 차곡차곡 모아 둔 엽서를 강물에 흘려보내듯 묶음으로 정리했다. 행선지에서의 감흥은 아스라이 사라지고 부녀간에 살아 숨쉬던 두터운 교감도 잊혀 갔다. 너무나 아쉬웠다.

하지만 딸아이가 자신의 감정을 스스로 다루며 성숙해져 가는 것을 볼 수 있었다. 태리는 부정적 감정이나 불편한 느낌은 대수롭지 않게 여기곤 했다. 그렇지만 이번만큼은 자신의 느낌을 제대로 직면하고자 했다.

"네 기분을 피하지 말고 한번 만져 보렴."

구글 지도가 화면에서 선명해지려면 잠시 기다려야 하듯 감정이 또

렷해질 때까지 피하지 말고 마주하라고 주문했다. 태리는 할아버지의 죽음을 통해 속에 깊이 웅크리고 있던 자신의 느낌과 기대까지도 아낌없이 토해냈다.

나 또한 장인어른의 평온한 주검 앞에 통탄의 눈물을 흘렸다. 당신께서는 그저 있는 그대로 나를 바라봐 주셨다. 내 모습 그대로를 지지해 주셨다. 사업에 실패하고 힘든 시기를 보내던 사위에게 이런저런 조언을 하고 싶으셨을 텐데, 시기가 꽤 길었음에도 믿음으로 지켜봐 주셨다. 그 사랑을 잊을 수 없다. 내 눈물은 슬픔을 뛰어넘는 회개의 울음이었다. 피하고만 싶던 부고를 두고 이리저리 펼친, 낯간지러운 심리전에 대한 반성이 담겨 있다. 명치 끝에서부터 끌어 오르던 부끄러운 배설물이었다.

'이제부터는 사람의 목숨을 두고 마음의 장난을 결코 하지 않으리라!'

태리와 나는 그렇게 장인어른의 주검을 바라보며 각자의 기분을 하나하나씩 토해 내었다. 인도에서의 긴긴 추억을 뒤로한 채 지금 이 순간만을 온몸으로 끌어안았다.

중국 가는 길 – 카운트다운 2

여행의 시작점에 다시 섰다. 처음 환상으로 꿈꾸던 그 출발점에 말이다. 속편에 이어 전편(Pre-Sequel)을 나중에 쓰는 기분이랄까. 인도와 중국 사이의 공백은 외부 강의 일정 때문에 비워 둔 터인데 장인어른의 장례마저 예비해 놓은 셈이 되었다. 예상치 못한 일이 발생함으로써 긴장의 끈을 못 놓는 도우미 역할까지 한 것 같다. 거친 인도에서 돌아왔음에도 여전히 힘이 남아 있는 것이 신기했다.

"인도를 돌고 나면 지구상 그 어떤 곳도 여행이 가능하다."

태리와 입버릇처럼 나눈 대화가 예언처럼 되고 있었다.

돌이켜 보니 나는 아버지와 단둘이 여행을 가 본 기억이 없다. 아들로도 아버지로서도 처음 있는 일이다. 중국에서 결코 예상치 못한 방향으로 여행이 전개됨으로 아들과는 또 누구를 만나고 어떤 손길이 미칠지 자못 궁금했다. 아내의 협조 없이는 기획할 수 없는 여행이다. 아내는 아들과 내게 펼쳐질 또 다른 이야기에 흥미진진해하며 아낌없는 성원과 지지를 보냈다.

비행기표를 끊었다. 칭다오로 입국해서 구이린으로 나오기로 했다. 딸아이와 다녀온 인도 여행이 37박 38일이었는데 아들과도 똑같이 맞추게 됐다. 한 번은 일정을 앞당겨 귀국하는 바람에, 또 한 번은 중국 중추절로 인해 그날 말고는 표를 구하기 어려워서다.

중국 가는 길 – 카운트다운 3

예약 없이 간다. 이번에는 당일 숙박 예약도 없다. 휴대폰 로밍도 현지 데이터 이용도 시도해 볼 마음이 없다. 알라딘에서 산 2009년판《론리플래닛》중국 편이 전부다. 계획이 있다면 '일단 칭다오 도착 후 나머지는 직감적으로 결정한다'이다. 고기도 먹어 본 놈이 맛을 안다고, 한 번 해봤다고 또 우려먹고 있다. 안 하던 방식이지만 할 만했고 또 살 만했다.

단 '이번만큼은……' 허벅지를 찔러 가며 스리나가르에서 다짐한 것이 있다. DTDC를 통해 얻은 것도 있지만 못내 아쉬운 것도 많았기 때문이다.

'누구에게도 여행의 주도권을 내어 주지 않으리라.'

'내 갈 길은 내가 정한다.'

'가고 싶으면 가고 머물고 싶으면 머문다.'

'불편하더라도 창구에 가서 직접 표를 끊는다.'

이것이 철통 같은 계획이라면 계획이다.

오늘의 지출
비행기 왕복권 984,500원 / 중국 비자 110,000원(55,000원×2명)
《론리플래닛》 중국 편 중고 책자 9,800원 / 총 1,105,300원

1일차

칭다오(8월 21일 26℃ 맑음)

'이 녀석, 얼마나 부러웠을까? 누나가 인도에서 찍은 사진을 보면 샘도 나고 심술도 부릴 만한데…….'

아들은 불평 한 마디 없이 이 순간을 묵묵히 기다려 왔다. 초등학교 4학년 김이후의 묵직한 강점이기도 하다.

인천을 박차 오른 비행기는 어느덧 칭다오 상공을 날고 있다. 화장실 한 번 다녀올 틈도 없이 안전벨트를 매라는 사인이 켜졌다. 비행을 즐기기엔 너무 짧았다. 그래도 아들은 신이 나서 싱글벙글이다.

멀리 라오산이 보인다. 누군가 라오산이야말로 명산 중 하나라며 꼭

가보라고 했다. 하지만 나는 타이산에 꽂혀 있다. 중국에서 산에 오른다면 타이산에 가 보고 싶었다. 딸아이와 놓친 트래킹을 아들과 되찾고 싶었다. 그래서였는지 칭다오에 오래 머물 생각이 별로 없었다.

출입국에 도착하니 공안이 "중꿕 국민"을 외쳤다. 호령에 맞춰 그들은 넉넉한 심사대로 통과했다. 우리는 길게 줄을 서야 했다. 중국에서 줄 서는 일과는 그렇게 시작됐다. 입국 심사대를 통과하면서 공안에게 "쉐이쉐이"라고 말을 건넸다. 인도에서도 "슈크리아"(감사합니다)의 위력은 대단했기에 처음으로 써 먹었는데 아들이 어이없다는 듯 키득키득 웃는다.

"아빠, 쉐이쉐이가 뭐야?"

발음이 신통치 않게 들린 모양이다. 난 중국말 모른다. "셰셰" 한 가지만 안다. 그런데 그 발음도 샌다.

중국은 전혀 말이 안 통한다고 보면 된다. 영어? 그런 거 안 통한다. 그럼 자기네끼리는? 마찬가지다. 홍콩에서 제작한 영화는 베이징에서 표준말로 더빙해서 상영한다. 상하이 사람도 스촨성에서 말이 안 통한다고 투덜댄다. 나는 이게 편했다. 어설프게 몇 마디 하느니 아예 '나는 먹통이다' 하고 당당하게 내세우고 손짓 발짓으로 살아가는 게 편하다. 같은 언어 쓰는 한국 사람끼리도 저 사람과는 말이 안 통한다며 가슴을 치지 않던가!

시내로 가는 버스를 찾았다. 인도에 비하면 식은 죽 먹기다. 말은 안 통하지만 우리가 누군가? 어디서든 살아남는 '한쿡 국민'이다. 이제 새로운 땅, 새로운 언어, 새로운 문화권에 진입하는 순간이다. 사람들 생김생김도 비슷하고 지리적 위치도 비슷한지라 긴장이 덜 됐다. 건물 모양이나 자재들도 낯익은 터라 원천과 유래를 알 수 없는 인도식 쏘스(?)와는 느낌이 달랐다.

칭다오역에 도착하니 사람이 정말 많다. 바글바글댄다. 직감적으로 이곳을 떠야겠다고 생각했다.

'어서어서 가자! 내륙으로.'

기차역으로 밀고 들어갔다. 매표소로 들어서자 숨이 턱 막혔다. 말로만 듣던 차표 전쟁이 눈앞에 펼쳐졌다. 중국에 몇 명이나 살까? 13억? 14억? 아니, 결코 알 수 없다. 한족을 제외하고도 55개 소수민족이 살고 있고 33개 성 중에 어지간히 큰 성에는 대충 1억 인구가 산다. 산동성도 마찬가지다. 그러다 보니 기차역도 서울역, 부산역 정도를 생각하면 오산이다. 시골의 중소 도시도 어디를 가나 길게 줄을 서 있다고 보면 된다. 그것도 한 줄이 아니라 10열 종대로!

한때 독일의 조차지였고 여름 평균 온도가 2~3도 낮으며 겨울에도 비교적 온화한 곳이 칭다오다. 가장 중국답지 않은 도시, 이른바 중국의 스위스라고도 불리는 곳. 8월 하순이라지만 여전히 바캉스 철임에는 분명했다. 게다가 중국의 끄트머리 아닌가. 내륙으로 돌아가는 행락객들이 빼곡히 줄을 서 있었다.

나는 아들에게 줄을 서라고 하고는 냉큼 옆 건물 전자매표소로 향했다. 해서는 안 될 행위지만 달리 방법이 없었다. 아들은 아빠가 시키니까 고개를 끄떡이긴 했지만 두려운 표정이 역력했다. 모니터를 보고 연구하며 타이산행을 검색하는데, 나? 중국말 모르지 않는가. 한자? 못

읽는다. 뒤에 서 있는 아무나 붙잡고 도와달라고 했다. 그들? 영어 못 한다. 저 멀리서 알아들은 지원군 한 명이 등장했다. 이제부터 한쿡 국민을 돕는 차이나표 천사들의 도움이 시작된다.

　그는 복잡한 인파를 뚫고 마치 영화의 해리슨 포드처럼 내 곁으로 다가왔다. 평범한 점퍼 차림에 손에는 여행용 가방을 들고 있었다. 민간인이면서도 역사 공무원처럼 이방 여행객을 돕고자 했다. 하지만 시간이 흐를수록 전자표 발행을 둘러싸고 중국인들의 토론과 반상회가 벌어졌다. 결국 실패했다. 왜? 맨 마지막에 중국 인민증을 발권기에 갖다 대야 하는데 난 "한궈어런~"(한쿡국민)이다! 시간이 지체되고 있었다. 뒤에 기다리고 있는 중국 사람들 눈치도 슬슬 보였다. 조급한 마음에 "미안하지만 당신 것으로 찍으면 안 되겠느냐? 돈을 지불하겠다"고 요청했다.

　"기차표를 공안이 대조한다. 아무래도 그건……."

　대신 자기를 따라오라고 했다. 그 뒤를 따라 이후가 있는 일반 매표소로 왔다. 여전히 길게 늘어선 줄이 보인다. 아이를 혼자 내버려 둔 것이 마음에 걸렸다. 장기가 팔려나가는 영화 〈공모자들〉에서부터 중국 동포가 잔인한 모습으로 나오는 〈황해〉에 이르기까지 심상치 않은 괴담에 익숙해진 터라 불안하고 초조했다. 아내가 알면 큰일 날 몹쓸 짓이었다. 스스로도 인지부조화를 느끼고 있었다. 하지만 어쩌랴! 이동 전쟁을 이겨 내야 한다. 아들의 우직함을 살짝 악용하고 있는지도 모르겠다.

　아들이 날 보더니 그제야 안심하는 표정이다.

　"인사해. 이 분이 우리 표 사는 걸 도와주고 계셔."

　매표소 가장자리로 우리를 인도했다. 창구에 뭐라뭐라 써 있는데 알

수 없었다. 다른 줄에 비해 대기선이 다소
짧았다. 그는 참을성 있고 침착하게 이방인
의 발권 과정에 끝까지 동행해 주었다. 단동
에서 왔다는 그분께 다시 한 번 감사드린다.

타산행은 매진이었다. 단, 지난으로 가는
일등석 기차표가 남아 있었다. 4시 27분 출
발하는 특급 열차표를 손에 쥐었다. 칭다오
에서 비싼 방값을 치르느니 하루라도 내륙

으로 빨리 들어가는 게 나을 성싶었다. 시계를 보니 정오였다. 표를 손
에 넣기까지 두어 시간이 걸렸지만 시간이 좀 남았다. 중산로에 가서 우
선 점심을 먹었다. 그림판을 보고 시켰는데 우육면을 여행 내내 먹게 될
줄은 몰랐다. 비린내가 약간 났음에도 아들은 맛있어라 했다. 어딜 가
나 사람들로 넘쳤다. 해변을 저벅저벅 걷다가 시내 백화점을 둘러보았
다. 날은 더웠다. 배낭도 무거웠다. 하지만 최소한의 짐이다. 이번엔 침
낭이 없다. 인도와 다르다. 옷? 반바지뿐이다. 반팔 두어 개, 세면도구,
스마트폰 하나로 끝이다. 그런데 제법 커다란 짐이 아이 등짝에 얹혀져
있다. 자기 키의 절반만 했다.

'그나저나 아들은 어떤 기분일까? 막상 삼국지가 좋아서, 또 아빠가
가자니까 따라는 왔지만 이토록 무거운 배낭을 메고 줄 서고 마냥 걷고
만 있으니 앞으로 고생문이 훤히 열렸다고 여길 텐데, 중국에 온 걸 후
회하지는 않을까?'

"이후야, 지금 기분이 어때?"

이럴 때는 아빠에게 힘 빠지는 말을 해봐야 이득이 없다는 걸 너무나 잘 알고 있다. 아무리 물어도 흔쾌히 자기 기분을 드러내지 않는다.

"응. 괜찮아."

이런 식이다. 자기 감정을 가감 없이 드러내도 된다고 얘기해도 아들은 상대에 대한 배려가 먼저다. 이후에게는 그것이 더욱 중요한 가치다. 대견하고 기특하지만 부모 입장에서는 안쓰럽다.

딸아이와 인도에서 육체적(?)으로 힘들었던 것은 옷을 함부로 벗지 못하는 것이었다. 아내가 팬티 몇 장까지 싸줬지만 막판에 전부 빼버렸다. 없어도 산다고 우겼다. 보따리는 최대한 가볍게 했다. 하루 이틀 돌아다닐 것도 아니지 않은가. 이번 여행은 그 점에서 편리했다. 숙소에 들어서자마자 남자끼리 훌훌 벗어 던질 수 있는 자유 말이다.

플랫폼에 들어섰다. 아이들은 타는 거라면 무조건 좋아한다. 쾌속열차라 빨랐다. 지난까지 거리는 약 400킬로미터, 2시간 33분만에 주파했다. 피곤했던지 아들은 금세 내 어깨에 기대어 잠이 들었다. 도착 시간에 깨워 에스컬레이터를 타고 오르니 지난 역전이 보인다. 현란한 네온사인과 차량, 쏟아져 나오는 인파들로 복잡하기 그지없다. 실로 거대했다. 하지만 자다 깬 이후에게는 너무나 가혹한 곳이다.

'아빠 어깨보다는 아직 엄마 품이 그립지 않을까?'

검푸른 크레파스로 칠한 듯한 하늘이 내려다보고 있었다.

중국에서 첫날 밤 숙소 구하기, 안타깝게도 정보가 별로 없다. 2009년판《론리플래닛》을 아무리 들여다봐도 "여기다!"라고 선뜻 들어오지 않았다. 그새 많이 바뀐 것일까? 아니, 아직은 뭐가 뭔지 모르겠다. 간

판을 봐도 뭐라고 써 있는 건지 도통 알 수가 없다. KFC만 눈에 띌 뿐이다. 이후가 똥이 마렵다고 해서 일단 거사(?)부터 해결해야 했다. 기차에서 잠 자느라 화장실에 못 가지 않았던가. 안절부절못하는 아들을 붙들고 KFC로 들어가 볼일을 보게 했다. 기다리는 내내 오늘 밤에 닥칠 미지의 시간들을 떠올리니 가슴이 조여 왔다.

무거운 발걸음으로 거리로 나오자 번개처럼 알아보고 등장한 천사는 호객꾼 할머니였다. 숫자를 종이에 적었다. "100원." 할머니가 턱을 끄떡끄떡거렸다. 끝내 말 한마디 안 통하는 이방인을 붙들고 꽤 멀리까지 데리고 다니신다. 역 반대편을 돌아 굴다리를 지나 흙먼지 이는 으슥한 골목을 헤치고 20~30분이나 걸었을까? 길에는 꼬치 굽는 냄새에 불판 위로 피어난 연기가 시야를 뿌옇게 가렸다. 길바닥에는 이리저리 돌아다니는 개들과 한잔 하는 중국 현지남들이 제법 눈에 띄었다. 나는 그 시간을 즐기고 있었다.

"이런 게 진짜 중국이지!"

넌지시 아들에게 귓속말로 강요했다. 이후는 중국에서 처음 접하는 밤거리가 분명 낯설고 생소할 텐데 아빠 곁이라 그런지 대수롭지 않다는 표정이다.

싸구려 여관들은 외국인을 재울 수 없다는 이유로 돌아 나오고 다른 숙소들은 들르는 족족 너무 비쌌다. 할머니는 지난에서 내가 원한 값싼 방은 없다고 하는 것 같았다. 나중에야 '메이요'는 '없다'는 뜻으로 알아듣게 되었지만 말이다. 공교롭게도 오늘 다녀 본 숙소 중 가장 비싼 여관에 묵게 되었다. 178원. 첫날 아닌가! 수업료를 치러야 한다. 그래도 중국에서 가격 대비 가장 훌륭한 숙소 중 하나다.

짐을 풀고 숙소 옆 식당에 들어갔다. 요리를 그린 그림을 찾아야 하는데 없다. 메뉴판을 갖다줘 봐야 까막눈이다. 수족관에서 물고기가 헤엄치고 있었다. 주인이 뭐라고 떠드는데 아무래도 물고기를 잡아먹으라는 것 같다. 메기를 주문했다. 메기 말고는 아는 물고기가 없었다. 새까만 메기였다. 일인분 달라 했는데 한 마리를 통째로 가지고 왔다. 와~! 진짜 말이 안 통한다. 그래서 중국 여행에서 가장 비싼 저녁 값을 치렀다. 첫날 아닌가!

이후의 일지

아침 5시, 엄마의 부름을 받고 일어나 바로 옷을 입고 가방을 메고 공항버스정류장으로 갔다. 정류장에서 엄마와 누나한테 작별 인사를 하며 공항버스를 탔다. 버스는 조금 추웠다. 오들오들 떨며 엄마가 싸준 음료수와 빵을 먹었다. 공항까지 가는 데 1시간 정도 걸렸다. 인천공항에 도착 후 비행기표를 끊고 공항 구경을 했다. 그리고 36번 게이트로 가서 대기하다가 비행기에 탔다. 브릿지에서 사진도 찍고 만져 보았다.

오랜만에 비행기를 타니까 재미있고 신났다. 얼마 후 착륙했다. 칭다오에서 이것저것 본 후 시내로 갔다. 평일인데도 사람이 엄청나게 많았다. 그렇게 사람 구경을 하다가 지난으로 가는 기차표를 끊었다. 다시 출발 대기를 하다가 1등급 좌석의 특급열차를 탔다.

지난에서는 천불산과 포돌천, 오채당, 대명호 등에 갈 것이다. 우리가 숙소를 찾아 헤매고 있을 때 어떤 할머니가 좋은 호텔로 안내해 주셨다. 내일 아침에 보는 지난은 어떤 모습일까?

오늘의 지출
공항버스 40원 / 지난행 기차 218원 / 점심식사 40원 / 숙박비 178원 / 저녁식사 120원 / 음료 8원
총 604원

2일차

지난(8월 22일 31℃ 맑음)

"이후야, 너는 어떻게 했으면 좋겠니? 책을 보니 지난은 천불산, 표돌천, 오채담, 대명호 등이 유명한데 며칠 쉬면서 둘러보다가 타이산으로 갈래? 아니면 오늘이라도 일찌감치 타이산으로 갈까?"

이후는 "아빠가 알아서!"라고 했다. 나는 잠자리가 편한 나머지 며칠이고 머물고만 싶었다. 한번 머물다가는 끝도 없을 것 같았다. 힘을 좀 내보기로 했다.

어제 묵은 곳은 '삔꾸안'(빈관)이라 불리는 여관급 숙소다. 중국에는 빈관 말고도 반점, 주점, 대주점, 대판, 여관, 여인숙으로 불리는 숙소가 정말 많다. 지방어를 통역하고 정보를 나누는 회관 문화 때문인지 아니면 실크로드의 영향인지는 몰라도 침대 크기, 객실 구성, 욕실 용품 등은 일정한 규격을 갖추고 있다. 굳이 수건이나 기초 세면도구는 가방에 넣어 가지고 다니지 않아도 될 정도다.

아침식사가 2층 한켠에서 제공됐다. 식판에 이것저것 담아 왔지만 묽은 두유라든지 조로 만든 죽이라든지 V자로 생긴 꽈배기 같은 빵, 짜게 무친 중국식 야채 반찬 등이다. 하지만 어떤 식으로 먹어야 할지 대략 난감했다. 그동안 먹던 중국 요리와는 달랐다. 수저도 없고 젓가락만 놓여 있다. 이후에게 어서 먹으라고 했지만 어색하긴 나도 마찬가지다. 현지인들이 먹는 것을 보고 따라 먹었다.

태양이 솟구쳐 오르고 있었다. 여전히 다음 행선지를 놓고 고민이 이어졌다. 어제 타이산으로 바로 갔으면 이런 갈등은 덜했을 것이다.

"그래, 그럼 천불산부터 갈까? 타이산에 오르기 전에 일종의 전지훈련이라고 생각하고, 중국 산이 어떻게 생겼는지도 보고 말이야."

하지만 어디로 어떻게 가야 하나? 일단 인도에서의 첫날처럼 시내로 나가 보기로 했다. 짐을 숙소에 맡기고 무작정 길을 나섰는데 세 명의 청년이 눈에 띄었다. 젊은이들은 약간의 영어라도 할 가능성이 높다. 그랬다. 기본적인 언어는 통했다. 베이징에 있는 과학기술대학교 학생들이었다. 손에는 지팡이를 하나씩 쥐고 있었다. 엊그제 타이산에서 들고 온 것이라고 했다. 타이산은 가 보지도 못한 내가 오히려 반가웠다. 먼 길을 걸어 85번 버스정류장까지 안내해 줬다.

중국 사람들에게 크게 감명 받은 것이 있다. 끝까지 도와준다는 것이다. 시간이 얼마가 걸리든 가던 길을 멈추고 끝까지 도와준다. 차이나타운이 왜 지구상에 가득한지 알 것 같다. 그동안 수없이 들어온 떼놈이라든가 골판지로 만두피를 빚어 판다든가 심지어 계란도 가짜로 만들어 파는 파렴치한 중국인만 있는 게 아니다.

물론 이해할 수 없는 행위들이 여전하긴 한다. "커얼~!" 하면서 아무데나 시도 때도 없이 뱉는 가래침이라든지, 조금만 더워도 윗도리를 치켜들고 배꼽과 젖꼭지를 전시하는 남성 패션이라든지, 버스건 기차건 모였다 하면 두더지 굴로 만드는 끽연 문화는 당황스럽기만 하다.

천불산 입구에 내렸다. 입구를 찾지 못해 버스를 갈아탔는데 불과 한 정거장 거리였다. 1원씩 전부 2원을 허비했다. 요런 것이 아깝다. 작은 부주의나 짤막한 실수는 아쉽기만 하다.

아들과 나는 천불산에 오르며 중국인들의 풍속과 생활상을 학습했다. 사당에서는 향불을 피워 조상신에게 바치고 산꼭대기에서는 열쇠를 잠가 복을 기원한다. 빨간 리본도 나무에 주렁주렁 매달아 놓는다. '재물'과 '행복'이 이들의 키워드다. 그 정도 한자는 읽을 수 있었다. 어딜 가나 사람이 많고, 한국 사람만큼이나 사진 찍기를 좋아했다. 돌에 새긴 글자 또한 너무나 사랑했다. 돌을 끌어안고 몸을 기대어 찍는가 하면 두 팔 벌리고 이런저런 포즈로 난리가 아니었다.

지난시가 훤히 보이는 천불산 꼭대기에 잠시 머물다가 입구 건너편 식당촌에 갔다. 메뉴판에 그림이 있어서 주문하기 수월했다. 한국말로 "이거 달라" 하면 그게 나온다. "이거"는 한 개다. 단, 여러 개 시킬 때 "이거 달라" 해도 한 개가 나온다. 두 개 달라고 하고 싶으면 "양거" 하면 된다.

점심 먹고 들른 표돌천은 지난에서 으뜸으로 내세우는 관광지다. 72개의 솟는 샘(spring)은 각기 테마가 달랐다. 아름다운 정자, 중국식 정원, 연못, 돌다리, 날렵한 처마, 오랜 나무 기둥, 돌 계단 등이 있어 중국의 멋과 정취를 흠뻑 느낄 수 있다. 그중 부글부글 끓어 오르며 휘감아 도는 표돌천이 인기가 제일 많아서 언제나 인산인해라고 한다. 인상적이었다. 아들도 꽤 신기해했다. 표돌천과 오채담, 대명호를 돌아볼 수 있는 3종 입장권을 구입했지만 시간이 모자라 오채담까지만 가 보았다. 2층 버스를 타고 숙소로 돌아와 짐을 찾고는 지난역으로 향했다.

아, 하지만 또 한 번의 표 끊기 전쟁이 기다리고 있었다. 다시금 아들에게 줄을 세우고는(위험한 아빠!) 근처 시외버스터미널로 향했다. 버스와 기차 중 어느 편이 용이한지 아직 잘 모르겠다. 다행히 바로 출발하는 타이산행 버스가 있었다. '태산'은 그런대로 발음하기 수월했다. "타이산" 그러니까 알아들었다. 손가락 두 개를 펴니 '두 장'까지도 통했다. 그런데 한 장은 어른 표, 한 장은 아이 표를 소통하기가 난감했다. "응애응애~" 하면서 하나는 애라는 연기를 했다. 매표원이 웃으면서 표를 내주었다. 아이 표는 나중에 "반 표" 그러면 되는 것이었다.

표를 쥐고 기차역으로 신나게 뛰었다. 줄은 여전히 줄어들지 않았지만 아들은 꿈쩍 않고 그 자리에 서 있었다. 배낭은 무거워만 보였다.

"이후야, 표 구했다!"

우리는 서로 펄쩍펄쩍 뛰며 기뻐했다. 아들이 무사해서 무엇보다 감사했고, 또 다른 도시로 움직일 수 있어서 기뻤다.

버스는 정속 운행을 했고, 도로는 지난 외곽에 접어들면서 한산해지기 시작했다. 해질 무렵 타이산 시외버스터미널에 도착했다. 오늘의 호객꾼은 아줌마다. 120원짜리 숙소를 원한다고 했다. 하지만 손가락으로 아무리 가격을 표시해도 못 알아 듣는다. '십'을 나타낼 때 우리는 열 손가락을 펴면 되지만 중국에서는 손가락을 엇갈려 세워야 '십'을 뜻했다. 역시 상형문자의 나라다. 결국 종이에 아라비아 숫자 '120'을 써야 했다. 그제서야 알았다고 한다. 택시를 타라길래 운전기사를 연결해 주나 싶었는데 그녀가 택시기사였다.

시내를 관통해 타이산이 얼추 보이는 빈관에 도착했다. 방은 그저 그런 수준이었다. 층마다 배치된 직원이 투숙객이 오면 방문을 열어 주었다. 왜 그러는지는 모르겠다. 물어보려 해도 말이 안 통하니까 답답한 노

롯이다. 중국 사람을 대하는 내 얼굴의 미소는 점점 늘고 있다. 광대뼈까지 끌어올리는 듀센 미소(Duchenne Smile)가 이제 가능하다. 아무래도 오래 살 것만 같다. 중국 여관은 어딜 가나 담배 냄새가 배어 있다. 숨쉬기 고약하다. 마주 보이는 타이산이 우리 부자를 넙죽 기다리고 있다.

이후의 일지

오늘 아침에 일어나니 아빠가 옆에서 책을 보고 있었다. 조금 있다가 아주 짠 산동성 호텔의 아침식사를 들었다. 다시 방에서 조금 쉬다가 버스를 타고 천불산과 표돌천을 향해 갔다. 먼저 타이산의 전지훈련지인 천불산에 갔다. 왜 천불산이냐면 1000개의 불상이 있기 때문이다. 그런데 타이산의 높이는 1500미터를 넘지만 천불산은 300미터 남짓 되는 동네 뒷산에 불과했다. 입구에는 다양한 생김새, 표정, 몸짓 등으로 서로 다른 동상들이 많았다. 조금 더 올라가자, 엄청나게 커다란 불상이 누워 있었다. 어느 가게에서 식수를 산 후 본격적으로 절과 사원이 있는 산 쪽으로 올라갔다. 올라가면서 조상신들에게 바치는 향 냄새가 코끝에 진동했다. 비석도 보고 불상도 많이 보았다.

한 30분 정도 지나 정상에 도착했다. 정상은 너무 시원했다. 그늘에서 조금 쉬다가 정상에 있는 가게에서 시원한 물을 사서 먹었다. 천불산 정상에서는 지난시가 한 눈에 보였다.

다시 버스를 타고 표돌천에 갔다. 표돌천은 샘솟는 72개의 천이다. 멋지고 신비로웠고 주변의 빨강색 절들이 인상적이었다. 또 오채담도 갔다. 5개의 용이 있다고 해서 오채담인데 용은 보지 못했다. 나무가 많았다. 대명호는 가지 못했다. 그리고 타이산으로 가는 버스를 탔다. 일단 숙소를 안내해 주는 아줌마의 도움을 받아 숙소에 도착! 타이산, 높을 것 같다.

오늘의 지출
천불산 버스 4원 / 천불산 입장료 30원 / 물 8원 / 점심식사 76원 / 태안 택시비 8원
숙박비 120원 / 저녁식사 72원 / 총 324원

3일차

타이안(8월 23일 33℃ 맑음)

"아빠, 있잖아……."

"아빠, 근데 말이야……."

아! 아들의 질문은 끝도 없다. 중국에서 쏟아지는 이 녀석의 궁금증은 눈에 보이는 것만을 다루지 않는다. 내 연애사에서부터 지구촌에서 벌어지는 각종 내전과 우주 전반에 걸친 형이상학적 이슈에 이르기까지 종류도 다양하고 끝도 없는 물음표가 쏟아져 나왔다.

꿈꾸던 대로 우리는 타이산에 오르고 있다. 오래 전부터 타이산은 하늘에 제사를 지내던 곳이라 했다. 진시황에서부터 공자, 마오쩌뚱에 이르기까지 정사를 돌보는 통치자라면 타이산을 오르는 게 관례였다고 한다. 삼천 년 가량의 흔적과 전통이 고스란히 담긴 중국의 깨어 있는 정신이자 길(道)이다.

관문과 관문, 사절과 사절에는 복을 비는 참배지와 수양터가 마련돼 있고 1,545미터 꼭대기에는 행복과 재물을 간구하는 열쇠 꾸러미들이 주렁주렁 매달려 있다. 남천문에서 옥황정 정상에 이르기까지 이전 황제들과 내로라하는 묵객들의 필체가 고스란히 남아 있다.

정상으로 가는 길은 멀고도 험했다. 쉬운 방법이 있기는 하다. 케이블카를 타면 된다. 그리고 겨우 800계단(?)만 걸어 가면 된다. 하지만 우리는 걸어가 보자고 했다. 기념으로 삼자고 말이다. "태산이 높다 하되 하늘 아래 뫼이로다." 바로 그 태산 아니던가. 한 계단 한 계단 우리 발로 걸어 올라가는 것이 아무래도 의미가 남다르지 않을까 하는, 그런 거였다. 아들도 제법 흥분하고 있었다.

하지만 나는 한 걸음씩 후회하기 시작했다. 그 끝도 없는 계단을 밑에서 한번 올려다 봐야 한다. 중천문이 직통으로 보이는데 아무리 걸어도 제자리다. 가도 가도 끝이 없다기보다 올라도 올라도 가까워지지 않는다고나 할까? 등산 중에 졸리는 건 또 처음이다. 이게 무슨 증상인지 모르겠다. 숨이 차서 이후가 아무리 질문을 해도 대답 한 번 제대로 해보지 못했다.

"그런데 말이야, 아빠. 그건 왜 그렇지?"

"그건 그렇고. 그러면 이건 어떻게 생각해?"

아이의 물음 앞에 나는 두 손 두 발 다 들고 말았다. 도무지 어딜 가자고 해도 꼼짝을 안 하던 딸아이 때와는 전혀 다른 고문이 펼쳐졌다. 질문은 위력적이다. 물으면 대답이 나와야만 했다. 이는 여행 내내 던져진 절대적 숙명이자 심각한 도전이었다. 나도 가끔은 유유히 주변을 바라보며 느낌을 사색하고 마음 속으로 삼키고 싶었다. 불어오는 바람을 홀연히 즐기며 오가는 사람도 느긋하게 관찰하며 그저 아무 말 없이 지내고도 싶었다. 일종의 휴지기 역할을 하는 남자만의 고요한 동굴이 필요하다고 하지 않던가. 그것이 어른 아니던가. 아닌가?

아니었다. 게다가 타이산을 오르다가 졸려서 한 걸음도 움직일 수 없는 한계에 다다르고 말았다. 한국 유학생들과도 번번이 마주쳤는데 말할 힘이 없어 일부러 피하기까지 했다. 스무 개의 계단을 속으로 세고 다시 허리춤을 펴고는 조금 걷다 쉬기를 수십 차례. 아들은 자기가 뭘 물어도 아빠가 대답을 안 해줘서 몹시 불쾌하다고 토로했다.

"미안하다, 이후야. 내가 지금 스무 계단씩 오르고 한숨 돌리고 또 오르기를 반복하는 중에 숨이 차서 도도도도저히 말을 하하하하할 기운이 없다. 이것이 내 마지막 말이 될 것이다."

아! 타이산! 결코 만만히 볼 곳이 아니다.

그런데 중천문까지 오르니 이상하게도 힘이 솟았다. 자양강장제 레드불을 10원 주고 사 마시고는 알 수 없는 에너지가 불끈 솟았다. '800 계단만 오르면 남천문 정상이 눈앞!'이라는 희망이 날 흔들어 깨웠다. 갑자기 환생해서는 덥썩덥썩 오르는 내 모습에 아들이 무척 당황했다.

"이후야, 어서 와! 어서 오라니까!"

타이산은 일출이 장관이라고 한다. 구름 띠가 1,500미터 정상보다 아래에 있기에 기상과 상관없이 항상 태양이 솟구치는 것을 볼 수 있다. 용 꼬리 비틀듯 구름이 이는 모습이 가히 절경을 이룬다. 그런데 우리는 반팔 차림이었다. 이른 새벽 군용 잠바를 빌려 입을 만큼의 열의와 에너지가 없었다. 대낮 정상에서 불어오는 맞바람은 가히 압도적이었다. 추워서 몇 십 초를 못 버티고 자리를 피했으니 말이다.

정상 휴게소에서 컵라면을 사 먹었다. 사진을 찍어서 누나에게 보내자고 했다. 라면은 김태리 최고의 식단이다. 언젠가 태리에게 물어보았다.

"천국에 가면 넌 제일 먼저 뭘 할거니?"

"난 말이야. 하나님한테 라면부터 끓여달라고 할 거야."

김태리의 모습을 상상하며 "이런 우리 둘의 모습을 누나가 보면 얼마나 부러워할까?" 면발을 불어 가며 쑥덕거렸다. 무엇을 먹어도 존재를

가득 채울 만큼 기쁘고 흐뭇한 순간이다. 정상에서의 짧은 휴식을 마치고 그렇게 오르던 길로 내려왔다. 올라오는 이들을 내려다보는 것만으로도 위로가 됐다.

숙소에서 짐을 찾아 다음 행선지인 취푸로 가야 하는데 버스가 일찍 끊기는 듯했다. 아니나 다를까, 택시기사가 뻔히 알면서도 다른 터미널에 내려 주었다. 취푸까지 자기 택시로 가지 않는 것에 대한 불만의 표시였다. 속상하고 난처했다. 아이까지 있는데 말이다. 시간이 없었다. 허겁지겁 뛰었다. 막차 버스를 겨우 잡아 탔다.

달리면서 해는 저물고 새까만 밤이 되었다. 취푸에 도착하니 이번에 우리를 반긴 호객꾼은 남자 운전수다. 미리 제시한 120원짜리 숙소로 안내했다. 이제는 메모지에 숫자 여러 개를 써 놓은 상태다. 도시 분위기에 맞춰 그때그때 어울리는 숫자를 직감적으로 제시했다. 숙소는 그저 그랬다. 하지만 바로 옆에 공묘(孔廟)가 있어서 편리했다.

이동이 멀고 잦다.

'과연 하루에 이런 식으로 다녀도 되나?'

그래도 뿌듯하다. 아들도 타이산에서의 느낌이 무척이나 인상적이었나 보다. 나중에 아빠가 되면 자기 아들이랑 꼭 오겠다고 한다.

이후의 일지

오늘 아침에 일어나자마자 먹은 아침 메뉴는 빵과 중국식 김치와 만두였다. 카운터에서 체크아웃을 한 후 짐을 맡겼다. 주변 사람들에게 일천문이 어디 있냐고 물어보았다. 그랬더니 그분들이 일천문이 어디냐고 대구했다. 결국엔 지도까지 들고 와서 확인해 보니 홍문이라고 했다. 홍문을 향해 20위안으로 택시를 타고 갔다. 택시 타기 전에 관우의 묘에 갈 수도 있었는데 가지 않았다. 시간이 없기 때문이다.

홍문 앞에 내려서 타이산 꼭대기로 출발한 시간이 8시 15분이다. 그 후 위로 계속 올라갔다. 타이산의 계단이 7,400개인데 중천문이 시작이다. 끝없이 가서 불상도 보고 관우상도 보고 남산에만 있는 줄 알았던 열쇠들도 보았다. 그렇게 사진도 찍고 나무도 보고 이야기도 하고 냄새도 맡다 보니 중천문에 왔다. 여행 책에서는 소요 시간이 2~3시간 걸린다고 했는데 1시간 30분 정도 소요된 것 같다. 중천문에서 사진도 찍고 케이블카도 구경했다.

저 멀리 꼭대기인 천왕봉이 보였다. 아! 남천문이었다. 천왕봉은 오른쪽으로 더 올라가야 한다. 조금 쉬다가 남천문으로 향했다. 나는 그때까지 엄청나게 팔팔해서 1,500미터의 그 높은 산의 계단도 두세 칸씩 뛰어오른 반면 중천문까지 괜찮았던 아빠는 졸립다고 하며 힘들어하셔서 쉬고 또 쉬었다. 세어 본 결과 21계단을 오르고 쉬고 또 21계단을 오르고 쉬었다. 아빠는 쉬자는 말조차 안 하고 그냥 쉬었다. 나중에 이유를 물었더니 말할 힘이 없었다고 했다. 나는 조금 불쾌했다. 아빠는 에베레스트 산 정상에서 10미터 남기고 포기하는 사람들 마음이 이해가 된다고 하셨다. 그런데 왕정문에 도착한 후부터는 처지가 바뀌었다. 아빠는 확 깨고 나는 다리가 풀려 힘이 없었다. 하지만 힘든 모습은 보이지 않았다. 그렇게 보고 느끼고 쉬고 올라서 천왕봉에 도착했다. 해발 1,529미터 높이에서 보니 춥고 싸늘했다.

그리고 다시 남정문에 가서 중국 라면을 먹었다! 완전 맛있었다. 그 후 천천히 내려왔다. 그런데 내려가던 도중 발을 헛디뎌 굴러 떨어질 뻔했다. 그 후로는 조심조심 내려왔다. 800계단까지 내려온 뒤 버스를 탔다. 다음 행선지인 공자 마을에 가야 하는데 시간이 부족했다.

> 타이산부터 공자 마을까지는 80킬로미터나 떨어져 있다. 버스에서 내린 뒤
> 택시를 탔는데 택시 기사 아저씨가 공자 마을(취푸)까지 데려다 주겠다고 했
> 다. 그런데 가격이 150위안이라고 해서 낮추어 달라고 했는데 버스를 타도
> 그 가격이라고 했다. 우리는 버스를 타기로 했는데 다른 버스정류장에 내려
> 주었다. 결국 올라 탄 버스비는 50위안을 내고도 거슬러 받았다. 취푸에서
> 는 또 무슨 일이 펼쳐질까?

오늘의 지출
타이산 홍문 입구행 택시 20원 / 타이산 입장권 189원 / 오이 3원 / 물 5원 / 레드불 10원
타이산 라면 30원 / 타이산 하산 버스 60원 / 버스터미널행 택시 20원 / 레드불 14원 / 물 2원
숙박비 120원 / 택시 8원 / 릭샤 2원 / 저녁식사 72원 / 음료 15원 / 총 570원

4일차

취푸(8월 24일 33℃ 비온 뒤 맑음)

예정된 여행 루트는 없다. 아무래도 강을 따라 다니면 유적과 문명을
좀 더 돌아볼 수 있지 않을까 해서 중국 문명의 발원지 황허강을 따라
서쪽으로 가 보기로 했다. 단, 베이징, 상하이, 홍콩을 제외하고 중원 내
륙으로만 돌아다니기로 했다.

공자 마을 3종 입장권을 샀다. 아침 일찍 공묘를 둘러본 뒤 공부로 이
동했다. 입구 현판에는 '공부'라는 글자 대신 '성부'라고 적혀 있었다. 공
자의 입지를 잘 알려 주는 표식이었다. 중국인들에게 공자는 지금도 살
아 있는 정신적 지주이자 성인이다. 마오쩌뚱이 사회주의 정신을 드높
이기 위해 공자 사상부터 해체하려고 했지만 그는 이 지역을 다스리는

임금이자 사상가이고 후손들에게까지 오랜 세월 그 권력이 유지되는 존재다. 따라서 이들 사유지를 어떻게 인정할 것인지가 공산당의 고민이었다고 한다. 후손들은 지금 타이완에 살고 있고 이곳 운영권은 민간 단체로 넘어 갔다고 한다. 얼마 전 물을 뿌려 청소하다가 그만 절묘하고 기괴한 나무들을 다치게 해 이를 되살리느라 애를 먹고 있다는 이야기도 들었다.

아들은 공자 마을에서 뿜어져 나오는 피톤치드에 벌써 취해 있다. 연거푸 숨을 들이마셨다가 내쉬기를 반복했다. 오전 반나절에 공자 묘까지 둘러볼 수 있었다. 중국 사람들은 좀처럼 걸어다니지 않는다. 웬만한 이동은 셔틀을 타고 다녔다. 우리는 공림으로 이어지는 셔틀이 비싸다고 하고는 사설 뚝뚝이(오토바이를 개조해 만든 이동 수단)를 흥정해서 타고 갔다. 이후는 뭘 타든 흥미로워 한다.

공자 마을을 둘러보고 버스로 한 시간을 달려 옌저우 기차역에 도착해 카이펑행 기차표를 구했다. 근처 식당에서 점심을 먹었는데 도저히 더워서 밖에 나갈 엄두가 나질 않는다. 눈치가 보였지만 식당에서 시간을 때우다 가자고 했다.

이후는 어디 오래 앉아 있지를 못한다. 식당에서도 자기 숟가락만 내려놓으면 "아빠! 가자!"고 외친다. 나는 여전히 숟가락을 입에 집어 넣고 있는데 말이다. 한곳에 눌어붙어 삐대기가 특기인 김태리가 몹시 그리워지는 대목이다. 한참을 그 "가자", "제발 가자"의 성화에 시달리다 기차 시간에 맞춰 아무 일도 없었다는 듯 벌떡 일어나 역으로 향했다.

문제는 지금부터 시작됐다. 이후와 내 좌석이 떨어져 있는 것이다. 그것도 아예 차량이 다른 칸이다. 초조하고 두려웠다. 이후도 난감해했다. 헤어지는 것도 아닌데 갑자기 슬픔이 밀려왔다. 일시적 결핍이 가져다주는 탁월한 애정 효과라고나 할까?

'아들 녀석 혼자 역에 내버려 둘 때는 언제고 기차에서 잠시 떨어져 가는 것은 두려워하다니.'

스스로도 이상하다고 생각했다. 장장 6시간이나 가야 한다. 덜컹거리는 기차 안 밤 7시. 벌써 두 번이나 좌석을 양보받았다. 중국인들의 너그러운 이해심으로 아들과 꼭 붙어가는 것이 감사했다. 매 정거장마다 정차하는 완행열차였는데 자리가 비는 대로 또 다른 승객이 올라타기를 반복했다. 그때마다 표를 들고 두리번거리는 모습을 올려다보기가 참으로 민망했다. 말도 전혀 안 통하는데다 일일이 손짓 발짓으로 해명하기도 난감했다.

기차는 통로까지 발 디딜 틈 없이 들이찬 만원 열차였다. 이후는 옆 좌석 승객인 엉덩이가 아주 큰 아주머니 때문에 내내 불편해했다. 가위바위 보 하나 빼기 놀이를 하자고 한참을 조르더니 엎치락뒤치락 하품하다 잠이 들었다.

밤 11시 30분, 중국 승객들은 이러지도 저러지도 못하고 잠에 취해 널부러져 있는데 나는 타이산에서 받은 정기 때문인가? 자리에서 곱게 일어나 몸을 풀고 슬슬 내릴 채비를 했다. 오히려 힘이 불끈 솟았다. 이상한 일이다. 정말 맑은 산의 정기 때문인가?

카이펑역에 도착한 시각은 밤 11시 57분이다. 호객꾼 아주머니가 우리를 60원짜리 방으로 데리고 갔다. 심각한 어둠 속으로 한참을 끌려다

넜다. 이후는 이제 이들과의 공생 관계를 청산하고 앞으로는 독자적으로 숙소를 구하러 가자는 눈치다. 나도 같은 생각이다.

빈관에 빈방이 없자 어느덧 자기 집으로 데려갔다. 자기 방문을 열더니 베개를 꾹꾹 누르면서 한구석에서 자라는 것이다.

'이건 또 뭔가! 아무리 저렴한 방을 구하기로서니 부뚜막 같은 공간에서 아줌마와 얼굴을 마주보며 자라고?'

독자적으로 방을 구하러 다녔다. 벌써 새벽 1시, 밤 늦게 돌아다니는 것이 썩 바람직해 보이지 않았다. 자정을 넘긴 시간에 낯선 도시의 음침한 역 주변, 출처 모를 시선들. 수상한 사건이 일어날 조짐이 충분하다. 다행히 격식을 갖춘 빈관에서 제법 늦었다는 이유로 100원에 잠자리를 구할 수 있었다.

우리는 숙소에 들어서면 각자의 역할이 있다. 아들은 화장실에 세면도구를 세팅하고 나는 옷가지를 정리한다. 숙소에 들어선 김이후.

"아빠, 잠깐만!"

"왜?"

"짐 푸는 건 나중에 하고 일단 침대에 딱 한 번만 드러누워 보자!"

이후는 대자로 벌러덩 드러눕는다.

"야아! 조오타~조아! 세상에, 이렇게 좋을 수가 있나!"

아이의 입에서 탄성이 연거푸 터져 나왔다.

오늘 아침에 눈을 뜨니 아빠가 양치질을 하고 계셨다. 나도 양치질을 한 다음 아침을 먹으러 갔다. 아침은 여전히 짰다. 방에 들어와서 짐을 챙긴 뒤 체크 아웃을 하고 짐을 맡기고 공묘에 갔다. 공묘는 중국에서 두 번째로 큰 성이다. 그리고 공림과 공푸에 갔다. 공림은 공자의 무덤이 있는 숲으로 수십만 그루의 나무가 있다. 공푸는 공자가 살던 집이다. 공묘는 가도가도 끝이 없는 미로 같았다. 안에는 비석도 많았다. 그리고 가운데 있는 대성전은 규모가 어마어마했다. 공푸에서 아이스크림을 먹고 집안으로 들어갔다. 공자도 한 마을의 왕이니까 큰 집에 살 만했다.

공푸는 우리나라 전통 가옥처럼 안방, 사랑방 등으로 나뉘어져 있었다. 공푸에서 한참 돌아다니다 자전거를 타고 공림으로 갔다.

제일 먼저 공자의 무덤에 가기로 했는데 너무 넓어서 다 돌아다니지도 못했다. 나무 냄새를 맡으며 걸어가다 공묘라고 착각한 사원과 공자와 순자의 묘도 보았다. 그리고 결국 공묘도 봤다. 우리나라 광개토대왕릉보다 1.5배 이상 컸다. 그리고 천천히 내려오며 강도 보고 사람도 보며 호텔에 도착했다. 짐을 찾아 치자전으로 가서 카이펑으로 갔다. 1시간 반 정도 걸렸다. 별로 기대가 되지는 않는 카이펑은 어떤 곳일까?

공묘, 공부, 공림 입장료 225원 / 아이스크림 6원 / 자전거릭샤 10원
오토릭샤 5원 / 오토릭샤 10원 / 엔저우행 택시 8원 / 점심식사 47원
카이펑 기차 97원 / 저녁식사 28원 / 숙박비 100원 / 총 536원

5일차

카이펑(8월 25일 38℃ 흐림)

어제 산동성을 지나 허난성에 왔다. 아들을 깨워 아침을 먹으러 내려 갔다. 빈관에서 아침을 준다면 2층으로 가면 된다. 대부분 그곳에 식당 이 있다. 이곳 식사는 어떻게 다른지 궁금했다. 큰 차이는 없다. 유난히 짠 야채 반찬을 꽃빵과 함께 먹는 식이다. 그런데 꽃빵을 먹기 위해 짠 반찬을 먹는 것인지 짠 반찬을 먹기 위해 심심한 꽃빵을 먹는 것인지 헷갈렸다. 아닌가? 둘 다 먹기 위해선가? 중화 사상?

카이펑 시내 관광 정보를 입수했다. 그중 청명상하원에 가 보기로 했 다. 막상 가 보니 유적지라기보다는 민속촌 같은 곳이었다. 북송시대 (960년~1127년) 화가 장택단이 당시 수도를 배경으로 그린 청명상하도 에서 모티브를 따왔다고 한다. 400제곱킬로미터 면적에 크고 작은 배 50척, 교각, 주루, 찻집, 의원, 전당포 등 당시 생활상을 재현했다. 아이 들은 역시 타고 노는 것을 좋아했다. 키다리 그네와 직접 돌려 타는 뺑 뺑이를 신나 했다. 수동 놀이기구(?) 말고도 각설이, 백정, 장사꾼, 병사, 기생 역할로 분장한 캐릭터들이 돌아다니고 있었다. 그들과 사진도 찍 고 이런저런 쇼도 보면서 돌아다녔다.

저녁 무렵 정저우에 도착했다. 중국 문명의 발원지 황허강을 따라 점 차 중원으로 들어서는 중이다. 기원전 16세기 중국 최초의 왕조 상나라 가 세워진 곳으로 추정하고 있다. 하지만 시 외곽에는 부자들이 동 단 위로 매입한다는 텅 빈 아파트 단지가 넘쳐 났다. 정저우역은 휘영청 높

은 건물과 상가, 백화점이 어우러져 인산인해를 이루었다. 쏟아져 나오
는 인파들을 호객꾼이 일일이 맞기에는 너무나 큰 규모였다. 정저우 시
내 중심가라 일컫는 27탑 광장까지 걸어갔다. 거리엔 온통 먹을거리 야
시장 천지였다. 호객꾼 손에 이끌려 방을 둘러보기도 했으나 상태가 조
악했다. 되돌아나와 터미널 주변 빈관을 찾아다녔는데 그때부터 일이
꼬였다. 아니, 내 마음이 확 꼬여 버렸다.

"138원은 컴퓨터 있는 방, 없는 방은 118원."

"없는 방 좋다. 우리는 컴퓨터 필요 없다."

이렇게 시작된 긴긴 대화가 이어졌다. 다음 날 뤄양 가는 교통편과 소

림사로 가는 일정을 물어보았는데 말이 안 통하는 관계로 인터넷 통역 사이트로 자판을 두드리면서 이야기했다. 특별한 정보를 줄 것 같은 호의가 역력해 중간에 대화를 끊을 수가 없었다. 지루하고 답답한 소통으로 피곤이 쌓인 탓에 와이파이를 잽싸게 연결시켜 핸드폰을 만지작거리는 이후를 보니 짜증이 밀려왔다. 쥐꼬리만 한 방을 보고는 속이 더욱 뒤집어졌다. 바닥에 돌아다니는 바퀴벌레 두 마리까지 잡고는 폭발했다. "야, 너! 어떻게 그 순간에 그럴 수 있어!" 있는 버럭 없는 짜증을 아들에게 쏟아내고 말았다.

이후의 일지

오늘 아침 일찍 카이펑에 있는 청명상하원에 갔다. 아침이어서 나무 냄새가 솔솔 났다. 청명상하원에 들어가서 지도를 보았다. 지도에서는 볼 것이 참 많다. 그래서 내가 앞장서서 아무 데나 돌아다니기로 했다. 아침이어서 그런지 사람이 보이지 않았다. 청명상하원 안에는 강도 흐르고 다리도 있고 큰 탑도 많았다. 조금 구경하다가 지도를 보니 3D 체험관도 있었다. 열심히 찾고 보고 만나고 사진도 찍다가 배가 고파졌다. 그래서 에어컨이 있는 호텔 식당에서 뜨거운 차와 밥, 면, 만두 등을 먹었다. 식사를 마치고 돌아다니다가 쇼를 보았다. 입에서 불 나오는 거, 머리 위로 돌아다니는 거 등 다양하고 신기한 쇼를 보았다. 돌아오는 길에 3D 체험관을 찾아보았지만 가지는 않았다. 다시 호텔로 돌아와서 정저우로 가는 기차표를 끊으러 갔다. 아! 맞다. 기억이 안 나서 말하지 못한 것이 있다. 놀이터에 간 것이다. 한국 그네와는 전혀 다른 짧은 줄에 아저씨들이 돌리면 돌아가는 나무 그네가 있는 놀이동산이었다. 그래서 어쨌든 우리는 정저우로 간다. 뿅~!

오늘의 지출

버스 2원 / 청명상하원 입장료 150원 / 점심식사 39원 / 아이스크림 3원 / 정저우행 고속버스 27원
숙박비 118원 / 저녁식사 34원 / 총 375원

6일차

정저우(8월 26일 39℃ 맑음)

'아빠가 미쳤나?'

이런 생각이 들 만큼 나는 확 돌아버렸는데도 아들은 꾹 참고 있다. 그저 듣고만 있다. 내게 "미안하다"고 했다.

"뭐가 미안한데!"

나는 여자들처럼 따져 물었다.

'아이가 뭔 잘못이 있으랴?'

문제는 나다. 그런 식으로밖에 표현 못하는 나 자신이 한심할 따름이다. 지치고 힘들 때 누가 옆에서 좀 도와주면 좋으련만 아무리 둘러봐도 내 편이 없다. 믿을 만한 이는 겨우 열 살배기 아들뿐. "날 좀 도와줘!"라는 아우성을 그렇게밖에 드러내지 못했다. 꼬이고 얽힌 상황만 닥치면 늘 이렇다. 아들은 아빠의 일처리를 신뢰하며 간만에 터진 와이파이에 몸을 맡긴 것뿐인데 되돌아온 것은 버럭 화에 질타뿐이니 당황할 만도 했을 것이다.

'내 속마음의 진심을 친절하게 전달해 주면 좋으련만……'

허나 내 입장도 이해해 줘야 한다. 아이와의 여행은 의외로 고독하다. 혼자 다니는 여행보다 어린애와 보조를 맞춰 다니는 여정은 때때로 허전하고 쓸쓸하다.

아침 8시, 어제 일도 잊은 채 아들은 핸드폰 게임을 하고 있다. 나는 오늘 계획을 세웠다. 아침을 먹으러 갔다. 10시에 문을 연 맥도날드에서 마신 커피는 중국에서 처음 접한 거친 맛이었다. 뤄양은 오후 버스로 가기로 하고 정저우 시내 구경에 나섰다. 상나라 때로 추정된다는 성벽과 도시를 수호하는 문묘, 성황묘를 둘러보았다. 문화 유적이 꽤 많던 카이펑과 달리 정저우는 복잡한 교통의 요지, 신개발 도시로서의 면모만이 부각되어 있었다.

뤄양까지는 127킬로미터 거리다. 새로 깐 고속도로로 달렸다. 평야 지대를 벗어나 산을 갉아 먹은 듯한 지형이 등장하기 시작했다. 중국 5대 왕조가 926년간 수도로 삼은 곳이 뤄양이다. 가장 큰 중국을 만든 당 태종은 '해가 지는 곳'이라며 이곳을 방문하지 않았다고 한다. 그곳에 도착했다. 오후 4시 30분, 터미널에 내렸지만 손에 든 지도와 다르다. 묻고 물어서 지도와 도로가 하나되는 지점에 섰다. 이후가 물었다.

"아빠, 이제 우리 뭐 할 거야?"

"음, 숙소부터 구할까?"

처음 들어간 숙소에서 135원을 부르자 이후가 내 팔을 끌며 "길 건너 편으로 가보자"고 했다. 어서 대충 발 뻗고 쉬고 싶을 텐데 좀 더 찾아보자는 아들이 고마웠다. 아들은 언제나 질문형이다. 여행 내내 끝도 없는 질문으로 골머리를 앓게 했지만, "아빠, 오늘 뭐하고 싶어?" 먼저 묻고 내 대답을 듣고는 자신의 행동 설계에 반영하는 모습을 보니 기특하다. 반면 김태리는 하늘이 무너져도 요청형이다.

"나, 저거 갖고 싶다. 응? 저거 사주라."

시종일관 이런 식이다. 솔직히 고통스럽다. 나는 아버지한테 이런 식으로 해 보지 못했다. 아이가 태어나면서 자신의 어릴 적 감정이 되살아나는 것을 대감정(Meta-emotion)이라고 했던가. 결코 아이 문제는 아니다. I(내) 문제다. 어려서 부려 보지 못한 욕구를 딸아이가 표현할 때면 나는 심히 고통스럽다. 그렇지만 그녀에게도 유일한 질문이 한 가지 있기는 하다. 앞으로 뭘 먹을지 남들이 뭘 먹었는지가 가장 궁금하다. 학교 갔다 오면 묻는 첫 질문도 "오늘 저녁은 뭐야?"다.

맞은편 118원짜리 숙소에 머물기로 했다. 방들이 청결하고 매니지먼트도 잘 되고 있어 안심이 되었다. 같은 값인데도 바퀴벌레가 등장한 어제 정저우에서의 숙소와는 차원이 달랐다. 힘이 솟고 휴식이 되었다.

아들은 나와 같이 하는 것이면 뭐든 좋아한다. 그 끝없는 질문도 그런 놀이 중 하나가 아닌가 싶다. 나는 아들이 좋아하는 끝말잇기 같은 놀이보다는 내게 유리한(?) 놀이를 통해 안마 내기를 제안했다. 내기인즉, 식당에서 먹은 가격이 전부 얼마냐는 것 등이다. 계산서에 표기된 것과 가장 근접한 숫자를 댄 사람에게 안마를 해주는 게임이다. 그런데 생각해 보라. 아무리 내가 중국말을 몰라도 그렇지 손가락으로 짚어 가며 주문한 사람이 값을 더 잘 알지 않겠는가! 아들은 뻔히 알면서도 일부러 나와 놀고 싶어서 그러는지 아니면 승패에 상관없이 아빠에게 안마를 베풀 요량으로 게임에 응하는 것인지는 알 수 없다. 그렇다고 물어볼 필요는 없다. 안마 놀이는 영원해야 한다.

6시까지 일방적인(?) 안마 놀이를 통해 실컷 안마를 받고는 시내 구경 겸 저녁을 먹기 위해 길을 나섰다. 친절한 중국 청년의 도움으로 뤄양 여경문 옛 거리에 내릴 수 있었다. 정저우, 카이펑, 항저우, 난징, 안양, 시안과 함께 중국 7대 고도에 속하는 뤄양. 불교와 인연이 깊어 당대

까지 번성하다 원나라가 들어서면서 지방화되었다. 복원된 낙원성 성벽과 주위를 둘러싼 해자(성 주위에 둘러 판 못)가 보행자들을 반겨 주었다. 때마침 불어오는 저녁 산들바람이 오래 묵은 수양버들을 공중으로 흩날리고 있었다. 역사 고가를 고즈넉이 걷다가 그곳에서 제일간다는 우육면을 사먹고 사실 쥐고기라며 길에서는 절대로 사먹지 말라던 돈육 꼬치도 야시장에서 먹어 보았다.

숙소에서 아내에게 딸 아이가 첫 생리를 했다는 소식을 들었다. 인도에 미리 다녀오기를 참 잘했다. 태리에게 축하한다고 전했다. 그러고는 잽싸게 물어보았다.

"태리야, 오늘 저녁은 뭐 먹었어?"

이후의 일지

오늘 아침에 일어나니 아빠가 영상 통화(face time)를 하고 있었다. 나는 재빨리 아빠 등에 올라가 엄마와 이야기를 했다. 그렇게 통화를 마치고 아침을 먹으러 갔다. 오늘은 호텔에서 아침을 주지 않았다. 근처 맥도널드에서 맥모닝세트와 커피, 우유 등을 먹었다. 그리고 버스를 타고 성왕묘와 문묘에 갔다. 가면서 연달성벽도 보았다. 성왕묘와 문묘에는 그 성을 지키는 수호신(?)이 있는데 이빨이 270개라고 한다. 그림도 많았고 불상도 많았다. 또 그림에는 다양한 옛날 모습이 담겨 있었다. 멋진 무기도 있었다. 골목 구경을 하다가 운동 기구를 타기도 했다. 호텔에 와서 짐을 찾아 버스를 타고 뤄양에 갔다. 삼국지에도 중요한 역할을 했던 뤄양까지는 약 3시간 소요됐다. 세계문화유산인 룽먼스쿠(용문석굴)는 어떨까? 빨리 가 보고 싶다!!

오늘의 지출
아침식사 17원 / 문묘, 성황묘 버스 2원 / 호텔버스 2원 / 뤄양행 고속버스 110원
숙박비 118원 / 리징민행 버스 2원 / 청향원 우육면 21원 / 월병 10원 / 양꼬치 4원
버스 2원 / 라면 21원 / 총 309원

7일차

"아빠, 다 왔어! 내려야 해!"

잠결에 벌떡 깨보니 뤄양 특유의 수양버들이 보이길래 이후 말만 믿고 허겁지겁 뛰어내렸다. 웬걸! 한참이나 멀었다.

"여기가 아니잖아!"

부랴부랴 다른 버스를 타고 숙소에 도착했는데 예정보다 이십 분 지체된 것이 그렇게나 초조하고 불안할 수 없었다. 여행 중 새롭게 얻게 된 정보 중 하나는 아들이 꽤나 길치라는 것이다. 나도 길눈이 상당히 어두워졌는데 이번 여행에서는 특히 아쉬웠다. 어디든 묻고 찾고 해야 하는데 헷갈릴 때가 무척 많았다. 그럴 때마다 아들에게 "저긴가?", "이쪽 아니야?", "왔던 길이 저쪽이지?" 긴가민가 물어보면 이후는 눈 하나 깜짝 안 하고 무조건 "그렇다!"는 것이다. 나중에 가 보면 아니었다.

"아니잖아!" 그러면 그제야 "그런가?" 하며 고개를 갸웃거린다. 김이후가 길치라는 것. 그리고 무조건 "맞다"고 일단 날리고 본다는 것도 길 떠난 지 대략 일주일 만에 알아차리게 됐다.

우리는 뤄양 제일의 유산 용문석굴에서 돌아오는 길이다. 494년 북위 6대손 효문제가 만들기 시작했다. 석회암 기슭에 100,000여 개의 부처상을 조각해 놓았다. 뤄양으로 천도하기 전 따통에 만든 중국 최고의 불교 유산 원광석굴에 이은 유산으로, 불교 예술의 개화기를 엿볼 수 있다. 목이 잘려나가고 사라진 두상들은 뉴욕 메트로폴리탄, 도쿄 국립박물관 등에서도 볼 수 있다고 한다. 두 시간가량 걷자니 지치고 피곤해서 중국 3대 시성 두보, 이백, 백거이가 머물렀다는 이허강 건너편 쪽으로 가 절벽에 벌집처럼 조각해 놓은 폭 1킬로미터의 석굴들을 감상했다.

그렇게 유적들을 둘러본 뒤에야 다음 행선지로 갈 시간이 얼마 없다는 것을 알고는 허겁지겁 숙소로 달려와 짐을 찾아 다시 터미널로 뛰었다. 시안행 버스표를 겨우 손에 쥐었다. 다행히 시간이 이십 분이나 남았다. 일이 이렇게 되면 짜증 내고 보채던 그 시절(?)이 더없이 부끄러워진다.

'왜 이렇게 잘 안 될까?'

이후는 자기 때문에 그랬다면서 미안해하며 어쩔 줄 몰라 한다.

'그게 네 잘못이 아니라는 걸 너도 잘 알잖니. 이후야, 미안하다. 못난 아비를 둬서……'

내 기분이 꼬인 것이 아들 잘못이 아니라는 것을 분명히 해야 한다. 내 문제다. 그 아이가 죄책감 들게 만들고 이 아이를 불안하게 만드는 건 아빠인 내 문제였다. 예상치 못한 실수도 일순간의 오차도 허락하지 못하는 나 자신이 안타깝고 유감스러울 따름이다.

중국에서 여행을 하면서 난감했던 또 한 가지는 터미널이 한 곳이 아니라는 것이다. 예를 들어 시내와 가까

운 반포터미널을 기대하고 내리면 어김없이 마장동터미널 같은 외곽 터미널인 경우가 있다. 그래서 종착지가 '창투 치처잔'(장거리 시외버스터미널)이어도 그것이 동부터미널인지 남부터미널인지 주의해야 한다. 시안이 그런 곳이었다. 여기저기 들러 사람들을 태우고 경유지도 복잡하게 바뀌고 있었다. 다음 행선지로 이동할 표를 미리 예매하기 위해서는 도심 터미널이나 기차역으로 가야 한다. 하지만 외곽 터미널에 내릴 경우 시내에서 얼마나 동떨어져 있는지 방향 감각이 전혀 없다. 특히 밤에는 더 그렇다. 말은 안 통하고 위성 지도를 보며 다니는 것도 아니다. 하는 수 없이 호객꾼들을 적절히 이용해야 했다. 그들은 유용한 정보를 전달해 주는 살아 있는 네비게이터다. 한밤중의 엄한 터미널, 어김없이 호객꾼이 다가온다. 시안역을 불렀더니 택시로 "30원"을 부른다. 거절하고 길을 걸었더니 자전거로 "10원"을 부른다. 이제 알았다. 걸을 만한 거리다. 아니나 다를까. 캄캄한 모퉁이를 몇 번 돌아갔더니 거대한 시안의 성벽과 네온사인이 눈에 들어오기 시작했다.

"후어처잔(기차역)?"

바로 코앞이란다.

날씨가 여전히 무덥다. 중국 내륙에 걸터앉은 고기압으로 인해 9월이 곧 다가오는데도 유례 없는 찜통 더위를 기록하고 있다. 사람들이 기차역 광장에 널부러져 있다. 표를 구하지 못한 인파들도 땅바닥에 장사진을 치고 있다. 중국은 기차표가 없으면 역사로 들어갈 수 없다. 시안은 실크로드의 기착점답게 사람들의 모습도 다양했다. 거리에서 티베트 사람들과도 제법 어깨를 부딪힐 만큼.

이후의 일지

오늘은 용문석굴(룽먼스쿠)에 가는 날이다. 우리가 조금 일찍 와서 문이 열리지 않았다. 그곳은 코스가 있어서 마음대로는 못 본다. 처음엔 작은 것을 보다가 끝에 제일 큰 노사나대상감을 보여 준다. 룽먼스쿠의 불상 수는 1,000,000개가 넘는다!

처음에 가이드의 설명을 들으려 애썼지만 그는 중국인, 나는 한구월러(한국인). 그래서 영어로 된 설명을 해석해 주시는 아빠를 졸졸 따라다녔다. 드디어 성인 키의 4배에 달하는 노사나대상감을 보았다. 옆에 문지기로 연상되는 도깨비들도 있었지만 대부분이 손상되었다. 그 외에 목, 손, 발 등이 수집가들에 의해 부서져 있다.

나는 지금까지 세계문화유산을 3개 보았다. 타이산, 취푸, 룽먼스쿠까지. 너무 멋있고 행복했다. 이제는 진시황의 뼝마용이 있는 시안으로 GO~ GO!

밤에 시안에 도착했다. 그런데 내린 곳이 우리가 원하는 정류장이 아닌 똥부치처잔(버스터미널)이어서 화차잔(기차역)에 가야만 했다. 가면서 북문도 보고 여러 포즈를 취하며 사진도 찍었다. 버스터미널에 와서 우육면 대왕이라는 식당에 갔다. 숙소를 구하고 씻고 일지를 쓴다.

오늘의 지출
용문석굴 버스 3원 / 용문석굴 입장료 240원 / 호텔 버스 3원 / 물 3원 / 시안행 버스 135원
숙박비 120원 / 저녁식사 49원 / 음료 15원 /총 568원

8일차

"아빠, 이것 좀 봐! 병사들 얼굴이 다 달라!"

아이들 눈에 병마용은 병정놀이마냥 흥미로운가 보다. 학부형 입장에서는 자녀와의 여행 목적을 달성하는 기대와 만족도를 동시에 채워 주는 곳이기도 하다. 《론리플래닛》 추천대로 우리는 가장 작은 전시관인 3번 방부터 2번, 1번 순으로 루트를 잡았다. 불가사의한 대 장관을 가장 마지막에 목격하라는 조언이 타당해 보였다.

칭다오에서 출발한 유랑 길은 서부로 계속 이어졌다. 황허강을 따라가려면 북으로 한 번쯤 꺾어 올라가야 하는데, 관성의 법칙처럼 이곳 시안까지 이끌려 왔다. 중국의 모든 것이 시작되었다고 여겨지는 곳, 예전에는 장안이라고 불린 세계 최고의 도시, 실크로드의 기점이자 종착지이기도 한 곳, 베이징 이전에 중국 최대의 도시, 그리고 김이후에게는 중국 기행 영순위 방문지인 병마용이 있는 곳, 시안!

병마용은 1974년 우물 파던 한 농부에 의해 세상에 알려졌다. 그 전까지 수천 년 동안 복병(?)을 숨기는 데 성공했다. 알 만한 사람은 죄다 없애 버렸는지도 모른다. 진시황, 그는 누가 봐도 특별했다. 중국 최초의 통일 왕조 건설, 만리장성 구축, 장엄한 시안의 성벽 조성, 거대한 군사들을 거느렸을 뿐만 아니라 화폐, 활, 도량형의 표준화를 일궈 낸 쾌걸이다. 게다가 죽어서까지 자신을 호휘할 부대를 갖추었으니.

아들은 전보다 열심히 사진을 찍어댔다. 전시관에 공개된 것 말고도 아직 발굴 중인 유적의 전체 규모는 아무도 모른다고 한다.

시안에서 하루 더 묵기로 했다. 혼잡한 역을 벗어나 시내로 가는 버스를 타려는데 길 찾기가 만만치 않았다. 비까지 퍼부었다. 한 커플이 또 동행해 준다. 자기네도 여행 갔다 돌아오는 길이라 손에 트렁크가 하나씩 있는데도 우리 때문에 일부러 시내까지 버스를 타고 간다. 중국인들은 이런 식이다. 버스요금도 아예 자기네가 내준다.

"호텔은 구했나?"

"아직 못 구했다."

"특별히 생각해 둔 곳이 있냐?"

"종루 근처에서 하룻밤 묵어가려고 한다."

스마트폰으로 정보를 검색한다. 그들이 앞장서고 우리가 뒤따랐다. 몇 군데 들렀지만 가격이 만만치 않았다. 계속 따라오라며 이번엔 대형 백화점 건물로 올라간다.

'아니! 이런 곳에?'

그렇다. 있었다. 중국 대도시에는 오피스텔을 숙소로 개방하는 레지던스형 숙소가 제법 많았다. 넓은 방과 침대, 초고속 인터넷, 현대식 인테리어까지 갖추어 모든 것이 만족스러웠다. 게다가 가격까지 적절했다. 새로운 것을 알게 돼 반갑고 고마웠다.

그들과 헤어지고 시안 시내를 밤늦게까지 만끽했다. 활기찬 도시에 다채로운 먹을거리, 서방 문화와 어우러진 구경거리가 구역마다 가득했다. 숙소로 돌아오는 길에 이후가 그랬다.

"아빠, 내가 병마용에서 제일 인상 깊었던 게 뭐였는 줄 알아?"

"글쎄, 뭐였는데?"

"할머니."

"할머니?"

"응, 허리가 반이나 고부라지신……."

"그 나이에 당신 눈으로 병마용을 직접 보겠다고 지팡이를 짚고 혼자 방문하던 그 할머니?"

아들은 그 할머니가 죽은 병사보다 훨씬 더 인상 깊었다고 했다.

꼬끼오꼬꼬꼬꼬꼬~! 아침이 됐다. 시안의 아침은 분주했다. 왜냐하면 실크로드의 시작점이자 종착지이기 때문이다. 아침 일찍 일어나 핑야오 가는 표를 끊고, 306번 버스를 타고 병마용에 갔다. 그런데 갑자기 비가 오기 시작했다. 잠시 후 병마용에 도착했다. 병마용 근처에서 비를 맞으며 병마용을 찾았다. 우리는 3번방, 2번방, 1번방 순으로 가기로 했다. 그렇게 다양하고 멋지고 크고 신기한 병마용을 보았다. '진시황이 미친 거 아니냐!' 라고 생각했다. 왜냐하면 노동한 사람들을 비밀 보장 때문에 생매장시켜 버렸기 때문이다.

시내로 가서 한 부부(?)를 따라서 짱 좋은 호텔에 갔다. 그 부부는 끝까지 우리와 동행해 주었다. 정말 고마웠다. 그 후 이슬람 마을에 가기 위해서 사람들에게 물어보며 겨우 이슬람 마을 근처에 도착했다. 결국엔 이슬람 마을엔 못 가고 근처 시장에서 면을 먹고 디저트로 빵을 먹었는데 둘 다 맛이 없었다.

오늘의 지출
버스 14원 / 병마용 입장료 150원 / 시안역 버스 16원 / 핑야오 고속버스 248원 / 우육면 49원
시안 숙박비 130원 / 저녁식사 66원 / 과자 5원 / 음료 31원 / 총 709원

9일차

시안(8월 29일 29℃ 맑음)

"이후야, 이 버스 조금 더 탈까?"

기분 좋은 도시 시안의 아침을 뒤로하고 터미널로 향했다. 이층 버스 앞자리라 시야도 확 트이고 전망도 좋아 더 타고 싶었다. 아들도 신나하며 그러자고 했다. 핑야오행 버스까지는 아직 2시간이나 남았다. 시내를 한 바퀴 돌고도 남을 듯했다.

시안 관광하듯 원을 그리며 도심을 돌았다. 그런데 기점에서 멀어지더니 아예 행방이 묘연해졌다. 그림에서 본 순환식이 아니었다. 종점까지 도착하는 데 걸리는 시간을 모르다 보니, 차츰 두려워지기 시작했다. 위기감이 몰려온다. 이번엔 격한 기분을 토해 내는 대신 나의 불안함을 차분히 나누려고 노력했다.

"이후야, 아빠가 마음이 불안하구나. 버스가 예상치 못하게 멀리 가는 것이, 제시간에 터미널에 도착하지 못할까 봐 지금 답답하고 초조해."

그러면서 차츰 조바심이 가라앉기 시작했다. 이후는 자기도 그렇다며 같은 마음임을 확인했다. 아빠가 그렇게 말해 줘서 고맙다고도 했다.

할 수 없이 중간에 내리고 말았다. 반대편 정류장에서 버스를 기다리는데 그렇게 불안할 수가 없었다. 버스표를 아주 힘겹게 구했기에 놓치기는 더더욱 싫었다. 가까스로 터미널에 도착해서 부랴부랴 버스에 올라탔다. 그제야 긴장이 풀렸다.

또 다른 과제가 있었다. 이 버스의 최종 기착지는 따통이며 중간 경유지 승객은 도로 한가운데 내려준다는 사실이다. 중국에서 지켜본 결과 주욱 그래 왔다. 특별히 우리만 터미널로 모시고 갈 상황은 아니었다. 도로 한가운데서 승객들을 무작위로 태우는 경우도 빈번한데 어떤 시스템인지는 모르겠지만 운전수와 차장이 별도로 알바(?)를 하는 것 같았다. 중간중간 예정에 없던 곳에 들러 보따리를 수송하기도 했다. 이런 운행이 흔했다.

현지인들이야 연고가 있으니까 누가 차로 데리러 나오기도 하겠지만 우리는 난감했다. '내려서 어쩌라고!'

차장이 담배를 물고 다가와선 숙소를 연결해 주겠다고 했다. 가격이 만만치 않았다. 우린 100원짜리 방을 원한다고 했다. 어쩔 수 없다며 고개를 흔들며 자기 자리로 돌아갔다. 도원결의하듯 아들과 손가락을 걸었다.

"한번 잘해 보자! 일단 나가서 안 되면 뭐, 히치하이킹이라도 하자!"

고속도로 위에 우리 부자를 덜렁 내려 주고 결국 그들은 떠났다. 컴컴한 밤이 우리를 삼킬 듯이 째려보고 있었다. 톨게이트 입구가 보였다. 중국 최초의 은행, 일승창이 있던 경제 중심지임을 알리는 듯 동전을 매단 네온사인이 진입로를 따라 펼쳐졌다. 논두렁에서 퍼져 나오는 그윽한 똥 냄새와 아련한 밤안개, 도로를 감싸고 있는 자욱한 밤공기, 숨을 깊이 들이마시며 핑야오 고성을 향해 걸어갔다. 몽골 사막에 점점 가까워지려는지 날씨가 제법 쌀쌀해지기 시작했다. 소름이 돋아나고 있었다.

이후의 일지

오늘 오전 9시 버스를 타고 평야오로 갔다. 핑야오는 중국 3대 고성 중의 하나로 옛날 그대로의 모습이 잘 보존되어 있다. 시안에서 평요까지는 13시간이 걸렸다. 그런데 버스 기사 아저씨가 고속도로 한복판에 세워 주셨다! 우리는 평야오의 맑은 공기를 반기며 걸어가고 있었는데 태워 주겠다는 차가 다가왔지만 50원 정도를 내라고 해서 그냥 걸어가기로 했다. 아빠와 나는 걷는 것이 더 좋았다. 얼마 뒤 버스 차장의 전화를 받고 왔다는 두 청년을 따라 여관으로 들어갔다. 여관에서 어느 아주머니가 같이 사진을 찍자고 할 정도로 나를 신기하게 보았다. 옛날 침대에서 꿀잠을 잤다.

오늘의 지출
길거리 계란말이 10원 / 스타벅스 커피 32원 / 시안역행 버스 3원 / 시안역 종점 버스 2원
터미널 먹을거리 16원 / 휴게소 저녁식사 45원 / 핑야오 숙박비 110원 / 총 217원

10일차

핑야오(8월 30일 25℃ 맑음)

"30원에 태워 주겠다!"

희미하게 따라붙는 검정 봉고차 운전수의 제의를 거절했다. 그 순간을 우리는 무척 즐기고 있었다. 별빛이 주단처럼 깔린 밤하늘을 아들과 함께 걷는 이 재미를 누구에게도 뺏기고 싶지 않았다. 내게 쏟아지는 이후의 질문도 끝이 없었다.

두 번째 오퍼는 헷갈렸다. 전화를 받았다는 표시를 손으로 건네왔다. 곧 주저앉을 것 같은 승용차 안에서 큰 소리로 "타라!"는 것이다. 건장한 청년 둘이었는데 괜히 탔다가 장기나 팔려가지 않을까 겁이 났다. 순간 어쩌면 그게 사실일 수도 있다고 판단했다.

'숙소를 연결해 주겠다던 차장이 결국 저렴한 숙소를 연결해 준 것일까? 믿을 수 있을까?'

그랬다. 중국 사람들은 매너 없이 담배를 피우며 가래침을 연거푸 뱉어도 이런 식이다. 끝까지 도와준다. 고맙다. 결국 자기 인생에서 최고로 잘 잔 '꿀 침대'라며 이후가 극찬한 핑야오의 전통 가옥에서 단잠을 청할 수 있었다.

새롭게 아침이 밝았다. 중국 3대 고성 중 하나로 일컫는 핑야오는 걸어서 다니기에 일품이다. 자전거 타기 또한 매력적이다. 사대문을 이정표 삼아 동서남북으로 마구잡이로 돌아다니면 된다. 명나라, 청나라 가옥이 즐비해서 명청가라 불리는 거리를 중국 관광객들이 서 있거나 말

거나 비집고 휘저으며 다녔다. 성곽 밖으로 나가 다음 날 버스표까지 끊어서 돌아왔다. 바람을 가르며 아침 나절 고성의 햇살을 한껏 즐겼다.

따통행 직행버스가 핑야오에는 없었다. 타이위안에 내려 창투 치처잔(장거리 버스터미널)으로 가야 한다. 그런데 태원에서 반대 방향 버스를 타는 실수를 했다. 천사 두 명이 또 등장한다. 이번에는 은행원들이다. 창투 치처잔까지 동행해 줬다. 표 끊고 들어가는 뒷모습까지 배웅해 줬다. 분명 그들에게 업무상 할 일이 있었을 텐데 만사 제쳐두고 도와주었다. 넓고 부러드웠다. 그들의 마음이……. 내 마음이 부끄럽다. 손가락으로 오락가락 방향을 알려 주고는 자기 길을 가는 모더니즘(?)에 비하면 이들의 안내는 거추장스럽기까지 하다. 하지만 차고 넘치는 미덕을 쏟아 내고 있었다. 현대인으로 살면서 무엇을 잃어 가는지 또 한 번 짚어 보는 대목이었다.

따통시에 드디어 도착했다. 외곽 터미널이다. 호객꾼들에게 둘러싸여 시내로 가는 정보를 얻었다. 걷기에는 꽤 멀었다. 운전기사와 흥정 끝에 15원에 시내로 들어가기로 했다. 그가 추천해 준 숙소에 짐을 풀었다. 그는 끝까지 배려를 아끼지 않았다. 요금 15원어치보다 훨씬 더

207

값있는 일을 하고 있는 듯했다. 말이 안 통하는 우리에게 그는 표현력을 총동원해서 다음 날 현공사와 원광석굴 가는 방법을 자세하게 알려 줬다. 다음 행선지인 '후허하오터' 발음도 그에게서 배웠다.

이후의 일지

아침이 되고 우리는 자전거를 타기 위해 돌아다니다 식당에 갔는데, 거기서 자전거를 빌릴 수 있었다. 서문, 동문, 남문, 북문을 자전거로 돌아다녔다. 퍼레이드 구경도 하며 마음껏 자전거를 탔다. 나중에는 아빠가 꾸이린에서 자전거를 타면 날아다니겠다고 할 만큼 능숙해졌다. 시루에도 올라가고 거의 2시간 이상을 탔다. 자전거 빌리는 돈은 20원이다. 그리고 바통으로 가는 표를 끊고 버스로 4시간을 달렸다.
따통에서는 쉬안쿵사, 윈깡스쿠를 갈 것이다. 이번에도 재미있었으면 좋겠다.

오늘의 지출
아침식사 20원 / 자전거 대여 20원 / 물 5원 / 시루 입장료 10원 / 태원행 버스 40원 / 닭튀김 10원
음료 5원 / 타이위안 시내버스 2원 / 따통행 버스 176원 / 휴게소 음료 14원 / 따통 택시 15원
꼬치구이 23원 / 음료 11원 / 숙박비 2일 316원 / 총 667원

11일차

따통(8월 31일 23℃ 맑음)

따통시 근교에 위치한 형산(항산)은 중국 오악(五岳, 중국의 옛 신앙에 보이는 5개의 산)중 하나다. 도가에서는 장생불로의 비술을 지닌 장과로가 은둔했다는 곳이다. 미국 서부 캐년을 연상시키는 암반에 마치 성냥갑처럼 지은 암자가 바로 쉬안쿵사(현공사)다. 위태롭게 공중에 세

운 절이어서 구경도 스파이더 맨처럼 할 수밖에 없다. 좁은 문, 좁은 계단, 좁은 난간을 거쳐야 한다. 나중에 사진을 본 아내의 반응이 "아니 왜? 굳이……"였다. 그러게 말이다.

북위 시절 구겸지가 제자 이교에게 유언으로 남겼다는데, 무슨 이유로 벽에 펀칭을 해서 이렇게 만들라고 했는지 추측할 수가 없다. 어수선한 따통 시내 본사(?)에서 벗어나 닭이나 개, 짐승들이 함부로 기어 오르지 못하도록 마련한 특별 기도원일까? 일반적이지 않은 공간 속에 일반적이지 않은 구도(求道)를 담아 보려는 다소 일반적이지 않은 염원? 그래서인지 삼성당, 삼교전, 삼관전, 대웅전에는 특별하게도 노자, 공자, 부처를 한자리에 모셔 두고 있었다.

갈 때는 시내 외곽에서 버스를 타고 가다가 중간에 내리라고 하면 하품하며 나타난 승용차 기사가 입구까지 데려다 주는 시스템이었는데 나오는 길은 막막했다. 이층 관광버스가 무리 지어 오가는 명소라 우리 같은 뚜벅이 배낭객들에게는 취약 지대였다. 터무니없는 택시 값을 무시하고 히치하이킹을 시도했건만 번번이 방향이 달랐다. 호객꾼 하나가 차에 타라고 손으로 지시했다. 합승 택시였다. 그래서인지 가격에 거품이 빠져 있었다. 차에 몸을 밀어 넣으면서 먼저 탄 두 명과 인사를 나눴다. 커플인 줄 알았는데 나중에 남매라고 했다. 베이징에서 주말 여행을 왔다고 한다. 오빠는 IT 회사에서 근무한다고.

"두 분은 지금 어디로 가는 길인가?"

그들은 윈깡스쿠(운강석굴)로 간다고 했다.

"그러면 우리도 같이 가면 어떻겠느냐?"

　윈깡스쿠는 내일 아침에 들를 계획이었으나 차편이 마련됐으니 이렇게 바로 가는 것도 괜찮을 것 같았다. 택시 기사야 돈만 주면 오케이라고 했다.

　윈깡스쿠에 도착했다. 또다시 "왜?"냐고 묻지 않을 수 없었다. 북위

태조 도무제, 명원제, 태무제, 문성제, 헌문제에 이르는 다섯 제위를 불상으로 만들어 상징적으로 세워 놓았다. 6대손 효문제의 후속 앨범 용문석굴을 뤄양에서 경험했던 터라 스타일은 익숙했지만 데뷔 앨범의 기획 의도만큼은 궁금하지 않을 수 없었다. 결국 입구에서 관람객 수를 세듯 서 있던 '담요'라는 스님이 장본인이었다.

3대 태무제의 폐불 정책을 경험한 후 불심을 뿌리 깊이 내리기 위해서는 어떻게든 위정자를 구워 삶을 필요가 있었다. 최선책은 이 영웅들을 미륵으로 격상시키는 일이었다. 원래 부처였고 지금 부처이고 만세토록 부처가 될 통합 비전(Vision)으로 말이다. 눈으로 볼 수 있는 보편적 왕의 권세를 마치 매스컴을 타고 뻗어나가게 하려면 크게 보여야 했고, 많이들 감상하고 입이 쩍 벌어지게 해야 할 터. 그 장대하고 수많은 만불상은 오늘날 사람 얼굴을 돈에 찍어 널리널리 유통하듯 위정자의 얼굴을 파고 또 파고 팠으리라.

실패자가 붙잡는 한 줄기 소망이건 권력자의 마지막 갈망이건 인간의 밑바닥에는 믿음이 있다. '내가 신을 믿거나', '내가 신이 되리라 믿거나' 말이다.

남매는 불상, 아니 돌아가신 최고 권력자상들을 찬찬히 훑어보면서도 시종일관 장난 치고 티격태격했다. 마치 태리와 이후를 보는 것 같았다. 아들은 어딜 가나 중국인들에게 꽤 인기가 많았다. 그들은 '피야오량'이라는 표현을 자주 사용했는데, 미남(美男)에서 그 '아름답다'(美)를 뜻하는 것 같았다. 남매는 이후를 각별히 예뻐했다. 그 둘끼리는 절대로 사진을 찍지 않았고 대신 이후를 서로 독차지하듯이 데리고 다녔다. 나중에 헤어질 때는 아들에게 커다란 선물까지 안겨 줬다.

며칠 후 그들에게서 사진과 함께 이메일이 왔다. 내용인즉 나중에 한국에 여행 가면 꼭 만나야 한다고 했다. 자기들을 가이드해 줬으면 좋겠다고 했다. 끝으로 따님(?)은 잘 지내냐고 했다.

이후의 일지

오늘 아침 쉬안쿵사로 가는 버스를 타다. 쉬안쿵사는 벽에 지은 절이다. 흔들리는 기둥 몇 개로 버티고 있는 쉬안쿵사의 모습은 신비로웠다. 마치 장난감 같았다. 옆에는 작은 폭포도 있고 어우러지는 산도 멋졌다. 핸드폰으로 사진을 찍었는데, 오면서 먹은 중국식 삼각김밥에서 묻은 밥톨 때문에 잘 찍히지 않았다. 올라갈수록 아찔하게 보이는 쉬안쿵사는 멋지고 신기했다. 숙소로 돌아가려고 버스와 택시를 기다렸지만 너무 비싸고 오지 않아서 히치하이킹을 시도해 보았지만 번번이 실패했다.

결국 택시를 탔는데 다른 사람들이 타고 있었다. 그 사람들은 영어를 할 줄 알아서 조금 대화를 나누었다. 그러면서 서로 친해지게 되었다. 그리고 어디 가냐고 물었더니 우리가 내일 가기로 한 윈깡스쿠에 간다고 해서 도착해서 그 사람들을 따라서 입장료를 내고 윈깡스쿠에 들어갔다. 둘의 사이는 남매인데 우리 아빠가 나와 누나 모습과 닮았다고 했다. 같이 다니면서 점점 친해졌고 대화도 자주 나누었다. 그리고 같이 취한 포즈를 사람들이 모두 따라했다. 저번에 봤던 노사나대상감보다 더 큰 불상도 많이 보았다. 그분들과 정원을 돌아다니며 북도 두드리고 사진도 찍었다. 여자분은 나를 좋아하는 듯했다. 사진을 찍을 때 나를 자주 껴안았다. 헤어지기 전에 엄청 큰 사탕을 사주었다. 택시에서 헤어진 후, 우리는 후허하오터에 가는 기차표를 끊고 숙소로 돌아가서 잤다. 2시까지 자유다!

오늘의 지출

동부터미널 택시 6원 / 주먹밥 3원 / 현공사 버스 60원 / 현공사 입장료 130원
윈깡스쿠 택시비 130원 / 윈깡스쿠 입장료 120원 / 물 2원 / 따통행 시내버스 2원
후허하오터행 기차 467원 / 저녁식사 31원 / 음료 61원 / 총 1,011원

아빠를 여행하다

12일차

중국말이 늘지 않는다. 여전히 "깎아 주세요"를 못하고 있다. 그동안 여행자로 살아가면서 반드시 알아 두어야 할 말은 '후워처잔'(기차역)과 '치처잔'(버스터미널)이었다. 처음엔 발음하는 게 쉽지 않았다. '화처잔', '치차전' 둘 다 틀리다. 조금만 발음이 어긋나도 중국 사람들은 못 알아듣는다. 업다운에 유념해서 사성에 맞게 발음해야 한다.

본의 아니게 발달된 것이 의성어 표현이다. "추추~ 칙칙~ 폭촉"으로 어느 정도 후워처잔을 알아낼 수 있었다. 하지만 "빵-빵-빵-빵~ 뛰뛰빵빵"만으로는 버스터미널 위치를 알아내기가 어려웠다. 핸들 돌리는 시늉을 하면 자동차까지는 알아들어도 그래서 그 다음에 뭘 어쩌라는 건지 난감해했다. 이민 간 친구들도 현지어 실력이 제자리더니 내가 그런 셈이었다. 중국말에 관한 한 아들과 나는 매우 동등했다. 오히려 이후의 적응 속도가 빨랐다.

아들과 여행을 시작한 지 이제 12일째다. 달도 바뀌어 9월이다. 이쯤 되면 집이 그리워져야 하는데 주변국이라는 심리적 위치 때문인지 인도에서처럼 동떨어진 느낌은 없었다. 대신 수준(?) 있는 대화가 그리워지고 있었다.

인도에서는 영어라는 매개체를 통해 비교적 쉽게 이야기할 수 있었다. 릭샤왈라에서부터 심지어 한 푼 달라고 따라붙는 코흘리개까지도 소통이 가능했다. 하지만 중국에서 대화 상대는 오로지 독생자 김이후

뿐이었다. 그와의 소통이야말로 내가 알아듣는 유일한 채널이다. 두 타자가 아주 오랜 시간 별별 주제로 대담을 나눴지만 빈 구석이 남는다. 열 살짜리 동반자가 주는 여행의 본질이기도 했다. 이후가 어른 못지않게 생각이 깊고 배려심이 남다르며 사물에 대한 통찰력도 뛰어나지만 그래도 아이는 아이다. 소년의 관점에서 발설하는 어절은 어른의 것과 눈높이와 속성에서 차이날 수밖에 없다.

소년은 조금만 기분이 좋아져도 입에서 "푸슝 푸슝", "받아라! 이~얏", "발사", "날아라 이~얏"을 연거푸 쏟아 낸다. 처음에는 그런가 싶지만 함께 꾸준히 생활해 보라! 소년에게는 시절에 맞는 자연 음에 가깝지만 내 입장에서는 그야말로 유치 찬란하다. 그러다 보니 전두엽이 끝까지 자란 성인과의 대화가 새삼 그리워지는 것이다. 두 살 많은 딸아이 때와는 명백히 구별되는 신비로운(?) 체험이다.

기차는 차근차근 만리장성을 넘어 내몽골 외곽으로 향하다 지닝시를 기점으로 서쪽으로 꺾어져 달렸다. 슬슬 동 티벳으로 진입할 채비를 하고 있었다. 먹고 뱉은 해바라기 씨로 바닥은 초토화되었고 승객들은 도서관 자세로 바뀐 지 오래다.

5시간을 달려 도착한 후허하오터. 쌀쌀한 공기가 도적처럼 밀려드는데 아무래도 반바지로는 버티기 어려울 것 같다. 길거리에서 운동복 바지를 하나 골랐다. 윗도리는 담요라도 둘둘 말아서 어떻게 해볼 참이었다. 짐이 불어나는 건 싫었고 나중에 버리는 건 더 싫었다. 이로써 월동 준비를 마쳤다.

교통국에서 운영하는 숙소에 짐을 풀고는 뜨거운 요리집 한 곳을 추천받았다. 난생 처음 접하는 몽골식 훠궈. 두 눈 휘둥그래져 가지고 시뻘건 국물을 국자로 휘젓는 이후의 입에선 "이야, 야! 받아라, 얏! 퓨슝 빠 슈우웅!" 그놈의 의성어가 또 출몰하고 있다.

이후의 일지

늦잠을 잔 후 점심을 먹으러 나갔다. 기차역 근처에서 점심을 해결하고 기차를 탔다. 후허하오터에 도착했다. 후허하오터에 가는 이유는 시닝에 가기 위해서다. 그래서 숙소를 구한 후 내일은 침대 기차를 타고 란저우로 갔다가 바로 시닝으로 갈 예정이다. 과연 내일은 어떨까?

오늘의 지출
따통역 버스 2원 / 점심식사 21원 / 음료 8원 / 숙박비 168원 / 저녁식사 29원
내 바지 29원 / 음료 9원 / 총 316원

13일차

후허하오터(9월 2일 19℃ 맑음)

기원 후 한족이 중국을 다스리던 기간은 몇 세기가 안 된다. 10세기 송나라와 앞 뒤로 당, 명을 제외하면 칭기즈 칸의 손자 쿠빌라이 칸이 세운 원나라, 만주족이 다스린 청나라 모두 북방 이방민이다. 몽골은 멀리 티벳과 돈독한 관계를 유지하고 있다. 티벳 지도자에게 '달라이 라마'라는 칭호를 부여했는데 '달라이'는 '태양'이라는 몽골말로, 현재 몽골 남성의 절반가량이 라마교에 입문해 수도자의 삶을 살고 있다고 한다. 티벳불교에서 매우 중요한 거점 도시 후허하오터는 몽골말로 '푸른

도시'를 뜻한다고 한다. 16세기 중반 몽골족이 성벽을 개축할 때 청색 벽돌을 사용하면서 붙인 이름이다.

끊임없는 전쟁과 쇠락 가운데 55개나 되는 소수 민족과 문화를 끌어 안은 한족. 황제 유무에 상관없이 중원을 중심으로 비중원을 통합해 가 는 일관된 정신은 높이 살 만했다. 미합중국의 동서 길이가 4,500킬로미 터 정도인데 중화민국은 5,000킬로미터에 달한다. 미국이 4시간의 시간 차를 두는 반면 중국은 같은 시간대를 고집한다. 인민폐를 펴 봐도 몽 골어, 티벳어, 아랍(이슬람)어가 한자와 병행해 표기되고 있다.

내몽골이라 일컫지만 지금은 한족이 주로 살고 있는 후허하오터. 이 도시의 간판과 도로 표지판 등엔 도롱뇽처럼 생긴 몽골어가 표기되어 있다. 오히려 한자를 아래에 적는 중국 정부의 위화 정책이 돋보였다. 여자들 화장이 두터워졌고 옷차림에도 멋을 부리는 것이 눈에 띄었다. 남남북녀인지 몽골 스타일인지는 구별이 가질 않았다. 신화광장과 백

화점 몇 군데를 돌아보고는 동 티벳으로 가기 위해 기차역으 로 향했다.

길거리에서 부자가 나란히 동 냥을 구하고 있었다. 젊은 아들 과 늙은 아버지였다. 이후가 그 모습을 보더니 조금 이상하다고 고개를 갸웃거린다.

"아빠, 근데 좀 이해가 안 가."

"뭐가? 뭐가 이해가 안 가는데?"

"아버지를 잘 모시려고 그런다면서?"

"응, 공경(恭敬)이라고 적혀 있잖아."

"그러면 말이야. 아버지를 좀 더 따뜻한 곳에 모셔야 하는 것 아니야?"

추운 길바닥에 아버지를 눕혀 놓고 부모를 잘 모시자는 의미가 어떤 것인지 의아해했다. 그러면서 소년은 '처음 타 보는 밤 기차는 어떤 기분일까?' 긴장과 흥분을 감추지 못하여 발걸음을 재촉했다.

이후의 일지

오늘 아침에 조금 늦게 옆에 있는 호텔 식당으로 허겁지겁 내려갔다. 왜냐하면 조금이라도 늦으면 아침식사가 끝나기 때문이다. 아침은 뷔페식이었다. 그래서 아빠와 자리를 맡아 놓고 국, 고기, 밥, 채소 등 여러 반찬을 먹었다. 그때만 해도 사람이 많았는데 식사 끝날 시간 10분 정도 남으니 사람들이 거의 사라 졌다. 식당에는 우리밖에 남지 않았다. 시내 구경을 하기로 하고 먼저 인민 광 장이라는 곳을 둘러보며 연도 보고, 백화점도 가 보았다. 시내 안쪽으로 들 어가니 몸이 아픈 사람들, 구걸하는 사람들이 보여 마음이 아팠다. 그래서 내 가 나중에 돈을 많이 벌면 큰돈을 기부해야겠다고 생각했다. 내일 침대차에서 먹을 간식거리를 산 후 호텔에 왔다. 백화점 부근에서 산 바나나와 귤, 그리 고 빵을 먹었다. 기차역에 가서 조금 줄을 선 후 침대기차로 들어갔다.

우리 방 칸에는 6명이 자는데 아빠와 나는 2층에서 나란히 잤다. 그리고 우 리와 같은 객실에서 자게 될 사람은 한 부부와 어떤 누나와 아저씨다. 기차 가 출발한 뒤 나는 침대 위로 올라가 풍경을 감상했다. 아빠와 이야기도 나 누다가 간식도 먹었다. 누나 이야기도 하고, 핸드폰도 좀 하다가 침대 올라 가서 잠깐 쉰다는 것이 잠들고 말았다.

오늘의 지출
배터리 5원 / 기차 먹을거리 겸 저녁식사 61원 / 총 66원

14일차

이렇게 조용할 줄 몰랐다. 새벽 5시 30분, 모두들 자고 있을 때 눈이 떠졌다. 코 고는 소리 하나 없는 고요한 적막을 뚫고 세수를 하고 자리로 돌아왔다. 중국이 맞나 싶었다. 일상의 소란스러움은 아침 7시나 되서야 재발했다.

이리저리 침대를 건너 뛰다 스르르 잠이 든 이후. 첫 밤기차에서 얼떨결에 잠이 든 것을 못내 아쉬워했다. 피곤했던지 저녁도 못 먹고 바로 쓰러졌다. 아침 9시 26분 양저우 도착 후 곧바로 장거리 버스터미널을 찾아 나섰다. 이번에도 따로 떨어진 시닝행 좌석표를 받았는데, 승객의 양해를 구해 나란히 앉아서 갈 수 있었다.

버스에선 성룡이나 이소룡이 등장하는 영화를 틀어 주는데, 점점 감상 시간이 길어지고 있었다. 가만히 들어보면 대사는 한 마디도 몰라도 "피슝피슝", "이야이이이잇 빠오!", "빠샤빠샤!", "아자이~야아자!" 등 다채로운 소년의 소리(?)가 펼쳐지고 있었다. 아들은 시종일관 눈을 떼지 않고 장면에 초집중을 한다.

시닝에 도착한 시각은 2시였다. 아니나 다를까. 도심에서 벗어난 외곽 터미널에 또 내렸다. 비가 후줄근하게 내렸고 기온이 확연히 떨어졌다. 버스를 타고 시내로 들어갔다. 티벳 시장과 모스크(이슬람교 예배당)가 현격히 늘었다. 실크로드의 전초 기지다웠다.

위수행 버스표를 끊고 티벳 식당에서 순대와 국수를 먹었다. 맛도 훌

륭했고 가격도 만족스러웠다. 숙소를 찾아 길을 나섰다. 이곳저곳 물어보다가 모슬림이 운영하는 여관에 묵기로 했다. 이들은 담배와 술은 전혀 안 한다. 모슬림 식당에도 다음과 같은 사람은 출입을 금한다고 천명하고 있다. "음주자, 흡연자, 도박자 절대 엄금!"

그럼, 뭐 중국 사람은 아예 들어오지 말라는 건가? 그렇다. 따라서 숙소에도 담배 냄새가 제로다.

시내 구경을 하다 아들이 따뜻하게 입을 쉐터를 하나 사서 들어왔다. 간만에 뭘 사줘서 그런지 "아빠가 내 옷을 사줬다"며 좋아했다. 내친 김에 과일도 가슴에 안겨 줬더니 입이 귓가에 걸린다. 너무 추워서 샤워하자마자 잠자리로 파고들었다. 담배 냄새 대신 창문 틈으로 불어오는 찬 바람 때문에 코끝이 찡했다.

이후의 일지

오늘 아침 일어나니까 아빠가 의자에 앉아서 일지를 쓰고 있는 모습이 보였다. 근데 나는 문득 이런 생각이 떠올랐다. '내가 왜 자고 있었던 거지?' 저녁도 안 먹고 자서 얼른 빵과 음료수를 먹었다. 풍경을 구경하고 사진도 찍으며 시간을 보냈다. 우리는 양저우에 내린 뒤 바로 시닝으로 가는 표를 끊어 이동했다. 시닝에서는 시간이 많아서 호텔을 구경하며 보냈다. 우리는 위수로 가는 버스표를 끊고 숙소를 구했다. 그곳은 이슬람 호텔이었다. 구시가지도 보고 서문도 보았다. 그곳에 한국 식당이 있어서 김치볶음밥을 먹었다. 청포도와 함께 이것저것 산 뒤 호텔로 돌아왔다. 이제 잔다.

오늘의 지출
시닝행 버스 98원 / 터미널행 버스 2원 / 점심식사 26원 / 숙박비 120원 / 위수행 버스 287원
청포도 12원 / 저녁식사 30원 / 이후 옷 29원 / 케익 10원 / 음료 7원 / 총 619원

15일차

"기온이 영하로 내려간다는데 긴 옷도 없이 추워서 어쩌냐?"

아내 걱정이 대단하다. 확 바뀐 기후 탓에 러시아 목각 인형 마트료시카마냥 또 다른 여행 하나를 꺼내는 기분이었다. 날씨를 두고 아들과 안마 내기를 했다.

"나중에 동 티벳을 빠져 나와 중국 내륙으로 돌아가면 이 싸늘한 날씨가 그립다, 안 그립다?"

"나중에 이 추위가 생각난다, 안 난다?"

"기억에 떠올린다, 안 떠올린다?"

"입 밖으로 말한다, 결코 안 한다?"

엊그제만 해도 숨이 턱턱 막히는 무더위에 시달렸는데 언제 그랬냐는 듯 정수리의 후끈함이 못내 아쉬울 지경이다. 아, 날씨에 바람 피는 인간이여!

오늘도 우리 좌석은 따로 떨어져 있었다. 시닝에서 위수를 잇는 버스편은 극한 지역을 고집하며 살아가는 티벳 족속을 만나는 긴 관문이자 거의 유일한 방법이다. 라싸로 가는 고원 열차가 있다지만 중국 정부 손에 의해 관광 테마로 물 들여진 지 오래다. 따라서 때가 덜 탄 티벳이 더욱 궁금했다. 게다가 딸아이와 인도에서 접근하지 못한 히말라야 성 설빙에 대한 아쉬움이 쓴 뿌리로 남아 있다. 열차에서 눈으로만 볼 게 아니라 발로 직접 밟아도 보고 코로 들이 마시고도 싶었다. 그렇게 동 티벳을 거쳐 스촨성으로 돌아 나올 계획을 세웠다. 그때까지는 일종의 '오지 여행' 테마를 떠올리고 있었다.

우선 떨어진 좌석을 해결해야 했다. 카우보이 모자를 쓴 티벳 사람에게 다가갔다. 사정을 말하고 양해해 줄 것을 부탁했으나 한방에 거절당했다. 오른쪽 창가에 앉아 가고 싶었는데 막상 거부당하고 나니 그에 대한 미움이 올라왔다. 꼭 양보해 주어야 할 이유가 없었는데도 말이다. 계속 못마땅한 눈초리로 쏘아보면서 왔다. 결국 다른 사람이 자리를 비켜 줬다.

차창밖 풍경을 바라보는 것도 잠시였다. 이번에는 맨 뒷좌석에 앉은 라마승이 창문을 계속 열어놓는 바람에 가뜩이나 추위에 노출된 나로써는 괴롭기 짝이 없었다. 그에게도 못마땅한 눈초리로 흘겨보았다.

얼마 후 꿀잠이 들려는 찰나, 뒤에서 사람들이 소리치기 시작했다. 시커먼 연기가 바닥에서 피어오르고 있었다. 길바닥에 차가 멈춰 섰다.

고장이다!

승객들이 운동회하듯 휩쓸려 나가 용변을 보고는 추워서 금세 되돌아왔다. 아, 조짐이 안 좋다.

'오늘은 대체 어떤 날을 보내게 될까?'

인도에서 27시간짜리 버스를 타 보았기에 예비 훈련은 된 셈이라지만 고장은 처음이다. 대낮부터 차 안에서 멀뚱멀뚱 이러지도 저러지도 못하고 비비작 대기를 서너 시간. 대체 버스가 뒤늦게 도착했고 승객들은 또다시 벌떼처럼 이동했다.

이때부터 덜컹거리는 비포장 도로의 절규와 함께 산지를 오르기 시

작했는데 참을 수 없는 고통 두 가지가 더해졌다. 하나는 담배 연기 때문에 숨을 쉴 수 없다는 것이고, 다른 하나는 앞뒤 간격이 좁아서 무릎이 남아 나지 않는다는 것이다. 그렇게 자정이나 되었을까? 나름 잘 달리던 버스가 또 멈춰 섰다. 이번엔 앞선 차들의 고장이다. 설빙에 차가 미끄러진 건지 추돌 사고가 난 건지 알 수 없는 상황이다. 지친 차들이 설원 한복판에 꼬리를 내리고 정차해 있다. 답답하기 그지없었다. 그냥 아무 데나 주저 앉고 싶었다.

용변을 보러 밖으로 나갔다가 치를 떨면서 다시 기어 들어왔다. 이를 덜덜 떨면서도 감사가 절로 나왔다.

"도대체에ㅔㅔ 더더더더얼덜덜 이런 처처처 천국이 어디에 있나! 아아아아ㅏㅏㅏ~ 이이이이이렇케ㅔㅔㅔ게 따스하고 달콤할 수가."

밖에서 얼어 죽는 것보다 담배 연기에 질식사하는 편이 훨씬 나을 것 같다. 그러면서 속으로 생각했다.

'아! 언제쯤 이 지옥에서 벗어날 수 있을까? 티벳으로 가는 길이 험난하다고는 들었지만 이 정도일 줄이야!'

이후의 일지

오늘 11시에 버스에 탔다. 우리 예상으론 12시간에서 16시간 정도 걸리는 장거리 버스이다. 그렇게 졸기도 하고 먹기도 하며 힘들게 달리던 버스가 약 3시간 후 갑자기 멈추었다. 고장 난 것이다. 새 버스가 오기만을 기다렸다. 지루했던 5시간이 지나고 드디어 버스가 도착했다. 그런데 우리가 가는 곳은 고원 지대라 머리가 어지러워서 죽을 것만 같았다. 새 버스는 약간 오래돼 보이는 버스였다. 점점 올라갈수록 머리가 아프기 시작했다. 너무너무 어지러웠다. 그래서 책에 나오는 대로 수분을 보충했다. 최소 3리터 이상을 마시라고 했다. 게다가 눈이 내리기 시작했다. 또 만년설도 보였다. 한 12시쯤에 또 차가 멈추었다. 이번에는 눈 때문이었다. 그래서 우리는 또 어지럽게 30분 정도 보내다가 나와 봤다. 너무 추웠다. 다시는 버스에서 나오지 않겠다고 다짐을 했다. 그런데 어떤 사람에게 물어보니 10시에 도착할 거란다. 우리는 더 좋다고 생각했다. 왜냐하면 돈을 아끼기 때문이다.

오늘의 지출
아침식사 16원 / 음료 7원 / 국수 30원 / 과자 2원 / 총 55원

16일차

위수(9월 5일 8℃ 흐리고 비)

'도대체 왜일까?'

새벽 네 시, 차는 꿈쩍도 않고 서 있다. 눈알을 크게 굴려 생각해 보니 고장 나서 길을 막고 있던 차도 한참 전에 뚫린 것 같았다. 하지만 왜? 왜 또?

운전 기사가 취침 중이다. 꼬박 19시간째니 그도 피곤할 만하다. 하지만 승객들도 이런 식이면 곤란하다고 여기는 것 같았다. 좀처럼 독촉하지 않는 중국에서 "이제 좀 제발 가자!" 보채는 소리가 여기저기서 쏟아져 나왔다.

나 역시 잠을 잘 수 없는 환경이었다. 그래도 잠을 자야 한다. 억지로나마 잠을 자서 꿈을 꿔야만 이 환경에서 벗어날 것만 같았다. 상상 수면? 그런 마음의 자세로 직각 의자에 앉아 있는 것이다. 인간이 취할 수 있는 다양한 자세는 전부 취해 본 듯하다.

아들은 여행 내내 내 어깨를 빌려갔다. 유달리 스킨십을 즐기는 김이후. 어깨를 팔베개 삼아 내 상체는 꿈쩍도 못하게 했다. 안마 받아 마땅하다.

다시 출발했다. 비포장도로여서 공중으로 붕붕 뛰는 버스, 끊임없이 솟아오르는 담배연기, "커억~ 크으~ 퇴!" 규칙적인 가래침의 그 생생한 효과음……. 이런 것에 신경 쓰면 안 된다. 다시 상상 수면으로 들어가려는 순간 들린 이후의 목소리.

"아빠, 안경!"

"뭐!???"

"아빠, 안경이 없어졌어!"

"뭐라고???"

아닌 밤중에 홍두깨다. 머릿속으로 '정말 가지가지 한다'고 수천 번을 되뇌었다. 머리를 쥐어뜯고 싶었다. 눈은 떴지만 앞이 안 보이는 김 봉사(?)를 모시고 티벳 오지를 헤쳐 나갈 생각을 하니 끔찍하기 짝이 없었다. 원망이 폭포수처럼 솟구쳐오른다.

'중국도 아니고 척박한 티벳 땅에서 안경은 또 어디서 어떻게 맞출 것인가?'

이 모든 게 1초도 안 돼 떠오른 생각이다.

승객들 발밑을 낮은 포복 자세로 뒤지고 돌아다니며 미친 놈처럼 안경을 찾아 헤매기 시작했다. 스마트폰 불빛으로 구석구석을 비추면서 담배 꽁초, 닭발 흘린 것, 해바라기 씨, 해석 불가능한 찌꺼기, 오물 덩어리, 흙 부스러기 등 승객들 발밑을 일일이 들춰 내며 샅샅이 뒤졌다.

"여기! 아빠, 여기!"

다행히 뒷좌석 틈바구니에서 안경을 발견한 것이다. 손을 뻗쳐 간신히 찾긴 찾았으나 내 표정은 복구가 되질 않았다. '자기 물건 하나 간수 못하는 칠칠맞지 않은 녀석'이라는 눈빛을 레이저 광선으로 뿜어댔다. 한참을 혼자 씩씩거렸다.

그러더니 '이곳인가?' 싶은 곳에 정차했다. 오전 10시, 아무리 생각해도 시간이 너무 흘렀다. 870킬로미터 비포장길을 꼬박 24시간 동안 달

렸으니 도착할 때도 되었다. 그런데 주위를 둘러보니 아무것도 없다. 영락없는 공터다.

'동 티벳이 오지라지만 이 정도는 아니지 않을까?'

의구심이 든다. 그러는 찰나, 맨 뒷좌석에 앉아 있던 라마승이 세무직원처럼 다가와서 묻는다.

"훼어 아 유 고잉?"

아주 또박또박한 영어였다. 창문을 내내 열어 놓던 그 스님이다.

"우리는 위수를 거쳐 깐쯔로 간다."

"오우! 미 투."

자기도 그렇게 간다고 했다. 하차한 곳은 임시 터미널이다. 위수는 티벳 원주민 손에서 중국 공산당으로 옮겨 가는 중이었다. 중국 정부가 적극적으로 개입해서 새로운 관광지로 운영할 채비를 차리는 것 같았다. 몇 년 전 스촨성 대지진 참사 때 수많은 인명 피해를 낸 곳도 이곳이니 그 여파로 본격적인 재정비에 착수했는지 모른다.

스님의 이름은 '아미타'다. 그와의 동행이 시작되었다. 그는 시내로 향하는 합승 차에 우리를 짐짝들과 함께 꼬깃꼬깃 밀어 넣었다. 그러고는 도착하자마자 숙소부터 구했다. 도시는 대대적인 정비 중이고 빈관들은 짓는 중이었다. 아직 화장실은 악취가 진동하는 공동 변소였고 물은 손으로 퍼서 써야 했다. 시설이 취약하기 그지없으면서도 가격은 150원이나 하니 최악의 숙소다. 그래도 위수에서 가장 저렴했다.

"하룻밤인데 어쩌겠느냐?"

하는 수 없다는 듯이 아미타는 방 두 개를 나란히 구했다. 그는 오늘

원청공주묘에 간다고 했다. 버스에서 24시간을 시달리다 보니 어딘가로 나서는 게 무리였지만 일단 "한숨 자고 같이 가 보자"고 했다. 5,000미터 고원을 넘어왔고 위수도 해발 3,000미터라 고산병에 걸리지 않으려면 샤워도 말고 걷지도 말고 첫날은 그저 푹 쉬는 게 상책이다. 잠시후 이불을 몸에 칭칭 감고 거리로 나왔다. 의외로 다닐 만했다. 방금 전레드불을 사 마셔서 그랬을 수도 있다. 타이산 등반 때처럼 말이다.

위수는 7세기 당나라 때 중국 원청공주가 티벳왕 송첸깜뽀와 결혼하기 전에 들른 장소다. 아미타의 유창한 티벳어 실력 덕분에 원청공주묘까지 택시를 대절해서 움직일 수 있었다. 티벳 불교를 상징하는 만트라가 온 산에 거미줄처럼 둘러 세워져 있다.

그의 도포 자락을 따라 사원 내부를 구경하고 다음 행선지인 마니석성으로 향했다. 1715년에 지은 티벳 최대 규모의 이 석성은 순례자들이 시계 방향으로 함께 행진하며 불경 두루마리를 넣은 대형 굴레 통(코라)에서부터 크고 작은 다양한 시리즈의 법구(마니차)를 손으로 돌리는 것이 인상적이었다. 신체의 다섯 부분인 양 무릎, 양 팔꿈치 그리고 이마를 땅에 닿게 절하면서 바닥을 기어가는 '오체투지'(五體投地)를 하는 이들도 눈에 띄었다.

중국 사람을 찾아보기 힘든 티벳 마을의 여성들 전통 복장은 남루하지만 특이했다. 인도식 사리와 비슷해 보였다. '히모리'라는 이름의 끈으로 허리를 두르고 있었고, 모자의 나라라고 할 만큼 다양한 모자를 썼다.

위수에서는 어딜 가나 라마복을 두른 승려들이 일반인마냥 거리를 활보하고 있다. 바로 우리 곁에도 있고 말이다.

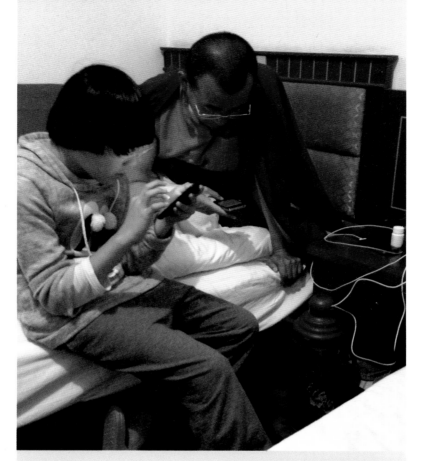

이후의 일지

아침이 됐다. 우리는 10시 30분쯤 내렸는데 완전 시골이었다. 버스에 같이 탔던 스님과 짐처럼 실려 시내로 왔다. 그리고 그 스님과 같은 숙소에서 묵기로 했다. 숙소를 구하고 우리는 스님과 원청공주묘에 갔다. 불교 체험(?)을 하고 마니석성에 갔다. 실컷 구경하고 저녁을 먹고는 호텔에 와서 잤다. 내일 일찍 가야 하기 때문에 9시쯤 잠들었다.

오늘의 지출
물 2원 / 소변 1원 / 위수 시내 택시 40원 / 점심식사 30원 / 레드불 8원 / 숙박비 150원
원청공주묘+마니석성 70원 / 택시비 30원 / 음료수 15원 / 총 346원

17일차

오늘도 제법 가야 한다. 고산병을 걱정했는데 의외로 잘 버티고 있다. 식사도 티벳 국수 말고는 특별히 먹을 게 없지만 잘 먹고 있다. 잠도 잘 자고.

험난한 도로 때문인지 이 구간은 버스 운행이 없다. 승합차가 유일한 이동 수단이다. 아미타와 어제 예약한 차는 봉고차인 줄 알았는데 다시 보니 다마스 크기의 소형차다. 저걸로 어떻게 산길을 넘을까 싶었다. 꽤 비싼 요금을 지불한 터라 자기 자리는 보장될 줄 알았다. 애석하게도 큰 착각이었다. 출발하고 나서 두 군데나 더 들러 손님을 더 태웠다. 결국 운전자 포함 10명이 그 작은 차에 타게 됐다. 옆자리에 비구니 스님이 앉았는데 고산증으로 힘들어했다. 가는 내내 구토와 어지럼증, 두통 증세를 보였다. 틈틈이 비닐 봉지를 건네드려야 했다. 우리는 운전자 바로 뒷좌석에 구겨 앉았는데 아들은 내 어깨와 아미타 어깨 사이에서 꼼짝없이 파묻혀서 가는 내내 힘들어했다.

운전수는 티벳에서 '갑'이다. 쉬고 싶을 때 쉬고 틈틈이 아는 집에 들러 개인적인 용무도 본다. 그가 힘이 나야 승객도 안전하다. 티벳 유행가를 외우다시피 했고 담배 연기를 포함해서 그가 뿜어내는 모든 것을 들이마셔야 했다. 이후는 귀가 깨질 것 같은 시끄러운 음악 소리를 가장 힘들어했다. 지금 이 코스가 아들에게 어떤 의미인지 나도 망설여졌다. '젊어 고생은 사서도 한다'는 표현 말고도 다른 의미를 찾아 주고 싶었다.

깐쯔로 가는 비포장길은 웅대하고 엄숙한 데다 거대하고 무섭기까지
했다. 계곡에서 쏟아져 내리는 흙탕물의 규모 또한 어마어마했다. 바위
가 언제 어떻게 굴러 떨어질지 모를 험준한 돌짝길을 조심스레 지나쳐
갔다. 눈길을 만나고 웅덩이를 지나고 새로운 고개를 수없이 넘고 '스취'
나 '마니깐거'와 같은 비현실적인 수도원 마을을 두세 군데 지나쳤다. 중

간에 티벳국수로 몇 차례 끼니를 때웠다. 비가 오다 말다, 쌍무지개가 떴다 사라졌다를 반복해서야 13시간 만에 깐쯔에 도착했다. 비는 계속 부슬부슬 내렸고, 아미타가 예약해 둔 방에 짐을 풀었다. 어제보다 훨씬 편안한 숙소였다. 자연스럽게 긴 한숨이 터져 나왔다. 살 것 같았다.

"이젠 제발 좀 제대로 살아 보자. 제발 조용히 살아 보자!"

커다란 함성을 지르고 침대에 조용히 드러누웠다.

이후의 일지

오늘 아침 7시, 우리는 스님의 노크를 받고 바로 나갔다. 원래 4시에 가기로 했는데 차가 늦게 와서 조금 늦었다. 한 남자를 태운 차가 와서 우리를 태웠다. 승려 2명과 어떤 남자 분 2명을 더 태우고는 깐쯔로 출발했다. 처음엔 자리가 꽉 껴서 힘들었는데 올라갈수록 담배 냄새와 음악 소리 때문에 더 힘들고 짜증이 났다. 조금 휴식을 취하려고 어딘가에서 내렸다. 다시 차에 타서 또 한참을 올라가니까 고도 때문에 머리가 어지럽고, 속이 메스꺼워지기 시작했다. 한참을 달린 후 정체 모를 한 마을에 내려서 점심을 먹었는데, 너무 늦게 나와서 제대로 먹지도 못했다. 계속 달리는 차에서 자기도 하고 얘기도 하면서 마니깐거라는 곳에 내려 저녁을 먹었다. 해가 진 뒤 2~3시간 정도 후에 깐쯔에 도착했다. 스님이 예약해 놓은 호텔에 갔다. 그곳 가격은 189원이나 되었다. 그리고 호텔방으로 들어가려고 했는데 어떤 형이 벌거벗은 채로 누워 있었다. 방을 옮기고 일지를 쓰고 씻으려고 하는데 더운 물이 안 나왔다. 음료수를 사러 가는 길에 관리인에게 더운 물이 나오도록 요청해서 고쳐준다는 말을 들었지만 똑같았다. 비가 오는 탓에 우리는 아무것도 사지 않고 호텔로 돌아와 자려고 한다. 내일은 늦잠을 자야지!

오늘의 지출
씨디 5원 / 아침식사 30원 / 저녁식사 30원 / 물 2원 / 깐쯔 교통비 360원
숙박비 180원 / 총 607원

18일차

깐쯔(9월 7일 15℃ 맑음)

아미타의 예전 직업은 패션 디자이너였다. 상하이에서 직장 생활을 하다가 위장에 생긴 병 때문에 티벳에서 재활 치료를 받았다. 그러다 스님이 됐다고 한다. 라마불교에 귀화한 지 8년이 됐다고.

"상하이로 돌아갈 생각은 없나? 집으로 가고 싶지는 않은가?"

"없다. 동 티벳에서 회복의 효과를 체험하고 있기 때문에 가급적 이곳을 벗어나고 싶지 않다."

"그럼 앞으로 계획은? 티벳 어디서 머무를 건가?"

"깡띵 못 미쳐 있는 따꽁의 한 사찰로 가는 길이다. 그곳에서 1년 정도 수련을 더 쌓으려 한다."

버스표를 서둘러 끊었다. 아미타는 오늘 장도 보고 핸드폰도 고치고 개인적인 볼일이 있다고 했다. 그래서 우리끼리 깐쯔를 감상하기로 했다.

아! 비 온 뒤 깐쯔의 하늘은 정말 그림 같았다. 오히려 그림이 그림 같다고나 할까? 사진 찍을 곳을 굳이 찾을 필요가 없었다. 창공과 초원의 원색미가 셔터를 누르는 대로 묻어 나왔다. 촐라산 봉우리들이 병풍처럼 둘러싸고 있는 3,400미터 고도의 마을. 지붕과 건물들은 비현실적으로 아름다웠다. 현실에서의 티벳 사람들은 한결같이 웃고 있었다. 눈이 웃고 있다. 입을 굳게 다물어도 눈이 모든 것을 이야기한다. 남루하고 초췌한 의복으로는 그들의 빛나는 형상을 감추지 못했다. 험난한 지형을 뚫고서 왜 티벳에 가 보라고 하는지 이해가 됐다.

우리는 설빙이 마주 보이는 언덕 꼭대기로 향했다. 계단식 사찰이 그 위에 있었다. 태양이 온 땅을 비추고 오랜만에 대자연 속에 따스한 햇살이 멈춘다. 새 소리, 구름 걸어가는 소리, 잠자리 멈춰 앉는 소리, 정갈한 녹음의 풍채 앞에 마음이 한없이 홀가분해졌다. 따스하고 편안했다. 이후는 자기가 어디에 와 있는지 까맣게 잊은 듯했다. 지금 흙장난이 한창이다.

언덕에서 간만에 마주한 쉼을 누리다가 타박타박 시내로 걸어 내려왔다. 이후가 좋아하는 퀴즈놀이도 하고 끝말잇기도 하며 지난 여정에 대한 서로의 느낌을 묻기도 하면서 말이다. 다정한 햇살을 몸으로 받으며 내려왔다.

마을 한켠에 개울물이 흐르는 식당에서 제육볶음을 시켰다. 이후가 오랜만에 밥을 보더니 양재기 가득한 밥을 허겁지겁 먹어 치운다.

"나는? 나는? 이후야!"

밥 도둑이 따로 없다.

이후의 일지

오늘 아침에 스님의 노크를 받고 나갔다. 깡띵으로 가는 표를 끊기 위해서다. 치처잔에 가서 표를 끊고 시장에 갔는데 스님이 무를 사가지고 말도 안하고 구두를 닦으러 갔다. 아빠가 화장실에 가고 싶다고 해서 다시 호텔로 가서 화장실에 들렀다가 다코타 반대편에 있는 목공소에 갔다. 내 친구와 닮은 사람도 보며 계속 올라갔다. 맨 꼭대기에 올라가니 마을이 다 보였다. 그 안으로는 들어가지 않았다. 왜냐하면 입장료를 끊어야 하기 때문이다. 거기서 바람도 쐬고 돌로 재미있는 것도 만들었다. 그리고 천천히 내려갔다. 가면서 사람들 만나는 게 나는 참 재미있고 행복했다. 우리는 다코타에 가지 않았다. 왜냐하면 이미 전망을 보았기 때문이다. 내려가면서 의자에 앉고 쉬다가 천천히 여유를 즐겼다. 그렇게 내려온 뒤 음식점이 있는 곳을 찾으러 다녔다. 맛있어 보이는 식당에서 밥과 고기를 먹었다. 이렇게 맛날 수가! 호텔로 돌아와 과일을 먹고, TV도 보고, 핸드폰도 했다. 그리고 아빠가 밖에 나가서 만두를 사가지고 와서 먹고 이렇게 일지를 쓰고 있다. 내일 깡띵은 어떨까?

오늘의 지출
아침 만두 17원 / 깡띵행 버스 254원 / 숙박비 160원 / 점심식사 29원 / 과일 15원
저녁식사 12원 / 음료 11원 / 총 498원

19일차

아미타는 축지법을 쓴다. 말 없이 쓴다. 나는 그렇게 걸음이 빠른 사
람을 본 적이 없다. 그토록 성격이 급한 사람 또한 만나 본 적이 없었다.
새벽 5시. 양치하고 세수하고 로비로 나가 아미타를 먼저 기다렸다. 아
미타의 보따리 중 하나인 무겁기 그지없는 넝마자루를 나눠 들고는 버
스터미널로 향했다.

그와 동행하면서 알게 된 것은 일단 그가 가자는 대로 가보면 식당이
라는 것이다. 곧바로 주문한다. 의자를 끌어다 앉기도 전에 우리가 먹
을 것까지 주문한다. 우린 그냥 먹으면 된다. 어디를 가는지도 모르고
우리는 어디든 따라갔다. 미리 묻는 경우도 일체 없다. 오늘도 그는 아
침 6시 버스 출발인데 한 시간 전부터 미리미리 서둘러야 한다고 했다.
터미널이 채 5분도 안 되는 거리인데도 말이다. 우리는 지금 버스터미
널 옆 식당에서 열심히 만두를 먹는 중이다.

깡띵으로 가는 버스는 환상적이었다. 너무도 청결해서 이래도 되나
싶을 정도였다. 운전기사가 담배를 안 핀다. 승객들도 대부분 여자인지
라 담배 연기에서 제법 해방이다. 버스는 초원을 달렸다. 산 위에는 여
전히 티벳 산지임을 알리는 '옴 마니 밧메움'을 새긴 석성과 깃발 표식
이 눈에 띄었다.

오후 1시, 제2의 샹그릴라로 불리는 야라설산(5,820미터)을 등지고
무야진타(木雅金塔)의 황금 지붕이 찬란한 햇빛을 더욱더 번뜩이기 시

작했다. 아미타가 수양하기로 한 그곳이다. 보살이 좋아하는 땅이라고 하는 따꿍에서 아미타와 헤어졌다. 이후가 아미타의 핸드폰에 카톡까지 심어 놓은 터라 이별이라고 말하기가 어색했다. 그는 버스에서 내리자마자 뒤도 안 돌아보고 여전히 축지법을 쓰며 사라졌다.

깡띵에 도착하기 전, 또 한 번 고원설산을 넘었다. 꽁까산을 배경으로 한 추안창꽁루(7,556미터), 세상에서 가장 높고 험난하면서 아름답다고 일컫는 산악도로를 달려 이 고개를 넘으면 설빙과는 작별이다. 인도 스리나가르에서 맺힌 한이 다 풀렸다. 원 없이 바라보고 발로도 밟아 보고 코로도 들이마셨다.

산을 넘으면서 점차 분위기가 바뀌어 갔다. 척박한 산세 대신 울창한 삼림이 등장했다.

'아, 이제 유목민이 살 곳은 안 되겠구나.'

직감적으로 느꼈다. 도로변에 흩어진 티벳식 전통 가옥 대신 중국식 현대 건물이 나타나고 산비탈에 새겨진 만트라(기도, 명상 때 외는 주문) '옴' 대신 한자 표기가 눈에 띄기 시작했다.

'다시 중국이구나.'

티벳 자치지구의 또 다른 풍경을 보리라는 기대는 사라졌다. 그렇다면 깡띵에 머무를 이유가 없다. 터미널에 도착하자마자 청두행 버스로 갈아탔다.

이후의 일지

오늘은 깡띵에 간다. 우리가 있는 깐쯔에선 깡띵까지 10시간 정도 소요된다. 여느 때와 같이 스님은 아무 말 없이 우리를 식당으로 데리고 갔다. 만두를 시켜서 먹고, 버스터미널에 가서 버스를 탔다. 어제 봤던 버스와는 달리 깨끗하고 가죽의자로 된 좋은 버스였다. 아빠는 이렇게 좋은 버스에 타도 되냐고 했다. 마치 이 버스는 비행기 같았다. 버스가 출발하면서 나는 해 뜨는 걸 보겠구나 생각했다. 그런데 그냥 잠들고 말았다. 점심을 먹으려고 차에서 내린 후 아빠와 밥을 먹었는데 20원이나 되어서 하나만 주문해 아빠와 나누어 먹었다. 또 한참 달리면서 소도 보고 산과 들도 보았다. 그러다 어떤 누나들이 큰 소리로 드라마를 보길래, 우리는 이어폰을 끼고 노래를 들었다. 게임도 하고 사진도 찍고 자다가 스님과 작별을 하고, 또 한참 달려서 깡띵에 도착했는데 아빠가 바로 청두로 가자고 해서 우리는 바로 청두로 갔다. 나는 계속 자서 아무것도 모르는 사이 총칭에 도착했다. 그리고 우리를 도와준 누나와 똥부치처잔에 가서 표를 끊으려고 했는데 문이 닫혀 있어 호텔로 갔다. 그곳은 70원밖에 안 했다!

오늘의 지출
휴게소 점심 20원 / 청두행 버스 177원 / 저녁 휴게소 20원 / 택시 합승 30원
숙박비 70원 / 총 317원

20일차

아파트다. 창밖 풍경이 서울의 아파트 단지에 온 듯한 착각마저 불러일으켰다. 어제 버스에서 만난 처자가 이곳 숙소를 잡아 줬다. 아침엔 기차역까지 동행해 줘서 총칭행 티켓을 쉽게 구할 수 있었다.

중국 여성들의 위상은 유달리 높았다. 처녀들은 수줍음도 없어 보였다. 어제도 신세대 처자는 자정 넘은 시각에 택시 기사, 숙소 호객꾼들을 쥐락펴락 척척 흥정해 가며 남자들을 거의 부려 먹다시피했다. 떳떳하고 당당했다.

중국 여자들은 남녀노소 누구와도 스스럼없이 대화를 열고 거리낌없이 통했다. 인도에서처럼 여자라서 빼거나 스스로 가리거나 하는 기색은 좀처럼 찾아볼 수 없어 보기 좋았다. 마오쩌뚱의 한 마디가 여성해방에 지대한 영향을 미쳤다고나 할까? 봉건시대 유교 정신을 타파하고 신흥 사회주의 이념을 세우기 위해 "하늘의 절반을 떠받치고 있는 건 여자다"라고 천명했다니 말이다. 덕분에 중국 남자들은 밥 하고 빨래 하고 청소하고 돈 벌고 침 뱉기까지 혼자 도맡아 하지만 말이다.

깡띵에서 이어지는 스촨성의 마지막 계곡은 어마어마한 규모였다. 다섯 시간을 꼬박 달렸는데도 장엄한 협곡이 끝없이 펼쳐졌다. 중국이 크다는 것을 새삼 실감했다. 새로 건설한 청두 기차역도 규모가 크기는 마찬가지였다.

소년은 어제부로 동 티벳의 추위와 비포장길에서 벗어난 것에 커다란 안도감을 표시했다. 말은 안 했지만 오지 여행에 대한 긴장감을 좀처럼 늦출 수 없었나 보다. 나도 마찬가지였다. 힘든 숙제 하나를 끝낸 기분이었다. 고생스럽긴 했지만 무척 뿌듯했다. 아들과는 평생 잊으려야 잊을 수 없는 추억이 새겨졌다. 인도에서 아쉽게 놓친 산악 여행의 쓴 뿌리도 말끔히 씻어 버렸다.

그녀와 헤어지고 역사에서 점심을 먹었다. 청두 시내에서 하루 더 묵기로 했다. 식당에서 옆 자리에 앉은 신세대 처자들에게 시내로 가는 방법을 알려달라고 했다. 그녀들은 조만간 서울에 갈 거라고 했다. 한국에 꽤 관심이 많았는데 말이 안 통하니 정보를 주기가 힘들었다. "쓰울"이라고 하길래 "서울"로 발음을 정정해 주는데도 "서" 발음이 전혀 안 된다.

"쎠울", "쎄울", "쓔울".

결코 안 된다. 마치 경상도 사람이 "쌀" 발음이 안 되듯 중국에는 'ㅅ'이 없다. 'ㅆ'만 있다. 'ㅆ'도 그냥 'ㅆ'이 아니라 이가 시릴 때 나오는 '씩' 발음이다. 한 처자가 자기가 그쪽으로 간다고 했다. 전철 요금을 또 내준다. 그녀의 도움으로 마오쩌둥 기념 동상이 있는 천부광장에 내렸다. 알려준 길과 다른 방향으로 걷고 있자 멀리서 지켜 보던 그녀가 다시 나타나 교정해 준다. 중국인들의 배려는 이런 식이다. 얼마나 고마운지……

이제 대도시에 오면 레지던스형 숙소를 잡는 데 감 잡았다. 보인다. 어디쯤 있을지. 오피스 건물과는 좀 다르다. 뭐라고 딱 설명은 못하겠지만 약간 어색해(?) 보이면서 환하게 웃고(?) 있는 현대식 빌딩이 있다. 잘만 고르면 특급 호텔 못지 않은 시설에 야경까지도 즐길 수 있다. 청두가 그랬다. 천부광장 주변 16층에 숙소를 구했다.

　짐을 풀자마자 아들이 손꼽아 기다리던 행선지인 삼국지 마을 '무후사'로 걸어 갔다. 청두는 시안만큼이나 활기찬 도시였다. 강변을 따라 다채롭게 펼쳐진 가로수와 산책로, 강변 식당이 꽤 근사했다. 무후사에 도착하니 김이후 세상이다. 삼국지연의 강해를 시작하는데 내가 아는 Top5(유비, 관우, 장비, 조조, 제갈량) 이외에 한 번도 들어 보지 못한 Top50에 해당되는 인물들을 끄집어내면서 설명하기 시작한다. 수다가 끝이 없다. 역사적 총평도 그칠 줄을 모른다. 조선족 가이드를 따라 가며 그가 전하는 정보를 귀동냥으로 얻기까지 했다. 이럴 줄 알았으면 삼국지 공부를 좀 해둘 걸 그랬다. 사실 '이후'란 이름은 아들이 엄마 뱃

속에 있을 때 삼국지를 처음 읽고 영감을 얻어 지은 이름이다. 무후사에는 삼국지 속의 인물들을 기리는 박제된 모습과 살아 생전의 무협 이야기가 고스란히 전시돼 있다.

쓰촨 요리를 맛보러 '진리 거리'로 향했다. '샤오츠'라고 해서 스촨식 작은 요리들을 맛볼 수 있었는데 현지인과 외국 관광객들이 어우러져 장사진을 이루고 있었다. 인사동과는 비교가 안 될 정도로 규모가 크고 다채로웠다. 부러웠다. 꼬치 몇 개를 맛보고는 제대로 된 밥을 먹자고 식당에 들어갔다. 제육볶음을 시켰다. 김이후, 배 부르다더니 밥을 또 내 것까지 싹싹 긁어 간다. 밥 도둑!

이후의 일지

오늘 아침 9시에 어제 그 누나와 표를 끊으러 갔다. 똥부치처잔은 공항 만 했다. 먼저 자동판매기로 갔다. 그런데 표가 없었다! 그래서 치처잔에 갔는데 거기에는 신분증이 필요해서 다시 화처잔에 갔다. 결국 갈아타는 기차표를 샀다. 누나와 작별한 후 맥도널드에 갔다. 그곳에서 엄청나게 맛있는 중국 햄버거를 먹고, 시내에 가려고 옆 사람에게 물어봤는데 자기도 그곳에 간다 며 동행해 주고, 돈도 대신 내주었다. 그분과 헤어진 후 우리는 마오쩌둥 동상 앞에서 사진을 찍고, 아빠가 봐 둔 호텔로 갔다. 그곳은 엄청 좋았다! 조금 쉬다가 드디어 삼국지 마을로 갔다. 그곳에서 관우, 유비, 장비, 제갈 량, 조운, 황충, 마초 등 여러 위인의 묘를 보았다. 그리고 스낵 거리에서 사 천 꼬치, 만두, 두부, 고리 등을 먹었다. 배가 터지게 먹은 뒤 돌아다니면서 끝내주는 나무 냄새를 맡으며 산책을 했다. 강가를 걷다가 푸터강 주변 다 리도 건넜다. 먹을 것을 사서 호텔로 돌아와 일지를 쓴다.

오늘의 지출
기차 410원 / 맥도널드 36원 / 무후사 입장료 90원 / 숙박비 142원 / 길거리 음식 34원
저녁식사 32원 / 음료 11원 / 총 755원

21일차

충칭(9월 10일 26℃ 맑음)

안개 도시, 중국의 3대 화로, 자전거가 없다는 도시. 그냥 지나치고 싶었다. 경사(慶事)가 겹친다는 뜻의 '총칭'은 척 봐도 도시 구조가 오르락내리락한 것이 웬만하면 건너뛰고 싶었다. 아들도 소위 '총칭의 매운맛'이라는 스촨 특유의 고추 맛이 두려웠던지 피하고 싶다고 했다. 청두에서 장지아지에 방면으로 바로 가는 기차를 구했지만 없었다. 총칭을 거쳐야만 어디든 갈 수 있었다.

예상대로 비는 질퍽하게 내렸고, 그리 평평하고 평범한 도시는 아니었다. 강을 넘나드는 다리와 함께 도로도 복잡해서 금세 길을 잃을 것 같아 어지러웠다. 전철을 타고 미리 봐둔 레지던스형 숙소를 찾아갔지만 단번에 찾기도 쉽지 않았다.

총칭은 상상보다 훨씬 더 홍콩스러웠다. 빌딩도 예상보다 높았다. 물어물어 찾은 숙소에 짐을 풀고 거리로 나왔다. 노천 식당이 있길래 무작정 앉았다. 다른 사람들이 먹는 것을 손으로 가리키며 같은 것을 달라고 했는데 시키지도 않은 요리가 나왔다. 고추에 버무린 가재 요리였다. 매운 맛에 취약한 김이후, 절대 피하고 싶은 대목이었다. 하지만 중국 여행에서 최고로 꼽은 잊지 못할 요리를 경험하고 말았다. 말로만 듣던 쓰촨 요리의 진수를! 입안을 얼얼하게 하면서도 한번 맛보면 쉽게 물러날 수 없는 묘한 매력이 있었다.

중국 전체 생산량의 90퍼센트에 해당하는 매운 고추를 이곳 스촨 지

방에서 생산한다고 한다. 기름진 음식을 좋아하는 중국인들에게 고추야말로 지방을 중화시켜 주는 최고의 궁합이다. 쩔쩔맬 줄 알았던 아들, 뼈째 씹어 먹다 못해 바닥까지 긁어 먹고 있다. 말로는 "허어~ 허어~" 맵다고 떠들지만 나름 즐기고 있어 다행이다.

피하고 싶은 두려움 한 가지씩 경험하고는 소화도 시킬 겸 총칭 최고의 랜드마크, 해방비를 향해 걸어갔다. 보도광장을 따라 최신식 소비문화가 펼쳐져 있었다. 현대식 건물과 눈부신 야경 또한 보행자들을 알록달록 반겨 주었다. 눈이 휘둥그래지기 딱인, 그야말로 불야성이다.

총칭은 오래 전부터 시카고를 벤치마킹하면서 도시 리모델링과 물류 재정비를 실행해 왔단다. 중국 당국이 '총칭 현대화'에 심혈을 기울이는 이유는 총칭을 양쯔강을 따라 동서로 뻗어 갈 물류 중심으로 키워 가겠다는 의지 때문이다. 인텔, 델, 토요타, 폭스바겐 등 굵직굵직한 기업들의 생산 공장도 이곳에 모여 있다. "서부 대 개발 프로그램으로 건설 붐이 일고 있다"고만 들었지 이 정도일 줄은 몰랐다. 앞으로 이 도시가 중국에서 어디까지 자리매김해 나갈지 더욱 궁금해진다.

이후의 일지

오늘 아침에 설렁탕, 밥, 야채 등을 먹었다. 모두 합쳐 32원이 나왔다.
호텔에서 조금 쉬다가 전철을 타고, 화처잔에 가서 짐 검사를 하고, 기차 안
으로 들어갔다. 그 기차는 제일 빠른 다이렉트 기차다. 좌석도 침대 같았다.
TV도 보며 자려고 하다가 좌석이 너무나 넓어서 오히려 불편했다. 자다가 깨
어서 조금 후 충칭베이처잔에 내렸다가 옆에 있는 기차를 타고 시내로 갔다.
아빠가 봐 둔 아파트 같은 호텔에 들어갔는데 가격은 158원이었다. 시설도
끝내주고 방은 태평양 같이 넓었다.
조금 후 저녁을 먹으러 갔는데 울트라 매운 가재와 맛있는 야채들이 나왔
다. 가재는 다리가 저리고 배가 아플 정도로 매웠는데 우리는 그것을 맛있게
먹었다. 야채는 가재가 매워서 그런지 더 맛있었다. 해방비에 가서 조금 쉬다
가 엠파이어 타워 같은 빌딩들 앞에서 아빠와 이야기하며 걸었다. 그리고 호
텔에 돌아와 씻고 좀 쉬다가 음료수를 먹고 잤다.

오늘의 지출
아침식사 32원 / 전철 6원 / 점심식사 36원 / 시내 전철 8원 / 숙박비 158원
저녁식사 62원 / 청포도 10원 / 음료 10원 / 빵 10원 / 총 327원

22일차

총칭(9월 11일 26℃ 비)

"어떻게 하지? 이후야."

"왜? 아빠."

"우리가 전철을 잘못 탔어."

"뭐?"

"지금 반대로 가고 있는 거야."

"그래서 오늘 기차를 놓친 거야?"

장난삼아 이렇게 말하고 있었는데 정말로 반대 방향으로 가고 있었다. 오히려 그로 인해 알아차린 걸 천만다행이라고 해야 할까? 마음을 툭 놓고 있다가도 이런 일이 벌어진다. 그래서 순순히 흘러가는 시간을 의도적으로 경계해야 한다고 생각했다. 그걸 자꾸 까먹어서 그렇지. 계속해서 총칭은 편안한 곳은 아니었다.

총칭의 아침 안개는 가까이 빌딩 숲과 멀찍이 강변까지 가릴 만큼 짙게 깔렸다. 비 또한 어제에 이어 질척질척 내리고 있었다. 남는 시간 동안 무엇을 할까 고민하다가 선착장에 다녀오는 길에 전철을 잘못 타고 말았다.

지금은 상하이로 가는 직항 노선 운항이 중단되었지만 이창까지 이어지는 200킬로미터 장강 유람코스가 있다. 장강삼협을 둘러보는 유람선이 총칭에서의 출발을 기다리고 있었다. 상하이를 목적지로 하는 여정이라면 이 수로를 경유해도 될 듯싶다. 차가 막히길래 슬슬 걸어 나왔는데 충칭의 구 시가지인 스파티 거리로 들어서게 됐다. 아직 철거되지 않은 연립 주택들, 닭, 오리, 토끼 등을 파는 복잡한 재래시장, 판자촌 구멍가게로 어우러진 구 시가지는 어제 본 휘황찬란한 도심 속 풍경과는 또 다른 얼굴을 내밀고 있었다. 그야말로 신, 구가 공존하고 있었다. 우리는 그런 충칭을 뒤로하고 부랴부랴 전철을 제대로 바꿔 타고는 기차역으로 향했다.

근대화된 역사를 기대했지만 아니었다. 역은 역이었다. 각양각색의 사람들이 뒤엉켜 있는데 예감이 좋지 않다.

'평소보다 많은 사람이 들어차 있다는 것을 처음부터 왜 이상히 여기지 않았을까?'

침대 기차에 누워 편히 이동할 거라는 기대는 영락없이 깨지고 말았다. 연착!

말이 안 통하는 터라 귀동냥으로 들었는데 중부 지방에 폭우가 와서 복구 작업 중이라고 했다. 그런데 언제 운행할 지는 아무도 모른다는 것이다. 중국 사람들은 이런 상황에서 항의 같은 건 절대로 안 한다. 그냥 무작정 기다린다. 공산당 정권에 길들여진 공무 처리 방식인가? 답답해서 역무원에게 물어보면 "나도 모른다"다. 승객들에게 물어봐도 "그냥 기다려야 한다"가 정답이란다.

"언제까지?"

"글쎄……, 12시간? 하루? 이틀?"

얼굴에 심심한 미소까지 지어 보인다.

'아, 답답하다!'

한국 같으면 가만히 있겠는가? 신고하고 난리가 났을 것이다. 인터넷에 실시간으로 올리고 기자가 출동하고 뉴스에도 벌써 떴을 일이다. 인도에서도 연착은 없었는데 그것도 신개발 미래형 도시 총칭에서 이런 일이 벌어질 줄이야.

아이의 안전을 책임지는 아빠의 보호 본능이 고개를 드는 순간이다. 하지만 이후는 담담하다. 나처럼 조급할 이유도 불안해할 이유도 없다. 늦으면 늦는 대로 졸리면 졸린 대로 삶의 구조와 구성이 편안하다. 게다가 든든한 아빠가 곁에 있지 않은가! 이런 두려움은 주로 어른들 몫이다.

지각이 어긋난 이 순간 나는 다시 무언가에 귀 기울일 때가 왔다고 생각했다. 차가운 콘크리트 바닥에 누워 멀뚱멀뚱 무언가를 깨달아야만 했다. 해골에 고인 물을 마시듯 내 뜻대로 되지 않는 이 순간 다시 눈을 떠야 할 때라고 여겼다. 노선이 뒤틀린 이 시점에도 결코 빼앗기지 않는 무언가가 있을 것이라고 추측해야 했다. 그렇게라도 나 자신을 달래야만 했다.

퍼뜩 떠오른 것은 색깔이다. 그것은 노란색도 아니고 파란색도 아니다. "무슨 색깔이냐?"가 이 시점에서 중요한 게 아니다. 그 어떤 색이든 "색깔이 있다"는 것이 중요했다. 삶이 그런 것이다. "어떤 삶이었느냐?"가 아니라 "삶으로 남아 있다"는 것이 중요했다. 이 여정이 어떤 색깔이었으며 어디를 가려 했으며 내 삶의 목적이 무엇이었느냐는 큰 문제가 아니다. 내게 '있는' 생명에 감사했고 여전히 삶이 '있다'는 것이 소중했다. 그렇게 내 곁에 아들이 살아 '있는' 이 순간만으로도 값지고 소중하지 아니한가!

오늘 아침 늦게 일어나 나가보니 비가 많이 내리고 있었다. 근처에서 국수를 먹었는데, 옆의 사람이 먹는 계란후라이와 볶음밥을 보며 '다음엔 저거 먹자'고 생각했다. 버스를 타고 강가 주변에 내렸다. 거기서 배를 타고 선장님과 배에 대한 이야기를 나누었다. 다시 버스를 타러 정류장에 갔는데 버스가 안 와서 걸어갔다. 어제처럼 보행자 거리에서 호텔 쪽을 향해 걸으며 백화점에 들러 먹을 것도 사고 옷 구경도 하다가 7시가 되어서 호텔에 도착해 짐을 찾아 지하철을 탔다. 그런데 아빠가 나를 놀래 주려고 지하철을 잘못 갈아탔다고 했는데 진짜 잘못 탄 것이다!! 우리는 빨리 내려서 다시 기차역에 제대로 가는 전동차에 타서 도착했다. 우리가 탈 침대 기차를 기다렸는데 어떤 아주머니가 와서 뭐라고 하여 물어보았더니 기차가 연착된다는 것이다. 아빠는 원인을 알아보려고 물어보러 다니고, 나는 역에 앉아 있었다. 결국 산사태 때문이라는 것을 확인하고 역에서 잠을 잤다. 새벽 4시 30분에 기차가 도착했다. 과연 기차 안은 어떨까? 나의 새로운 기차 여행은 어떤 모습일까, 생각하며 올라탔다.

오늘의 지출
아침식사 29원 / 빵 4원 / 조천문 버스 4원 / 저녁식사 15원 / 빵 3원 / 음료 28원 / 총 83원

23일차

펑후양(9월 12일 28℃ 맑음)

기차는 새벽 4시경 소리 없이 왔다. 흩어진 퍼즐들이 자석에 이끌려 착착 맞춰지듯 중국인들은 소리 없이 몰려들었다. 뿔뿔이 흩어진 조각들은 마치 무슨 일이 있었냐는 듯 새롭게 하나가 되었다. 일체의 안내방송조차 없었지만 직감적으로 이 기차라는 것을 느꼈다. 대합실 바닥

에서 자고 있는 이후를 흔들어 깨웠다. 아들과 나도 소리 없이 탑승구를 빠져나갔다.

자리를 찾아 곧바로 짐을 풀고는 잠이 들었다. 한순간에 펼쳐진 동작이었다. 얼마나 지났을까? 눈을 떠 보니 신비로운 카르스트 지형이 창밖에 몰래 서 있었다. 아! 절경이었다. 다시 잠이 들었다. 따가운 햇살에 새로 눈 뜬 시각은 오전 11시 30분. 총칭역에서 사 들고 탄 컵라면을 먹고 1시 40분 훼화역에 도착했다. 본능적으로 서부 터미널을 찾아 갔다. 장지아지에행 버스는 없었다. 궤도 수정하여 가까운 봉황시부터 들르기로 했다.

버스에 오르니 승객들이 한결같이 젊다.

'봉황이 옛 고성 중 하나인 걸로 아는데 웬 젊은이들?'

의아했다. 봉황을 보고서야 그 이유를 알았다. 후난성 소수 자치 민족 전통 의상을 입고 기념사진을 찍는 연인들이 꽤 많았다. 단체 관광객들도 떼지어 강변을 거닐고 있었다. 긴 세월이 묻어 있는 사찰과 풍화되고 바랜 회당, 낡은 집들이 가득했고 지붕을 씌운 다리, 목조교, 쌍둥이 징검다리가 서로를 연결해 주고 있었다.

해질 무렵 근사한 야경과 함께 구 시가 뒷골목의 전통 상점과 수집품 가게를 돌아보았다. 아들이 길모퉁이에서서 동냥을 구하고 있는 한 할머니를 자꾸만 돌아본다. 얼마 못 가서 나를 멈춰 세웠다.

아빠를 여행하다

"아빠, 내가 말이야. 딱 한 가지 부탁이 있는데……."

"뭔데?"

"저기 저 할머니에게 돈 좀 주라."

웬만해서는 신신당부를 안 하는 김이후가 이번만큼은 단호했다.

'그동안 지나칠 때마다 얼마나 돕고 싶어했을까?'

나를 움직였다.

"그러지 뭐."

호주머니에서 1원을 꺼내드리라고 했다. 그 길을 돌아나오는 이후의 표정이 침울하다. 내게 미안하다고 했다.

"왜? 무슨 일 있었어?"

"할머니가 글쎄…… 돈을 받자마자 더 달라잖아. 할머니가 욕심을 내는 것 같아 무척 실망스러웠어."

나도 꽤 실망한 것이 있었다. 고색창연한 풍경을 뒤로하고 카라오케와 클럽이 성행하고 있었다. 시끄러운 굉음에 좋은 풍경이 닳아 없어질 것만 같았다. 나도 음악을 꽤나 좋아하는 사람이지만 거기서는 그러면 안 될것 같았다. 남화문 입구에서부터 한 아줌마에 이끌려쾌적한 숙소로 안내를 받았지만, 우리는 침대에 누워시끌벅적한 리듬의 고성방가가 그치기만을 소원해야했다.

이후의 일지

아침에 눈을 뜨자 어제 역에서 있었던 일이 생생하게 떠올랐다. 조금 후 먹은 라면은 타이산에서 먹은 것처럼 꿀맛이었다! 기차에서 누웠다가, 풍경을 보기를 반복하다가 사진을 찍으려고 했는데 배터리가 없어서 찍지 못했다. 기차에서 내려 장투치처잔에 갔다. 거기선 어떤 청년들에게 여기가 치처잔이 맞냐고 물으니 아니라고 해서 버스를 탔는데 시내로 가는 버스였다. 그래서 다시 치처잔으로 갔더니 바로 전의 그곳이었다. 거기서 장지아지에 가는 버스 표를 끊고 시내로 들어가 아주 좋은 숙소를 잡았다. 바로 앞에 있는 식당에서 볶음밥과 국, 그냥 밥을 먹었다. 그리고 동문으로 가면서 핑야오 같은 옛날 집들이 모여 있는 봉황을 감상했다. 강을 따라 걷다가 다리도 건넜다. 골목 사이사이를 지나갈 때마다 광란의 소리 때문에 너무 시끄러웠다. 멋진 탑을 감상하며 동문을 넘어 계속 걸었다. 호텔로 돌아와 근처에서 과자와 음료수를 사서 테라스에서 먹고 쉬었다.

오늘의 지출
컵 라면 10원 / 펑후앙시 버스 78원 / 펑후앙 시내버스 2원 / 숙박비 70원 / 타올 6원
장지아지에행 버스 140원 / 저녁식사 55원 / 아이스크림 12원 / 음료 16원 / 적선 1원 / 총 390원

24일차

장지아지에(9월 13일 33℃ 비)

어제 한나절로 봉황을 간직하기에는 너무나 짧은 추억이었다. 아침에 다시 강변을 거닐었다. 간밤의 북적임과 유흥의 여운이 가신 봉황은 이제야 본색을 드러냈다.

시간이 멈춰 선 듯한 단정한 아침을 뒤로하고 장지아지에행 버스에 올랐다. 왜 그렇게도 졸린지? 차 안에서 졸고 또 졸았다. 어젯밤 무의식적으로 열심히 몸을 흔든 탓일까. 얼핏 졸다가 뜬 실눈 사이로 산 하나가 병풍처럼 펼쳐졌다. 그런데 중간에 구멍이 하나 뻥 뚫려 있었다. 입에서 나도 모르게 침이 흘러 나왔다. 그래도 졸려서 자세히 쳐다보진 못했다.

버스터미널에 도착했다. 동족 마을이 있는 더항이나 계단식 농경지가 펼쳐진 통다오행 버스를 알아보았으나 차편이 없다고 했다. 그렇다면 장지아지에 시내로 들어가야 하는데 그러기엔 코앞에 보이는 저 산의 풍광이 너무나 아쉽다. 역전으로 향했다. 통다오행 기차 편을 알아보려는데 낯익은 말투다.

"한국에서 오셨어요?"

반가웠다. 조선족이었다.

어떻게 오셨냐고 묻기에 아이랑 여행 중이라고 했다.

"아니, 어떻게 가이드도 없이 다니세요?"

신기한 듯 쳐다봤다. 뭐 그리 놀랄 일인가 싶었는데 나중에 장지아지에에 가 보고야 그럴 만하다고 생각했다. 하얼삔이 고향인 그와 조선말

(?)로 이야기를 나눴다. 가이드 일을 마치고 고향으로 돌아가는 길이란다. 그는 수하물 센터에 배낭 맡기는 것을 도와줬다. 나중엔 케이블카 입구까지 먼 길을 안내해 줬다. 탑승구 앞에서 그와 헤어지고 천문산으로 올라갔다. 호쾌한 장관이 눈앞에 펼쳐졌다. 이후도 흥분을 감추지 못했다. 시간은 오후 4시 45분. 귀곡잔도를 보려 했으나 표지판이 불분명해서 어느 길로 가야 할지 몰랐다.

'마지막 하산 케이블카가 5시 30분이라고 하는데 과연 제 시간에 돌아올 수 있을까?'

초조하고 불안했다. 하지만 포기하지 않고 계단을 내려갔다. 사람들이 아무도 없어서 누굴 붙잡고 물어볼 수도 없었다. 계곡은 텅 비어 있었다. 더 내려갔다가는 시간을 못 맞출 성싶었다. 비경을 눈앞에 두고도 마음은 조급기만 했다. 딱 한 번 더 내려간 것이 주효했다. 이후가 모퉁이에 무언가 보이기 시작한다고 소리쳤다.

"아빠! 저기!"

귀곡잔도였다. 계곡 옆구리를 난간으로 만든 둘레길인데 깊은 낭떠러지가 보기만 해도 아슬아슬했다. 나는 이곳에 귀신이 산다고 했다. 그래서 귀곡잔도라고 했다. 이후는 믿어 줬다.

"귀신아! 받아라잇 얏!"

"푸슝 푸슝!"

"빠쌰! 이리이이 얏!"

우리는 계곡 난간을 미친 부자처럼 뛰어다녔다. 부서지는 태양과 해질 무렵의 신선한 바람에 중국 특유의 새빨간 리본들이 바람에 흩날리며 나무들을 온통 붉게 물들이고 있었다. 그 풍경 안에서 우리는 정말이지 날아갈 듯 즐거웠다. 영화의 한 장면처럼 서로의 추억을 붉게 물들이고 있었다. 나중에 안 사실이지만 절벽에 걸친 구름다리 난간을 세우기 위해 사형수들을 동원했다고 한다. 안타깝게도 험난한 작업 도중 600여 명이나 목숨을 잃었다고 한다.

시간에 못 맞출까 봐 불안했던 케이블카를 무사히 타고 중턱에 내리니 그곳이 바로 천문동이었다. 산 가운데가 뻥 뚫린 그 구멍이 있던 곳 말이다. 셔틀버스로 옮겨 타고 도로를 구비구비 휘감고 돌아 입구에 도착하니 999계단이 버티고 있었다. 그 위로 쩍 벌린 하나의 공허(空虛). 웃을 때 가운데 이가 없으면 굉장히 티가 나는 것처럼 티(?)가 나도 너무 났다. 한국 주재원 한 분이 여기 온 지 네 번만에 푸른 하늘을 보게 되었다고 했다. 이토록 맑게 갠 날은 처음이라고 했다. 예전엔 이 구멍으로 비행기가 통과하는 에어 쇼를 했는데, 안팎의 기압이 다르다는 것을 알고는 중단한 지 얼마 안 된다고 했다. 바람도 아랫동네와는 차원이 달랐다. 9월 중순인데도 날씨는 푹푹 쪘는데 세상 푸념을 온통 날릴 수 있는 경관이다.

하산하면서 해는 떨어지고 지상 세계에 내려오니 저녁 7시 30분. 오늘 밤은 무릉원에서 자고 싶었다. 그래야 내일 장지아지에 입장이 수월할 테니까. 차편이 있을지가 관건이다. 무릉원 입구로 가는 미니 버스 한 대가 마지막 승객을 태우고 있었다.

"잠시만요! 잠시만요!"

한국말로 해도 다 알아 듣는 눈치다.

부랴부랴 역으로 가서 짐을 찾고는 탑승에 성공했다. 하루 종일 뛰어다
닌 보람이 있었다. 캄캄한 한밤중에 관광지 입구에서 내렸다. 여기가 어
딘지 도통 알 수가 없다. 장지아지에표 토박이 호객꾼이안내해 주는 100
원짜리 숙소로 향했다. 산바람이 상쾌하다. 3일을 이곳에서 묵기로 했다.
장지아지에 토속 음식인 토종 백닭을 먹으러 슬리퍼를 끌고 길을 나섰다.

이후의 일지

오늘 아침 산책을 하고 버스정류장에 갔다. 오늘은
장지아지에시에 간다. 또 좋은 버스를 타고 4시간 정
도 갔다. 도착한 뒤 치처잔에서 통따오에 가는 표가
있는지 물어보았다. 없어서 기차역에 가서 표를 끊고 짐
을 맡기고는 케이블카를 타고 천문산에 올라갔다. 난생
처음 케이블카를 타고 산을 올라가니 너무 신기하고 재미
있었다. 한 30분쯤 종착역에 도착해서 조금 헤매다가 귀곡
잔도에 도착했다! 사람들은 없었고 풍경은 멋졌다. 그리고
다시 돌아와서 버스를 타고 천문동에 갔다. 내려서 999계단
을 올라갔다. 마치 산에 구멍을 뚫어 놓은 것처럼 큰 구에 올
라가니까 열쇠들도 있고 큰 종 같이 생긴 것도 있었다. 아래를 내려다보니 아
찔했다. 진짜 멋있고 신비로운 천운봉에서 조금 쉬는데 한국 사람을 만났다.
그분은 에어 부산에서 근무하고 있다고 했다. 원래 장지아지에는 365일 중
300일이 비가 온다고 했는데 비가 안 온 건 운이 좋은 것이라고 했다. 또 천
천히 내려와서 구경을 하다가 버스를 타고 케이블카 중간 역에 내려 다시 케
이블카를 탔다. 콜롬비아 사람 2명과 한국인 1명과 현지인 1명이 함께 탔다.
케이블카에서 내린 뒤 무릉원에 가는 버스를 타고 쌩쌩 달려서 무릉원에 도
착했다. 거기서 호텔을 잡았다. 아, 졸려!!

오늘의 지출
아침식사 26원 / 옥수수 5원 / 수화물 위탁 15원 / 천문산 케이블카 441원 / 음료 15원
무릉원행 버스 24원 / 숙박비 3일치 270원 / 저녁식사 6원 / 과자 19원 / 음료 18원 / 청포도 11원
총 910원

25일차

우링위앤(9월 14일 33℃ 맑음)

아열대 기후에 속한 장지아지에는 연강수량이 1200~1600미리미터 나 된다고 한다. 하지만 비구름이 어디론가 소풍을 갔다. 우리가 머무는 내내 태양이 머물렀다. 천자산이라고도 불리는 장지아지에공원에서 대자연의 절경을 제대로 감상하려면 산마루로 올라가야 한다. 세계 최고 높이를 자랑하는 관광용 엘리베이터(335미터)를 타거나 케이블카를 이용해야 한다. 중국 정부가 관람 코스를 그렇게 만들어 놨다. 일단 산마루에 오르면 백룡-미혼대-천하 제일교-화룡공원을 순환하는 무료 셔틀을 만날 수 있다. 하지만 아랫동네로 다시 내려오려면 수직 유료 기구를 타거나 아니면 제 발로 내려와야 하는데 도보 하산이 만만치 않다. 우리가 그랬다. 오르기를 백룡 엘리베이터로 오르고 내려오기를 십리화랑 계곡으로 걸어 내려왔다.

가마솥 더위에 낑낑대고 올라오는 사람들은 더 죽을 맛인 얼굴이다. 그래서인지 여기저기서 가마꾼들이 항시 대기하고 있었다. 2인 1조로 어깨에 짊어지고 오르락내리락하는데 구간별 이용료가 비행기 삯만큼이나 비싸다.

처음 장지아지에에 발을 디디면 구조 파악이 어렵다. 천자산 안내도 만으로는 알아차리기가 어렵다. 가이드의 설명 한 마디가 이해하기 빠르겠다 싶다. 중국 단체 관광객들도 가이드 깃발만 열심히 쫓아다녔다. 외국 방문객 중 절반 이상이 한국인이라는데 만나지는 못했다.

　유방을 도와 진나라를 갈아치운 한나라 개국공신 장량이 '장'가계(장지아지에)의 원조라고 한다. 다 쓰고 버린 사냥개 즉 토사구팽의 꼴로 이곳에 흘러온 장량이 약초를 먹으며 몸을 돌보고 토가족을 가르치며 생활하던 중 그에게 감동받은 토가족 일가가 장씨로 개명했다는데 그의 무덤이 금편 계곡에 마련돼 있다.

　천자산은 토가족의 1대 시조 '천자'의 이름을 딴 것이고 토족은 현재 중국에서 유일하게 토장(시신을 땅에 묻어 장사 지냄)을 치르는 소수민족이라고 한다. 영화 〈아바타〉에 등장하는 캐릭터들을 풍경구 곳곳에 설치해 놓았다. 제임스 카메론 감독이 이곳에서 영감을 얻었다고는 들었지만 실제로 와보니 영화 속 장면과 똑같았다.

　화폭의 입체감을 둘둘 말아 가슴에 품고 무릉원으로 내려왔다. 숙소로 돌아와 화장실 문을 열었는데 손가락만 한 바퀴벌레가 춤을 추고 있었다. 이후 몰래 두 마리 잡았다.

이후의 일지

오늘 아침에 계획보다 늦게 일어났다. 원래 7시 전에 나가려고 했지만 7시 39분에 나갔다. 우리 호텔의 바로 앞 매표소에서 표를 끊고 버스를 타고 올라갔다. 우리가 가는 천자산은 〈아바타〉의 배경이기도 했다. 백룡 엘리베이터까지 버스로 갔다. 이 엘리베이터는 세계에서 제일 높은 절벽 엘리베이터다. 표를 끊어 긴 줄을 선 다음 엘리베이터를 탔다. 함께 탄 사람이 너무 많아 밖을 볼 수 없을 정도다. 다 올라간 다음 풍경을 감상하다가 하룡공원에 가기 위해서 버스를 탔는데 정작 내리니까 다른 곳이었다. 단체 관광객들을 뒤쫓아서 사진을 찍으며 천하제일교 쪽으로 갔다. 먼저 미혼대에 갔다. 너무 멋져서 이것을 두고 '장관'이라는 말을 쓰는 것 같았다. 그리고 사진을 찍을 때마다 더 멋진 풍경을 보았다. 입이 벌어질 정도였다. 무수한 인파의 방해에도 불구하고 우리는 사진을 찍었다. 중국에서 가장 아름다운 절경 속으로 빠져드는 느낌을 겨우 뒤로하고 천하제일교에 도착했다. 천하제일교는 안에 있는 돌들이 무너지면서 만들어진 자연산 다리다. 그곳에 조금 있다가 하룡공원에 갔다. 너무 복잡해서 대충 둘러보고 십리화랑으로 갔다. 무려 5,000미터나 떨어진 곳이다. 3시간 30분만에 십리화랑에 도착했다. 진짜 멋있었다. 해지는 걸 보려다가 포기하고, 버스를 타고 호텔로 갔다. 씻고 일지를 쓰고 엄마랑 카카오톡을 하다가 잤다.

오늘의 지출

아침식사 26원 / 옥수수 5원 / 수화물 위탁 15원 / 천문산 케이블 441원 / 음료 15원
무릉원행 버스 24원 / 숙박비 3일치 270원 / 저녁식사 6원 / 과자 19원 / 음료 18원 / 청포도 11원
총 910원

26일차

우링위앤(9월 15일 31℃ 맑음)

　장지아지에 입장료는 3일간 유효했다. 당초 황석채로 오르려던 계획을 접고 임금님의 채찍이라는 금편(金編)계곡 길을 걷기로 했다. 그래도 왕복 15킬로미터 구간이다. 가슴을 열고 시원한 공기를 들이마시며 햇살도 마음껏 쬐면서 아들과 오붓한 시간을 보냈다. 기분이 상쾌했다. 다채롭고 기이한 절벽들이 자신만의 이름을 달고는 누군가 호명해 주기를 기다리고 있었다.

　아들의 질문도 제법 밑천을 드러내는 중이다. 결국 퀴즈 시간이 돌아왔다. 유치 뽕이지만 잘 하면 건질 만한 것이 더러 있다. 이후네 초등학교 문방구에는 손바닥만 한 비법노트를 파는데 주로 그곳에서 출제된 것들이다. 나는 문제들을 이미 알고 있었다.

　"아빠, 잘 들어. 문제, 할아버지 할머니가 좋아하는 폭포는?"

"몰라."

"나이야 가라 폭포!"

"또 문제, 형을 너무나 좋아하는 동생을 세 글자로?"

"몰라."

"형광펜!"

"또 또 문제, 형과 동생이 싸우는데 언제나 동생 편만 드는 세상은?"

"몰라."

"형편없는 세상!"

이건 처음이다. 하하!

"이번 것은 웃겼어. 하지만 맨 처음 것은 솔직히 유치 뿡!"

"그럼 아빠가 내봐."

"내가? 어려울 텐데!"

"일단 내봐."

"좋아! 그럼 문제, 반성문을 영어로 하면?"

순식간에, "글로 벌!"

"오우, 제법인데!"

"알지. 그 정도야."

"좋아, 그럼 또 문제, 이번엔 오리가 얼면?"

"뭐지? 음……."

"모르겠지? 그지?"

"응."

"언덕(Duck)!"

그렇게 유치찬란한 퀴즈놀이를 하면서 금편계곡에서 내려왔다.

식당에 들러 이런저런 토속 음식을 먹고 숙소로 왔다. 샤워하려고 화장실 문을 열었는데 이번에는 세상에서 제일 긴 바퀴벌레를 보았다. 삼바 춤을 추고 있었다. 샤워기로 물총을 발사해서 간신히 구석으로 흘려보냈는데 자세히 살펴보니 두 마리가 수직으로 붙어 있었다. 처음에 내 눈을 의심했다. 대략 젓가락 길이만 했다.

이후의 일지

9시까지 늦잠을 잤다. 어차피 우리는 시간이 많다. 오늘 황석채에 간다. 어제 갔던 무릉원 매표소에서 구입한 표로 무료로 들어갔다. 우리는 안내원에게 어떻게 황석채에 어떻게 가냐고 물어봤다. 그 사람 말로는 10시간이 넘게 걸렸다! 그래서 금편계곡에만 가기로 했다. 버스를 타고 서문에 내려 금편계곡으로 들어갔다. 공기가 좋았고 원숭이들이 많았다. 들어가서 장량 묘를 찾았는데 공사 중이었다. 절경들을 보다가 강에서 포도를 먹었다. 우리 앞에서 가던 누나가 가방을 들고 있었는데 원숭이가 그 가방을 뺏더니 과자를 쏙 빼갔다! 아빠는 인도에서 있었던 원숭이에 대한 흥미진진한 이야기를 들려주었다. 바라나시에서 어떤 한국 사람의 방을 털어갔다고 한다. 우리는 계곡 끝으로 걸어갔다. 계곡까지 왕복 거리가 11킬로미터나 된다! 계곡 끝에서 소시지와 사천호떡을 먹었다. 그리고 오면서 가이드들의 마이크 소리 땜에 힘들어하는 아빠를 위로해드리며 나무 구경을 했다. 생애 처음 보는 잠자리와 송충이 같이 생긴 것들도 감상했다. 또 아빠와 조금 다투기도 했다. 버스를 타고 매표소로 다시 왔다. 그리고 어제 먹었던 식당에서 무려 4개의 요리를 먹었다. 숙소에 와서 엄마와 영상 통화를 했고 아빠 안마도 해드렸다. 오늘은 늦잠을 잘 것 같다!

오늘의 지출
금편계곡 감자 10원 / 호떡 20원 / 저녁식사 84원 / 과자 26원 / 총 140원

27일차

퉁다오(9월 16일 33℃ 맑음)

이후에게 또 짜증을 부렸다. 내가 세상에서 제일 끔찍해하는 것이 바퀴벌레인데 어제 제일 긴 놈을 본 뒤 자다가 느낌이 이상해서 눈을 떴다. 불행히도 또 한 놈을 보고 말았다. 순백의 시트 위에 드러난 처절한 명암 대비. 블랙 앤 화이트의 부적절한 앙상블. 아침에 신발을 냅다 던져 결국 그 놈을 잡았다. 그 짜증이 이후에게 날아가고 있었던 것이다.

바퀴벌레는 그동안 이후에게는 절대로 말하지 못한 대목이다. 그 질긴 생명체의 존재감만큼은 아들의 해마에 각인시켜 주고 싶지 않았다. 어딜 가나 아직은 멋진 숙소라고 여기고 있는 아이의 정신세계에 부모로서 일말의 격조(?)를 유지시켜 줘야 했다.

100원짜리 경계선에 있는 숙소를 잡으면 이런 일이 생긴다. 돈도 말을 하는데 거짓말은 안 한다. 조금이라도 숙박비를 절감하려다 이런 불상사를 겪고 만다. 불똥이 결국 아들에게 튀는 바람에 한강에서 뺨 맞고 용산에서 푸는 식이 됐다.

'아이가 뭔 잘못이 있으랴!'

창피하다. 하지만 이로운 점이 있기도 하다. 숙소가 불안하기 때문에 재빨리 이동하게 된다. 오래 머무는 대신 어떻게든 그곳을 빠져나가 다음 행선지로 도망치게 만든다. 제법 탁월한 동기 부여법이다.

여행의 막바지를 향해 가고 있다. 10일가량 남겨 두었는데 어떻게 마무리를 지을까 고심하게 된다.

'중국 남부를 더 돌아볼까?'

'내친 김에 쿤밍까지 다녀올까?'

'이제 한곳에 머물며 편안히 안식을 취할까?'

생각이 복잡하다. 그래도 마음만은 편했다.

아들과의 여행 내내 그랬다. 500킬로미터에 달하는 거리를 매일같이 이동하면서도 분주함보다는 평안함이 오롯이 숨 쉬고 있었다. 이후가 처음 태어날 때 기분이 그랬다.

아이가 태어날 때면 은근히 불안을 느낀다. 아이가 제 모습일지, 혹여 문제라도 생기지 않을지 염려의 끈을 놓지 못한다. 첫 아이 태리가 태어난 날, 나는 그 하늘을 잊을 수 없다. 내가 다시 태어나기라도 한 것처럼 새로운 문을 열고 있었다. 세상을 처음 본 듯 찬란한 빛이 와닿았다. 둘째 때는 세상 근심을 모두 밀어낸 것 같았다. 엄마 뱃속에 잉태된 순간부터 이 아이에게는 도무지 아무런 염려가 안 되는 것이다. '찬란하다'가 태리의 오리지널 디자인이라면 '평안하다'가 이후의 것이었다.

남자끼리 다니면 말 수가 별로 없다. 잠깐 모여서 라면 하나 끓여 먹고 "야, 국물 맛 시원

하다” 하고는 낚시대만 만지다 와도 “오늘 정말 재미있었다”고 떠벌리는 존재다. 여자들은 절대 이해 못 한다. 남자끼리는 비슷한 동작만 반복해도 서로 친해진 것 같은데 낯선 중국에서 아들과는 끝없는 질문에 맞장구 대화까지 하고 있다.

언제부터인가 아들의 애교 행진이 펼쳐졌다. 솔직히 유치하다.

“난 너 사랑하는데, 넌 나 싫어하잖아!” 노래를 부른다.

그러다가도 “난 너 싫어하는데, 넌 나 좋아하잖아!” 반어법을 쓴다. 정말 유치 뽕이다. 그러면서 점점 이 녀석이 아빠의 광팬이 되어가는 것을 느낄 수 있다. 왠지 기분이 으쓱하다. 낯선 땅에서 매일 같이 먹을 것을 구해다 입에 쏙 넣어 주고 밤마다 대자로 드러누울 침대를 구해 주는데 그런 사람을 옆에서 보면 정말로 슈퍼맨 같지 않을까? 어른들 눈에야 별거 아니지만 아이에게는 그런 아빠가 무척이나 위대해 보일 것이다. 나도 내 아버지를 그렇게 바라보았을 테니 말이다.

기차는 어둠을 향해 달려가고 있었다. 숙제 하나가 기다리고 있다. 도착할 역이 간이역이어서 제대로 가는 방향을 찾아야 한다. 자정을 넘겨 도착하는데 역 주변 풍경이 전혀 힌트를 주지 않는다. 안 쓰던 머리를 쓰면 머리가 좋아진다던데 나는 곧 천재가 되려나 보다. 미지의 순간 앞에 평정심이 헛돌고 있었다.

창밖 풍경이 무언가를 이야기해 주고 있었다. 비가 흩날리고 대나무도 흔들렸다. 대자연의 울타리가 이 광경을 묵언으로 끌어안고 있었다. 아무리 비가 오고 거센 바람이 불어도 그것을 품을 자연이 있다는 것. 오늘 밤 잘 곳을 몰라도 그것을 담아낼 마음의 그릇이 있다면 평안이 오롯이 다가온다는 것을.

두려움과 안식이 교차하는 가운데 또다시 낯선 밤 한가운데 내렸다. 예상대로 인기척 하나 없는 텅 빈 역사다. 열차는 하차 위치도 제대로 못 맞춰서 철길 위에 낙하하듯 내렸다.

"이후야, 지금 기분이 어때?"

"재미있고 신나!"

평요에서의 밤이 새삼스레 떠올랐다. 내 옆으로 개 한 마리가 스르르 스쳐 지나갔다.

이후의 일지

오늘은 어제처럼 일어나서 사진을 올리고 검색을 하는 아빠 옆에서 엄마와 카카오톡을 했다. 엄마는 집에서 무슨 일이 있었는지 좀 힘드셨던 것 같다. 나도 눈물이 찔끔찔끔 나왔다. 조금 쉬다가 아빠 안마를 해드렸다. 그리고 핸드폰으로 전자책을 읽었다. 내가 읽은 책은 <웃음>, <닥치고 정치>, <태백산>이다. 12시에 체크아웃을 하고 신발이 마르지 않아서 호텔 로비에서 TV를 보다가 다시 버스를 1시간 정도 타고 기차역에 갔다. 사람들이 너무 많고 습해서 땀이 줄줄 흘렀다. 우리가 탄 기차 객실에서 마주 앉은 사람은 할머니, 할아버지 부부다. 물을 마시다가 사레들어 입에서 물이 튀어나왔다. 너무 민망한 나머지 사과도 못 드리고 고개를 숙였다. 1시에 기차역에 도착해서 퉁다오 시내로 가는 버스를 타고 가서 호텔에 갔다. 호텔은 짱 좋았다. 내일 부족마을에 갈지 바로 구이린에 갈지 결정을 못 했다. 과연 내일 우린 어디에 있을 것인가? 나는 구이린, 양수오의 절경을 빨리 보고 싶다.

오늘의 지출
버스 2원 / 기차역 버스 2원 / 점심식사 12원 / 빵 2원 / 과자 43원 / 총 83원

28일차

양수오(9월 17일 33℃ 맑음)

통다오역은 검고 희미한데다 막연했다. 이후는 대범하게 웃고 있었다. 오히려 "잘~ 해보자!"고 했다. 나는 차창 밖 풍경이 속삭여 준 은밀한 음성을 붙들고 철로를 따라 출구를 향해 걸었다. 두려움이 달아나진 않았다.

작전 공작원마냥 적들을 살피며 한 사람씩 돌아 나가는 쇠창살을 밀고 나갔다. 구석에서 미니버스 한 대가 우릴 몰래 지켜보고 있었다. 별밤 창문으로 쏟아지는 시골 냄새, 꽃 향기로 어우러진 풀길을 머리카락 휘날리며 걸어서 통다오 시내로 왔다. 새벽 2시, 60원짜리 빈관은 훌륭하기 그지없었다. 아무리 둘러봐도 바퀴벌레가 나타날 조짐은 보이지 않았다. 잠을 청했다.

다음 날 아침 눈을 뜨자마자 구이린으로 가자고 외쳤다.

매일처럼 이동하는 게 지겨웠던 걸까? 이 즈음에서 이 여행을 마무리 짓고 싶었을까? 아니면 더 이상 어디를 돌아다니는 게 두려운 걸까? 여러 생각이 스치고 지나갔다.

계단식 농경지가 펼쳐진 덕항의 목조 가옥에서 머리를 길게 기른 장족과 파란 의상을 입는 먀오족을 둘러볼 계획이었지만, 구이린으로 가는 즐거움이 더 크게 다가왔다. 아들에게 민방위 경계 경보 알리듯 공중에 외쳤다.

"가자! 이후야, 구이린으로!"

"앗싸 앗싸!"

이후는 주먹을 당기며 탄성을 질렀다. 오래 전부터 아들은 구이린을 품고 있었다. 엄밀히 말하면 양수오였다. 그곳에서 수영하고 자전거도 타는, 그런 로망 말이다.

구이린행 버스에 올랐다. 구이린의 도시 풍경을 차창 밖으로 얼핏 보고는 '곧바로 양수오로 이동해야겠다'고 생각했다.

오전 11시 남부 터미널. 호객꾼에게 일부러 몸을 내줬다. 나는 이강 유람선을 말했고 그는 아무 문제없다고 했다. 가격을 물어보니 500원을 불렀지만 280원에 새끼손가락을 걸었다. 그는 뚝뚝이 택시를 불러 곧장 여행사로 데리고 갔다. 이강 유람을 하려는 관광객들이 모여 있었다. 하지만 가격이 제각각이었다. 호객꾼이 여행사 주인과 실랑이를 벌이는데 아무래도 요금 때문에 그러는 것 같았다. 싸우거나 말거나 우리는 강 건너 불구경하듯 쳐다보았다. 결국 양수오까지 버스-보트-버스로 도착하는 유람을 하게 됐다. 호객꾼에게 감사의 표시로 10원을 따로 건넸다. 이를 드러내며 환하게 웃는 그는 이후에게 물까지 떠다 주었다.

말로는 표현 못할 풍경이 펼쳐졌다. 곡선과 곡선, 상상해 보지 못한 파격적인 동선이 시선을 온통 앗아갔다. 동공이 커지며 흥분하기 시작했다. 절묘한 사선들이 하늘과 잇대어 삐쭉삐쭉 맞닿아 있다. 물에서 피어오르는 냄새, 하늘거리는 바람, 구불거리는 물결, 저벅저벅 울어대는 대나무의 흔들림. 동해 바다 건너온 이방인 부자의 감수성을 채워 주기에 이강은 그지없이 부유했다. 두 발을 주욱 뻗은 채 강물과 하나 된 이 순간을 주저없이 만끽했다.

이후의 일지

오늘 아침 일어나자마자 아빠가 "가자 구이린으로!" 하여 기분이 무척 좋았다. 바로 표를 끊고, 아침을 먹고, 구이린으로 갔다. 버스에서 자기만 하다가 중간 휴식지에서 계란과 야채를 먹었다. 그리고 더 자다 일어나 보니 구이린에 도착해 있었다. 풍경은 정말 멋있었다. 다양한 암석들로 이루어진 산들이 아기자기했다. 내려서 보트를 타러 여행사에 갔다. 280원으로 양수오까지 콜! 버스를 타고 보트 타는 데로 갔다. 맨 앞자리에서 시원한 바람과 향기로운 냄새를 맞으며 혼란스러울 정도로 아름다운 풍경을 보면서 갔다. 강에는 해초들이 넘쳐 났고, 물소들도 떼 지어 있었다. 정말 신기하고 경이로웠다. 2시간 정도 후 우리는 내려서 버스를 탔다. 양수오에 도착해 보행자 거리에서 호텔 구경을 했다. 추천받은 호텔에 들어가 3일을 묵기로 했다. 호텔 테라스에서 아이스크림을 먹고 일지를 쓴다. 내일은 자전거 타야지!

오늘의 지출
저녁 숙박 60원 / 아침식사 16원
음료수 6원 / 구이린행 버스 120원
휴게소 점심 8원
양수오 유람선 280원 / 팁 10원
숙박비 3일 450원
저녁식사 111원 / 음료 30원
총 1,089원

아빠를 여행하다

29일차

양수오(9월 18일 31℃ 맑음)

무엇을 해도 되고 무엇을 안 해도 되는, 그런 여유를 갖고 싶다. 그래서 그렇게 했다.

이후의 일지

오늘은 무려 11시까지 잤다. 일어나니 아빠는 씻고 있었다. 그래서 아빠를 놀래켜 주려고 화장실 문 앞에 섰는데 아빠는 나를 보자 놀라시기는커녕 "잘 잤니?"라고 했다. 나는 좀 당황했다. 엄마와 카카오톡을 하다가 조금 더 자고 점심을 먹으러 갔다. 점심은 어제 봐두었던 가게에서 먹으려고 했는데 볶음밥이 없어 다른 곳을 찾아보았다. 계속 가며 치처장을 지나가다 어제 탔던 버스의 차장을 만났다. 결국 볶음밥을 먹었다. 과일을 사서 다시 호텔로 와서 쉬었다. 저녁을 먹기 전에 아빠한테 안마를 해드리고, 앞에 있는 식당에서 또! 볶음밥을 먹었다. 점심 때와 같은 8원짜리다. 계속 돌아다니다 어제 보았던 전망 좋고 으스스한 곳으로 갔는데 조명이 없어서 보진 못하고 패션후르츠(열대과일)를 샀다. 진짜 맛있었다. 다섯 살 때 먹은 이후 처음 맛보았다. 다시 천천히 걷다가 어제 갔던 마트에서 아이스크림을 사고 라면도 샀다. 호텔로 와서 테라스에서 아이스크림을 먹었다. 그리고 또 아빠에게 안마를 해드리고 잤다. 참! 오늘은 중국의 중추절, 한국의 추석이다.

오늘의 지출
기차역 식사 16원 / 청포도 15원 / 저녁식사 16원 / 오징어 꼬치 10원 / 음료 22원
과자 26원 / 아이스크림 6원 / 총 111원

30일차

서가 거리는 단연 중국 최고의 인구밀도를 자랑한다. 중추절 연휴까지 겹쳐 인파는 장난이 아니었다. 만원 전철에 낑겨 탄 듯한 **빽빽한** 군중이 어딜 가나 뭉쳐 있었다. 그냥 그들 사이에 휩쓸려 보행로를 차근차근 한 발 한 발 행진하면 됐다. 두리번거리며 이곳저곳 먹을거리, 상점, 특산 기념품과 사람들을 구경하면 된다. 그렇게 시간이 흘러가도록 만든 거리이기도 했다.

드디어 이후가 꿈꾸던 로망 '자전거 타기' 시간이 왔다. 어디로 갈지 고민했는데 막상 길을 나서고 보니 시골길을 거침없이 달릴 수 있었다. 양수오 주변 명소들을 하나하나 차근차근 둘러보았다. 날은 더웠지만 달리는 순간만큼은 시원하기 그지없었다. 대신 물과 음료수를 꽤 많이 사 마셔야 했다.

이번 여행에서 아들에게 특별히 노력하고자 한 게 있다. 아이가 자신의 내면을 드러내면 있는 그대로 받아 주는 것이다. 눈높이가 달라도, 내 마음에 안 들어도 그저 아이의 생각과 표현 그대로를 지지해 주고자 했다. 하지만 잊어버리기 일쑤다. 아니, 생각대로 되지 않는다. 어느 틈엔가 "이렇게 해라, 저렇게 해라", "이건 하지 마라, 대신 저거 해라", "그게 뭐냐!" 등 내 기준을 들이대며 아이를 재단질하곤 했다. 그러지 말아야지 하면서도 또 그런다.

게다가 나는 선친으로부터 물려받은 표정, 심지어 아버지의 무표정

까지도 아들에게 재현했다. 아이는 습자지처럼 내 정서를 베끼고 있었다. 섬뜩하고 무서웠다. 세상에서 내가 무서워하는 것이 바퀴벌레인데 그 이전에 아버지가 더 무서웠다. 아버지가 보여 준 가장 무서운 표정을 나도 똑같이 아이에게 흉내 내고 있었다. 싫어하면서도 결국 따라 하는 것이다.

색다른 모색이 필요했다. 이번 여행에서만큼은 "말하는 대신 그냥 들어주자", "지시하는 대신 그냥 지켜봐 주자"는 구체적인 행동 지침을 정했다. 하루 이틀로는 새로운 결이 나지 않는다. 열흘이 지나고 스무 날이 지나고 한 달이 가까워지면서 아이는 아빠가 꽤 만만하다는(?) 정보를 머릿속에 입력하는 듯했다. 그동안 보아 온, 만나면 지시하고 명령하고 고치려 드는 아빠가 아니라, 옆에서 실수도 하고 낯선 상황에서 두려움도 갖는, 그래서 결국 '나와 똑같은 사람이면서 사람들 앞에서 부끄러움도 감추지 못하는, 실수하는 한 인간'임을 알아차리는 것 같다.

아이가 느끼는 안정감의 원천은 그렇게 비슷한 존재로 맞추어 가는 데 있다. 서로 닮는 것이다. 돌이켜 보면 나 또한 선친께 말로 하지 못한 것들이 많았는데 내가 아버지께 원한 바의 핵심은 '내 기분을 이해해 달라'는 것이었다. 아들의 기분을 알아주면 알아줄수록 서로의 눈높이가 같아지고 호흡도 유사해지는 것을 느끼게 된다.

생각해 보니 아버지와 잊지 못할 추억이 하나 있다. 아버지는 학창 시절 만주에서 하키 선수까지 한 만능 스포츠맨이었다. 나를 앞혀 놓고 스케이트 끈을 꼬옥 매어 주시고 얼음 지치는 법을 가르쳐 주셨다. 그래서인지 나도 아들 손을 붙잡고 처음으로 스케이트 타는 법을 가르쳐 줬다. 자전거 타는 법도 그랬다. 따라했다. 이 역시 아버지로부터 몸으로 물려받은 유산임이 분명했다. 지금 내 앞을 달려가는 이후는 자전거를 제법 잘 탄다. 계속 숙달시키면 좋겠다고 생각했다.

'나중에 한번 다른 나라로 자전거 여행을 떠나 봐?'

아직 중국 여행을 마치기도 전에 또 다른 꿈을 꾼 걸까? 페달을 밟으면 밟을수록 아들과의 미래는 점점 더 가까워지는 듯했다.

이후의 일지

오늘 아침 일어나서 아빠가 자고 있길래 막 흔들어 깨웠다. 그러나 아빠는 나를 껴안고 다시 잤다. 조금 후 자전거를 타기 위해 호텔 로비로 가서 자전거 2대를 빌린 뒤 웨량산을 향해 갔다. 처음에 보행자 거리를 벗어나자 차가 우글우글거렸다. 길을 건너 자전거 전용 도로로 갔다. 천천히 달리니까 시원하고 재미있었다. 평요에서 단련한 자전거 솜씨로 쌩쌩 달렸다. 그리고 2킬로미터 정도 달리니까 '5킬로미터만 더 가면 웨량산'이라는 표지판이 나왔다. 우리는 양수오를 벗어나 정체 모를 마을로 진입했다. 물을 마시려고 그늘에서 쉬어 가면서 드래곤 케이브를 지나 골드워터 케이브를 지나 웨량산에 도착했다. 800미터쯤 더 가니까 옛날 마을이 있었는데 우린 보지 않고 다시 돌아갔다. 중간에 아빠 자전거가 너무 불편해서 자전거를 바꿔서 탔다. 그리고 계속 산속으로 자전거로 들어갔다가 나왔다. 너무 시원했다.

지친 몸을 이끌고 다시 호텔로 왔다. 쉬다가 저녁을 먹으러 나와 한 식당에서 배불리 먹고 퍼즐 바에 갔다. 거기서 삼국지 퍼즐, 체스 등 재미있는 퍼즐을 즐기다 왔다. 조금 걸으니 이번 여행 사상 최고의 인파들이 우리를 기다리고 있었다. 패션후르츠를 사서 숙소에 돌아왔다. 지금 일지를 쓰며 패션후르츠를 먹고 있다.

오늘의 지출
맥도날드 아침식사 12원 / 물 4원 / 음료 20원 / 자전거 대여 30원
숙소 보증금 200원 / 저녁식사 95원 / 음료 20원 / 아이스크림 5원 / 총 386원

31일차

양수오(9월 20일 31℃ 맑음)

오랜만에 자전거를 타서 그랬는지 피곤했나 보다. 기상 시간이 점점 늦어진다. 아예 늦잠을 자기로 마음먹고 잠자리에 들었다. 일어나자마자 숙소를 더 싼 곳으로 옮겼다. 중추절 연휴라 방 값이 천정부지로 뛰었다. 부르는 게 값이어서 흥정하기가 어려웠다.

맥도널드에서 아침을 먹었다. 중국에서 마주하는 글로벌 프랜차이즈의 위력은 의외로 대단했다. 먹을 것이 특별해서라기보다는 이미 학습되고 표준화된 심리적 안정감이 컸다. 자국에서 길들여진 메뉴와 프로세스는 이방인 여행자들에겐 익숙하고 친한 친구 같은 것이다. 자신이 보기에 쉽고 잘 아는 것을 선택하게 마련이다.

이후의 또 다른 로망인 '강에서 미역감기'를 실행하기로 하고 수영하러 길을 나섰다. 리강은 유람선이 오가는 곳이고, 수영하는 이들은 주로 외국 관광객들이다. 의외로 중국 사람들은 물놀이를 즐기지 않는다. 바다에도 옷을 입고 들어가는 식이다.

우리가 발견한 곳은 서가에서 싱핑 방면으로 빠지는 샛길에 있었다. 자전거로 달려가 강물에서 미역감기가 그만이다. 나는 그만 첫발을 헛디뎌 봉변을 당하는 줄 알았다. 해초에 미끄러져 뒤로 벌러덩 자빠졌는데 다행히 코가 깨지지 않았다. 쓰라렸지만 버젓이 살아 있다.

아들은 수영을 멋지게 했다.

"헉! 헉!"

"왜 그래? 무슨 일이야?"

"정말이지? 아빠!"

"왜? 말을 해!"

"내가 이런 곳에서 수영을 하게 될 줄은 몰랐어!"

아직도 콧구멍을 연신 벌렁거린다.

"이런 곳이 어떤 곳인데?"

"이런 곳? 바로 대자연을 품은 곳이지!"

양팔을 둥글게 모아 가슴을 크게 부풀렸다. 역시 소년은 중년과 달랐다.

이후의 일지

오늘은 무려 11시까지 잤다. 빨리 호텔을 옮기고 자전거를 빌렸다. 우리는 수영복으로 갈아입고 저번에 묵었던 호텔에서 자전거를 빌려 보행자 거리 뒤쪽의 어제 봐 둔 곳으로 갔다. 거기서 아빠와 자리를 잡고 들어갔는데 바닥이 미끄러운 줄도 모르고 들어간 아빠는 발라당 넘어지고 말았다. 다행히 크게 다치진 않았다. 그리고 우리는 더 들어갔는데 갑자기 깊어서 황급히 올라왔다. 해초가 너무 많아서 옮기고 또 옮긴 결과 아주 좋은 자리를 잡을 수 있었다. 안경을 끼지 않아 잘 보이진 않았지만 물고기들이 많았다. 그리고 아빠와 자유형, 평형, 배영, 개형(?) 등을 하며 강을 휘젓고 다녔다. 물고기들을 구경하다가 아빠와 물장구를 쳤는데 아빠가 나를 막 던졌다. 그러면서 시간이 막! 흘렀다. 수영을 마치고 조금 쉬다가 어제 갔던 산속으로 더 깊이 들어갔다. 절경이 더 멋있게 다가왔다. 손톱깎이 모양의 산도 보였다. 우리가 타고 있는 이 자전거 코스는 누군가가 보고 있는 절경일지도 모른다. 호텔로 돌아와 영상통화를 한 후 일지를 쓴다.

오늘의 지출

맥도날드 아침식사 22원 / 숙박비 3일치 400원 / 자전거 3일치 60원 / 저녁식사 47원
망고주스 15원 / 음료 17원 / 총 561원

32일차

양수오(9월 21일 31℃ 맑음)

두 아이와의 여행을 돌아보면서 얼핏 떠오르는 장면이 있다. 영화 〈터미네이터〉에서 사라코너가 아들과 기계가 장난하는 모습을 바라보는 장면에서 나는 야릇한 느낌을 받았다. 아이에게 벌어질 미래를 예감하며 혼잣말로 중얼거리는 엄마의 모습 말이다.

나는 두 여행 가운데 아빠이기도 했지만 엄마이기도 했다. 제1 양육자로서 엄마가 하던 역할을 내가 전담함으로써 일종의 교훈을 삼고자 했다. 그리고 나와 함께한 이 순간들이 아이들을 통해 후세까지 흘러갈 영향력으로 꿈꾸었다.

그 질서를 바라보고 있다. 딸아이와 중국을 이런 식으로 여행했다면 우리는 금세 지쳐서 나가떨어졌을 것이다. 아들과 누나처럼 인도를 여행했다면 그 "가자!" 성화에 어쩔 줄 몰라했을 것이다. 아들과의 여행은 딸과의 예비 훈련이 있었기에 가능했고, 딸과의 여행은 아들과의 여행이 기다리고 있기에 가능했다. 이 모든 것을 우연이라고 하기에는, 우리를 지탱하고 있는 신의 섭리가 너무나 분명한 필연으로 다가왔다. 결코 내가 계획하고 바라던 대로 전개되지 않는 이 놀라운 질서를 두고 나는 그 신의 섭리를 끌어올 수밖에 없다. '나'보다 훨씬 큰, '나'라는 아빠보다 훨씬 더 위대하고 온유한 절대자의 너른 품을 말이다.

빨래를 널고 다시 수영을 하러 갔다. 토요일이라 그런지 행락객들을 태운 유람선이 물밀 듯이 밀려왔다. 그때마다 출렁이는 물살로 수중 잡초와 가슴이 뒤엉키고 있었다. 물살을 한없이 끌어안으며 밀당을 즐겼다. 뜨거운 대낮이라 그런지 수영하는 이들은 우리 둘뿐이었다. 이후는 여전히 신이 났고 돌 채집에도 여념이 없었다.

한참을 놀다가 이른 저녁을 먹으러 갔다. 며칠 동안 게 요리를 찾아 다녔지만 파는 곳이 없었다. 대신 쪽쪽 빨아먹는 소라 요리에 정신이 몽땅 팔렸다. 오랜만에 잊고 있었다. 내 옆에 밥 도둑이 있었다는 사실을. 그런 밥 도둑과 함께 또 다른 밥 도둑을 밥에다 쓱쓱 비벼 먹었다.

이후의 일지

오늘 8시 30분에 일어났다가 더 잤다. 여러 가지 꿈을 꾸면서 꿀잠을 잤다. 아침은 맥도널드에서 먹었다. 우리가 맥도널드에 가는 이유는 거기서 책도 읽고 그림도 그릴 수 있기 때문이다. 햄버거와 두유를 먹으면서 바라본 풍경은 장관이었다. 내 핸드폰에 있는 그림 그리기 앱을 열어 그림도 그렸다. 그리고 12시 땡볕에! 수영을 하러 갔다. 어제 갔던 그 자리에서 또 수영을 즐겼다. 낮이라 그런지 배들이 완전 많았다. 배 때문에 생기는 파도로 물이 내 키만큼 불었다. 어제보다 물고기들이 더 많았는데 손으로 잡아 보려 애썼지만 계속 실패했다. 물장구도 치고 아빠에게 던져지기도 하면서 물도 먹었다. 지나가는 배들로 인해 달려드는 물풀 때문에 힘들긴 했지만 확실히 깊으니까 수영이 재밌었다. 아빠에게 물수제비를 배웠다. 아빠는 무려 열 개나 했고 나는 세 개밖에 못했지만 태어나서 처음 성공했다. 기념품으로 신기한 돌, 조개, 소라 등을 채집하고 또 채집했다. 갈 때는 몇 개만 가져갔다. 그리고 자전거를 탔는데 어제와 달리 너무 졸려서 제대로 타지 못했다. 어제 먹었던 식당에 가서 게를 먹으려다 없어서 소라를 먹었다. 맛있었다. 청포도와 이것저것 먹을거리를 사가지고 호텔로 와서 조금 먹고 양치질을 하고 잤다.

오늘의 지출
맥도널드 아침식사 12원 / 식당 그릇 값 2원 / 저녁식사 36원 / 두리안 24원
청포도 14원 / 음료 39원 / 총 127원

33일차

내일이면 중국 여행의 종착지인 구이린으로 간다. 신선이 되기보다 구이린 사람이 되길 원한다는 계수나무 숲, 구이린.

그동안 아내는 우리 부자의 동선을 예의주시하며 지원을 아끼지 않았다. 하지만 스리나가르에서처럼 행여 무슨 일이라도 생길까 중국 날씨와 지각 변동을 확인해 가며 마음 한켠으로는 가슴 졸이는 시간을 보내고 있다. 게다가 집에서는 사춘기 소녀 딸아이와 치열한 한판 승부를 벌여야 했다. 함께 모시고 사는 치매 걸린 시어머니까지 아내 혼자 감당하기에는 몸이 몇 개라도 모자랄 판이다. 여행 후반기로 가면서 아내는 자신의 분노 지수가 상승하고 있다며 SOS를 보내곤 했다.

잠시 분리된 우리 부부는 다시 결속해 제자리를 찾아야 한다. 서로 의지하며 가정 경영과 아이들의 양육을 함께 돌보아야만 균형을 잡을 수 있다. 다행히 서로에게 잃어버린 보조 자아를 되찾아 줄 시간이 얼마 남지 않았다.

중국에 거주하는 지인도 언제든 도울 일이 있으면 연락하라며 항시 대기 중이었다. 말 한마디 못 하면서 중국 내륙을 그렇게 돌아다닌 이는 드물다며 무슨 일이 생기거든 즉시 연락하라고 했지만 그럴 일이 없었다. 그 지인은 내가 도움을 청할 때가 됐는데 연락이 안 와서 아내에게 내 안부를 확인하는 전화까지 걸었다고 한다. 감사할 따름이다. 넘어지고 다치고 까지기 일쑤던 아들이 여행 중에 피 한 방울(?) 안 흘린

것도 기적이라면 기적이다.

그런데 어제 자전거를 타고 가다 큰 사고를 당할 뻔했다. 식당을 찾던 중 내 뒤를 쫓던 이후가 반대편에서 오던 오토바이에 치일 뻔했다. 가슴 졸인 상황이었다. 순간 버럭 하고 아들을 크게 꾸짖었다. 또 후회했다.

'아이도 많이 놀랐을 텐데…….'

그런데 그게 안 된다. 두려움을 꼭 분노로 표시하고 만다. 아내도 지금 딸아이와 그러고 있을 것이다. 안 봐도 비디오다. 우리는 서로 싱크로나이즈 되어 있다.

오늘도 자전거를 타고 길을 나선다. 외곽으로 빠져 위롱강을 거슬러 올라가다 다시 양수오로 돌아오는 코스였다. 첫날 50킬로미터 정도를 달렸으면 지칠 만도 한데 아들은 지치기는커녕 자전거 체질이라고 떠들고 있다. 잘 탄다고 칭찬해 주었더니 계속 신이 났다. 물론 어제 일은 빼고서 말이다.

도로변은 전원의 정취를 흠뻑 담고 있었다. 논두렁, 물소 떼, 양어장, 수풀이 우거진 석회암 봉우리들. 대나무 뗏목 선착장을 반환점으로 하여 가던 길을 돌아왔다. 강변식당에서 점심을 먹었는데, 그 대가로 수영을 할 수 있었다.

강을 가로질러 갔다. 태어나서 처음 시도해 보는 도강이었다. 바닥에 발이 닿지 않아 한참이 지나도 적응이 되지 않고 무서웠다. 끝끝내 채워지지 않는 결핍, 그 허전함. 듬성듬성 종아리를 감싸던 녹조류가 가슴까지 휘감아 오르며 감았다 풀어내기를 반복했다. 마치 마녀의 계획적인 이끌림 같았다. 실크처럼 부드러우면서도 날 선 면도날에 다리가 이내 잘려 나갈 것 같았다. 달 표면을 떠돌 듯 물 한가운데 붕 떠 있는 느낌도 이상야릇했다.

"아빠, 꼭 잡아!"

아들이 뒤돌아보면서 마치 분대장이 지시하듯 방향을 가리킨다. 나는 어금니에 힘을 꽉 주었다.

"튜브만 꼭 잡고 있어!"

수영 강습시킨 보람이 있다. 우리는 뗏목을 타고 내려오는 유람객들을 해병대처럼 바라보았다. 강줄기와 눈높이가 하나되어 바라보는 카르스트 풍경은 남달랐다. 초록 하늘이 풍성한 물 속에 갇혀 있고 아들은 힘차게 배영을 하면서 대롱대롱 튜브에 매달린 나를 이리저리 이끌었다.

이후의 일지

오늘도 10시 넘어 일어났다. 커피를 사오겠다는 아빠와 또! 맥도널드에 갔다. 아빠는 커피를 나는 햄버거를 먹었다. 배가 부른 채로 바로 자전거를 탔다. 오늘은 다리를 건너가기 전에 나오는 샛길로 달렸다. 이제껏 보지 못한절경을 감상하며 시원한 내리막길을 지나 시골길도 누비며 달렸다. 고급 리조트들도 몇 개 보았다. 내가 너무 서두르는 바람에 반대 길로 다시 갔다가막혀서 왔던 길로 돌아가기도 했다. 작은 해상 식당에서 볶음밥과 미역국 같은 탕을 먹었다. 거기서 수영도 했다! 튜브를 타고 강도 건너며 계속 수영을하다가 다시 자전거를 타고 아무 말 없이 달리니 서가 쪽에 도착했다. 아빠와 계속 동네를 돌다가 호텔로 와서 씻었다. 오늘은 푸짐하게 먹었다. 피자와 함께 중국에서 처음 먹어 보는 사이드 디쉬가 있는 최고급 스테이크까지. 엄청 맛있었다. 아빠와 이야기도 하고 퀴즈도 내면서 즐겁게 먹었다. 식사후 산책을 하면서 가족들에게 선물할 만한 것들을 구경하고 숙소로 돌아와테라스에서 아이스크림을 먹고 영상통화를 하고 일지를 쓴다.

오늘의 지출
맥도날드 아침 커피 6원 / 점심식사 50원 / 저녁식사 113원 / 선물 49원 / 총 218원

34일차

구이린(9월 23일 31℃ 비)

비가 그치길 기다렸지만 빗방울
은 여전했다. 우산을 하나씩 쓰고 양
수오 터미널로 향했다. 도착한 구이
린시 터미널은 시내 중심가에서 가
까웠다. 비바람이 어깨를 적시고 길
은 질퍽거렸지만 다행히 바로 걸어
서 숙소를 구할 수 있었다.

구이린에 오기 전 서가나 북가, 둘 중 한 곳을 숙소로 택하려고 했다.
결국 두 군데 다 가보고서야 야시장이 들어서는 서가 쪽이 정감 있어
보여 그리로 정했다.

마지막 행선지다. 한껏 여유롭게 보내고 싶다. 인도에서 마무리가 아
쉬웠던 만큼 이번에는 후회가 없어야겠다고 되새겼다. 양수오를 떠나
면서 아들에게 제안했다. 이왕이면 제일 좋은 숙소에서 묵어 보는 게 어
떻겠냐고. 예를 들면 수영장 딸린 호텔? 이후는 단칼에 거절했다. 자기
가 원하는 수영장은 그런 곳이 아니란다. 이미 대자연 속에서 충분히 즐
겼다나? 제법이다. 기특하고 고마웠다.

대신 이후에게 먹고 싶은 것을 실컷 사줘야겠다. 안 물어봐도 나는 잘
안다. 이후가 제일 좋아하는 음식을. 그건 뭐니 뭐니 해도 '아이스크림'
이다.

이후의 일지

오늘은 엿새나 머문 양수오를 떠나 구이린으로 가는 날이다. 칭다오에서 헤매던 게 엊그제 같은데 벌써 마지막 행선지라니! 시간이 정말 빨리 가는 것 같다. 시간이 빨리 가는 이유는 생활 패턴이 똑같기 때문이다. 양수오에 오기 전 매일 아침을 먹고, 유적지에 가서 구경하고, 다음 행선지에 가서 호텔을 구하고 저녁을 먹고는 잠드는 패턴으로만 살던 우리는 구이린, 양수오에 빨리 가려고 포기한 게 정말 많다. 부족 마을을 둘러보는 것을 포기하는 등 시간을 아껴야 했다. 체크아웃을 하고 바로 버스터미널에 갔다. 비가 오는 것 빼고는 모든 것이 만족스러웠다. 버스에 탄 우리는 바로 잠이 들었다. 그렇게 시간 가는 줄 모르고 자다 보니 구이린에 도착해 있었다. 비가 와서 그런지 짜증이 났다. 치처잔에 내려서 서가로 향했다. 아빠가 알아 둔 사파이어 호텔을 찾다가 못 찾아서 북쪽으로 갔다. 가면서 일탑과 월탑도 봤다. 계속 최고급 오성 혹은 사성 호텔을 돌아다니다가 서루로 가서야 결국 사파이어 호텔을 찾을 수 있었다. 199원에 묵은 사파이어 호텔은 별 4개의 숙소다. 허리가 무척 아파 힘들었다. 저녁은 생선과 닭 요리를 먹었는데 진짜 맛있었다. 그리고 호텔로 돌아가다가 KFC에 갔다. KFC에서는 아빠는 커피와 치킨 몇 조각 나는 치킨햄버거를 먹었다. 아빠가 커피가 맛있다고 해서 다행이었고 햄버거는 중국식이었는데 맛있었다. 누나에게 자랑해야겠다는 생각을 하며 호텔로 갔다.

오늘의 지출
아침 만두 32원 / 구이린행 버스 40원 / 숙박비 3일 597원 / 저녁식사 72원 / KFC 27원
청포도 20원 / 음료 5원 / 케익 20원 / 총 813원

35일차

초등학교 시절 도시락을 싸가지고 다녔다. 틈틈이 몰래 까먹는 재미도 있었지만 앞뒤로 둘러앉아 반찬을 나눠 먹는 재미도 쏠쏠했다. 하루는 짝꿍이 도시락을 열었는데 귀뚜라미가 누워 있었다. 긴 수염을 드러내곤 옆으로 곱게 잠자고 있는 것이다. 어머니가 도시락 뚜껑을 닫을 때 끼어든 모양이다. 짝꿍의 입에서 한마디가 흘러나왔다.

"아이, 정말 맛있게 먹으려고 했는데……."

나는 아직도 그 대사를 잊지 못한다. 그는 곧바로 도시락 뚜껑을 덮고 교실에서 사라져 버렸다. 살면서 아쉬움이 생긴다. 내 힘으로 어찌 할 수 없는 상황이 발생한다. 그래서 혹자는 부조리라 칭하고 혹자는 자연의 섭리라고도 하고 누구는 재수 또는 운명이라고도 한다. 그래서 철학의 이름으로 종교의 힘으로 지혜라는 도구로 닥친 상황을 파악하고 이겨 내려 한다. 하지만 이 모든 것에 앞서 필요한 것은 달래 주는 것이다. 지금 돌이켜 보면 짝꿍에게 가장 필요한 것도 잘 달래 주는 것이었다. 스스로든 누군가로부터든 말이다.

나 역시 여행 길에 지친 나를 잘 달래 줘야겠다고 생각했다. 딸래미와 인도에서 풀지 못한 오래 묵은 아쉬움까지도 말이다. 그래서 그동안 참아 왔던 음식들을 이후랑 아낌없이 열심히 먹었다. 맛있게 배불리 먹었다. 첫날은 그랬다.

지인들에게 선물할 특산차를 사러 기념품 가게에 들렀다. 한 직원이 이후를 보더니 "아이가 참 예쁘다"며 구이린 특산물을 먹어 보라고 권한다. 내게도 뭔가를 입에 쑥 집어 넣어 주었는데 재빨리 씹어야 했다. 입안에서 다 녹여 먹었는데 뭔가 허전하다.

'에이, 설마······.'

까맣게 잊고 있었다. 끈적이는 것을 먹으면 때운 어금니가 자주 빠진다는 사실을. 아들은 그동안 먹고 싶었던 것들을 먹게 돼서 무척 기쁘다고 했다. 아들을 바라보는 나도 뿌듯했다. 혀 끝으로 텅 빈 어금니를 애써 힘겹게 달래가며 말이다.

이후의 일지

오늘도 어김없이 11시 넘어 일어나서 아빠 침대로 가 아빠를 깨웠다. 아빠가 일어나면서 안마를 해달라고 했다. 나도 힘들지만 3분 정도 안마해드리고 더 해달라는 아빠의 말을 무시하고 침대에 누워 조금 쉬다가 점심을 먹으러 나왔다. 점심은 서가 안에 있는 크고 사람이 많은 식당에 갔다. 양수오에서 몇 차례 시도했지만 먹지 못한 게와 오리 그리고 야채를 먹었다. 게는 무려 88원이나 했는데 무지하게 큰 게들이 열 마리 넘게 나왔다! 푸짐한 양만큼 맛도 있었다. 하지만 양이 너무 많아서 반도 못 먹었다는 사실! 가족들 선물을 사러 가는데 비가 와서 호텔로 돌아가 우산을 가지고 나왔다. 백화점 지하 마트를 돌아다니며 아빠는 차 4개를 사셨다. 350원이 나왔는데 우리나라 돈으론 70,000원이다. 나는 선생님 선물과 누나에게 줄 라면을 샀다. 호텔로 돌아와 저녁을 먹었다. 일식 라면이었는데 맛이 별로였다. 아빠와 야시장 구경을 하고는 마트에서 이것저것을 산 후 호텔로 와서 블루베리 맛 아이스크림을 먹고 10시 넘어서 잤다.

오늘의 지출
점심식사 148원 / 내 선물(차) 350원 / 이후 선물(차) 200원 / 처제에게 줄 선물 65원 / 저녁식사 36원
두리안 20원 / 빠빠야 3원 / 청포도 15원 / 이후 용돈 20원 / 음료 5원 / 총 862원

36일차

구이린(9월 25일 31℃ 흐림)

이제 본격적으로 여행을 정리하고 있다. 자녀 둘과 80일 간을 돌아다 닌 셈인데 어찌어찌 하다 보니 세상에서 사람이 가장 많다는 곳을 다니 게 됐다. 인도와 중국은 서로 떼려야 뗄 수 없는 나라였다. 국경을 마주 하고 오래 전부터 종교와 문화, 사상을 교류해 오면서 일상과 관습에서 상호보완적이고도 일맥상통한 면들이 무척이나 많았다.

실내는 신발을 벗고 맨발로 들어간다든지, 고개 숙여 인사나 절을 한 다던지, 사람 이름은 빨간 색으로는 쓰지 않는다든지, 시골 성황당에 하 얀 천을 매달아 휘감아 놓는다든지, 사람을 부를 때는 손바닥이 안 보 이게 아래로 흔든다든지, 선물은 나중에 뒤에서 풀러 본다든지, 조상신 에게 음식이나 향을 피워 바친다든지, 꽃을 강 위에 띄우거나 물고기를 물가에 풀어 보내 준다든지, 남녀 또는 음양의 조화에서 우주의 해법을 찾는다든지, 심지어 돈을 사람들에게 휙휙 던지는 등의 습관까지도 말 이다.

이들은 죽어서 "또 다른 무엇이 되어 다시 만나리라"는 공통적 신념 이 있다. 계절이 봄 여름 가을 겨울을 주기적으로 돌듯 인간의 탄생과 죽음 또한 원을 그리며 순환한다고 보는 것이다. 시작도 끝도 없는 영 원 속에 형체만 바뀔 뿐, 반복해서 생성하고 소멸하는 도돌이표로 생명 을 대하고 있었다. 자연을 두고도 흐르고 깎이며 돌고 도는 사물에 특 별한 신성을 부여했다. 인도 사람들은 강물을 특별히 중시하고 중국사람들은 돌을 귀하게 여겼다. 갠지즈 강변의 물을 마시며 몸을 씻어내는 인도 사람들과 달리 중국 사람들은 돌을 쪼개고 귀한 옥을 얻기 위해 수백 위안씩 거금을 주고 돌 거래를 한다.

하지만 돌이켜 보니 우리가 강가에서 돌을 쥐고 즐겨 하는 것은 힘차게 던지는 돌팔매질이다. 집으로 돌아갈 때까지 주욱 있는 힘껏 세차게 그랬다.

오늘은 내가 9시 전에 일어나서 그냥 침대에 누워 천장을 바라보다가 화장실에 가는 것을 반복했다. 그 소리에 일어난 아빠한테 내가 아빠 귀엽다고(?) 애교를 부렸다. 그리고 맥도널드에서 했던 것처럼 그림 그리기 앱을 열어 그림을 그렸다. 구글플레이 평가에는 쉽다고 나왔지만 나는 매번 망치고 또 망쳤다. 잘 그리고 싶었지만 내 생각대로 되지 않았다. 그리는 것은 한국에서 누나와 하기로 하고 그동안 쓴 일지를 잠깐 보았다. 아빠와 미리 계획해 둔 쉐라톤 뷔페에 가려고 드라이기로 신발을 말렸다. 그리고 비가 그친 것을 기뻐하며 쉐라톤으로 갔다. 가면서 아빠가 날씨에 관한 얘기를 이것저것 해주었다. 쉐라톤 뷔페는 어른은 59원이고 어린이는 반값으로 29원이었다. 먼저 고급스러운 차를 따라 주었다. 뷔페에는 만두, 면, 빵, 케이크, 고기, 아이스크림, 볶음밥, 부침개, 짜싸이, 계란후라이, 메론, 수박 등 다양하고 먹음직스러운 메뉴로 가득했다. 먼저 첫 번째 그릇에 담은 것은 만두, 볶음밥, 돼지고기, 닭고기, 두부와 처음 보는 음식 등이었는데 모두 너무 맛있었다. 계란찜 등을 추가로 더 퍼왔고 아빠가 추천해 준 특이한 호박 빵의 달달한 맛도 즐겼다. 애플 주스도 맛있었다. 멜론은 평범했지만 수박은 아주 달았다. 그리고 생긴 것을 보고 실망한 아이스크림은 맛있는 젤라또였다. 더 먹고 싶었지만 시간이 다 되어서 나왔다. 그리고 백화점 구경을 하다가 너무 추워서 호텔 쪽으로 갔다. 가다가 예상치 못한 관광지가 옆에 있어서 한번가 보았다. 그곳은 사람들이 추천하는 상비산이었다. 코끼리처럼 생긴 산이다. 상비산에서 여러 절경을 보고 시원한 바람을 맞으며 나와서 백화점 구경을 했다. 이슬람 사원으로 가서 조금 쉬다가 KFC에서 세트 메뉴를 시켜서 배불리 먹고 이것저것 사서 호텔로 왔다. 아빠는 내일 귀국할 준비를 하려고 짐을 꾸렸다.

오늘의 지출
점심 뷔페 식사 87원 / 상산 입장료 112원 / 저녁식사 59원 / 두리안 10원 / 케일 7원
월병 94원 / 총 369원

37일차

구이린(9월 26일 31℃ 흐림)

아들은 내게 충실했다. 여행 내내 질문을 해왔고 앞뒤로 벌어지는 상황을 알고 싶어 했다. 그럼으로써 최선을 다하려 했다. 하지만 나는? 아들에게 뭘 물어봐 주었던가.

"오늘 뭘 하고 싶니?"

"어딜 가고 싶니?"

"아빠랑 오늘 하고 싶은 게 있니?"

"특별히 뭐가 먹고 싶니?"

적어도 물어봐 줄 수는 있는 것 아닌가? 여전히 제 갈 길에 어두워(?) 아이의 바람이나 기분일랑 아랑곳하지 않던 구간들이 눈에 띈다. 그래서 40여 일간의 여행에서 걸러진 나의 총체적 반성물은 "그때 아들에게 좀 더 물어봐 줄 걸!"이다. 더 이상 늦기 전에 물어보았다.

"이후야, 중국에서 기억에 남는 순간을 베스트 파이브로 꼽는다면?"

"글쎄……."

"1위는?"

"1위? 공포의 버스 24시간!"

"좋아. 계속 이야기해 볼래? 2위는?"

"음……, 당연히 '타이산에 오르다'지."

"또, 3위?"

"처음으로 타 본 밤 기차?"

"4위?"

"취푸의 공기? 아니면 칭다오에 도착하다?"

"끝이야?"

"아, 하나 더!"

"뭔데?"

"마지막 날 아빠에게 안마받다!"

그동안 아들에게 안마받은 것에 비하면 턱도 없지만 항아리에 된장 담듯 열 손가락으로 꾹꾹 정성껏 눌러 주었다. 삶의 보금자리로 돌아갈 시간도 점점 가까워지고 있다. 결국 나도 아이도 일상으로 돌아갈 것이다. 일터와 학교로 각자 분리된 공간과 시간 속으로 말이다.

'아이는 그동안 나와 어떤 시간을 보냈을까? 아마도 이 시간이 지나면 모든 기억이 어렴풋해지겠지. 어쩌면 자세한 기억은 하나도 남지 않을 거야. 우리가 나눈 수많은 대화도 잊혀지겠지? 그럴 거야. 하지만 이 시간 가운데 적어도 한 가지 느낌 정도는 아이의 몸에 새겨지지 않았을까? 아들은 도대체 어떤 기분일까?' 이후에게 물어보았다.

"이후야, 너 아빠랑 다니니까 어떻디? 기분이 어땠어? 중국 여행에서 느낀 너의 느낌을 한 마디로 표현한다면?"

아들의 대답은 바로 "신기하다"였다.

오늘의 지출

공항택시 80원 / 점심식사 87원 / 호텔 팁 10원 / 차 90원 / 조카 선물 68원 / 태리 선물 39원
아내 선물 148원 / 이후 친구 선물 29원 / 저녁식사 138원 / 공항 KFC 76원 / 면세점 3원 / 총 768원

38일차

서울(9월 27일 21℃ 맑음)

한국 관광객들과 함께 서 있다. 구이린 공항에 도착한 뒤로 주욱 그랬다. 어느덧 익숙해진 이방 문화가 원래의 것과 섞일 차례다. 빠르게 제자리를 찾는 듯했다. 눈을 감고 있어도 화자의 이야기를 또렷이 알아들을 수 있었다. 듣지 않으려 해도 뒷담화 주인공의 내용까지 귀에 쏙쏙 들어왔다. 더 이상 의성어나 팬터마임을 구사하지 않아도 됐다. 못 알아듣는다고 아무리 고개를 흔들어도 계속 떠들어대는 중국인들을 노려보지 않아도 됐다. "크어으억~! 카아아악~! 케에에헥~!" 단전에서부터 시도 때도 없이 끓어올리는 가래 소리로부터 해방되었고, 대화를 하는 건지 고함을 치는 건지 도무지 구별이 안 가는 중국식 발성법에서도 벗어났다. 이륙 시간이 삼십 분 지체되었다고 승객들과 함께 열분을 토해낼 수 있었고, 항공사 서비스를 질책하며 1분이 멀다 하고 직원들을 달달 볶아대는 한민족의 모습도 전혀 낯설지 않았다.

게으름 피던 비행기는 새벽 4시 55분 인천국제공항에 도착했다. 누나처럼 아들도 모니터에 정신이 팔려 잠을 한숨도 안 잤다. 나 또한 3시간 비행을 잠으로 채우기엔 고향 집이 너무나 가까웠다. 기나긴 여정이었지만 한나절 소풍 길을 다녀오는 기분이었다. 홀가분했다.

아들과 나는 나란히 카트를 밀면서 마지막으로 세관 신고서를 건네주었다. 아내가 문밖에서 우리를 벌써부터 발견하고는 긴 팔로 피티 체조하듯 펄쩍펄쩍 뛰고 있다. 환영의 미소와 하트 표시도 뿅뿅 날리면서.

게이트를 나오는 우리를 한 명 한 명 안아 주었다.

공항에는 우리 말고도 요즘 핫한 아이돌 그룹 EXO와 드라마 〈꽃보다 남자〉의 주인공 구준표가 도착하고 있었다. 하지만 아내에겐 우리 부자가 당대 제일 가는 스타다. 태리는 지금 학교 수련회에 가 있다고 했다. 보따리 가방 안에는 그녀에게 줄 중국산 라면이 가득 차 있다.

아들의 수다가 질긴 가래떡마냥 끊이질 않는다. 엄마에게 할 말이 참 많았나 보다. 태양이 영종도 위로 그 어느 때보다 붉게 타오르고 있었다. 우리 가족만큼이나 뜨겁게 말이다.

오늘의 지출
비밀

아빠 고마워~
아빠를 더 잘 알게 되었어! ^^

이번 여행을 통해 얻은 결론은 하나다. 한 아이에게는 단 하나의 아빠만 존재한다는 것, 그리고 그를 경험한다는 것이다. 나는 여전히 아이에게 하나님과 같은 존재였다. 아이는 옳건 그르건 나를 따라 했다. 낯선 사회에서 바라보니 이는 더욱더 확연해졌다.

이런 이야기를 들어보았을 것이다.

"모든 인간 관계의 바탕은 아빠로부터."

"엄마의 품에서 아빠의 가슴으로 그리고 그 어깨 너머의 세상으로."

"엄마는 공감 능력을 주고, 아빠는 공간 능력을 준다."

"아빠와의 애착도는 감정 조절과 또래 갈등의 해결 능력으로."

"엄마에게 밖은 위험한 세상, 아빠에게 밖은 뛰어놀 터전."

"아빠와의 놀이는 신체적인 자극과 유연성을 충만하게 제공."

그리고 "아빠와의 시간은 세상을 뚫는 힘을 마련하고 사회에서 부딪히는 저항을 극복하는 창의적인 원동력을 제공한다"는 사실까지.

나는 말로는 잘 떠들 뿐이고 힘들다. 아이에게 세상의 시작점은 아빠라지만 나는 제1 양육자로서 아이에게 다가가기를 여전히 꺼린다. 내 아이는 내가 기른다고 하지만 흔쾌히 놀아 주는 것에 여전히 고통을 느낀다. 남자가 양육 일선에 나서면 자연스럽게 우울증이 온다는데, 여행 중에 느낀 가라앉는 기분도 그런 이유 때문이었다. 여행을 마치고 돌아와서도 아이가 수저를 삐뚤게 잡고 있으면 다그치기 십상이고, 밥 먹을 때는 돌아다니지 말라고 윽박지르며, 나와 다른 습성과 규칙에 대해서는 쉽게 허락하지 못하며 살고 있다.

하지만 아이들 속성이 어디 그런가? 규율 따위는 안중에도 없고 그저 아빠와 뒹굴고 싶고 엉망이고 싶고 마구잡이로 섞여, 하나가 되고 싶어 하니 말이다. 아빠와 놀기를 바라는 아이들의 바람은 수그러들지 않는다. 아이를 낳고 아빠라는 존재가 되고 기저귀 갈기와 애 보기를 졸업하고 유모차를 서둘러 없애고 어느덧 제 발로 아이가 학교에 오가는 시절이 되었어도, "우리 아빤 맨날 일만 해요!", "아빠랑 뛰어놀고 싶어요!", "아빠하고 좀 더 놀고 싶어요!" …… 반복되는 메아리는 식을 줄을 모른다. 영원하다. 기나긴 여행을 다녀왔건만 아이들의 욕구는 언제나 현재진행형이다. 그럴 때마다 '이 정도 했으면 됐지, 또 얼마나 더!?' 이 것이 솔직한 내 심정이다. 고통스럽다. 그러면서도 한편으로는 사춘기에 접어든 아이들과의 거리를 무엇으로 좁혀갈지, 어떻게 돌파구를 찾아야 할지 고심하기 마련이다. 그렇다면 방법은?

어찌 방법이 한 가지뿐이겠는가. 그래도 변치 않는 원칙 하나쯤은 얻은 듯하다. 서로의 감정을 밀착해서 읽어 내는 과정이 필요하다는 것이다. 아무리 같은 공간에서 종일 얼굴을 들이대고 있어도 마주하는 접점이 없다면 무엇으로 아이와의 친밀도를 재어볼 텐가.

깜박 잊고 차표를 두고 나왔을 때 아이는 어떤 표정을 짓는지, 떠나버린 기차 안에 소지품을 두고 내리고선 아이는 어떤 말투를 구사하는지, 잘못 들어선 길을 한참을 되돌아 나와야 할 때 아이는 어떤 몸짓을 펼치는지. 이런 것들을 대보는 작업은 언제나 현재 시제라는 것이다. 여행 중에 한 번 치르고 말 이벤트적 성질이 아니다. 그야말로 가족 시스템 안에서 생활로 호흡하며 부모와 자식 간에 정서를 주고받으면서 그 느낌을 밀착해 알아가야 한다. 세대와 세대를 이어가는 살아 있는 활동 시제는 영원토록 풀어야 할 문법일 것이다.

시대가 훌쩍 바뀌어 이제 아이를 위한 경제적 능력만이 전부가 아닌 세상에 사는 아빠들이여! 이런 식의 제언도 벌써 구태의연해지지 않았던가?

그래서 고단한 남자의 인생은 또다시 시작되려는가?

태리와 이후의 후기

인도로 간 김태리

이 여행은 나에게 정말 필요한 여행이었다. 단지 평범하게 좋은 추억을 만들어 준 여행이 아니라 나에게 실용적인 것들을 제공하고 알려 주었다. 내가 인도에 가지 않았다면, 한국에 있으면서 마구마구 먹고 운동을 하지 않아서 지금보다 더한 뚱땡이가 되어 있을지도 모른다. 인도 음식은 조미료를 디룩디룩 넣지 않는다. 그래도 맛있기 때문에 많이 먹어도 생각보다 찌지 않아 너무 좋다. 그리고 하루에 1킬로미터 정도는 걸었다. 사실 이 여행의 목적은 카레를 먹기 위함이었는데 솔직히 말하자면 카레는 우리나라가 더 맛있다.

그 다음으로는 여러 동물들을 본 것이 인상 깊었다. 낙타, 소, 개, 돼지를 그냥 코앞에서 언제든지 볼 수 있다니! 그것도 엄청 많이. 처음 인도에 도착했을 때는 밤이어서 소는 없고 개들이 도로에서 어슬렁거리는 것을 보고는 무서워 피했다. 시간이 지나니 개나 소는 으레 마주치는 존재가 되었다. 하지만 마지막 날까지도 낙타와 돼지는 적응이 안 됐다. 특히 그 냄새, 으엑~!!

내가 쓴 여행 일지를 다시 살펴봤는데 대충 간추려 쓴 내용이 있다. 바로 아빠와 싸운 이야기다. 인도에 있는 동안 아빠와 싸우지 않은 날이 단 하루도 없었다. 정말 어이없는 이유로 항상 아빠가 먼저 나의 기분을 짜증스럽게 했다. 그럼 나는 대들고, 아빠는 꼬집고를 반복하는 것이다. 아빠에게 꼬집히거나 꾸중을 들으면 아플 뿐만 아니라 짜증이 더해지는 건 물론이고 대들고 싶은 마음도 커진다. 다시 인도에 간다면 아빠를 더 너그럽고 참을성 있게 만들어 놓고 갈 것이다. 아빠, 우리 다음에 어디 갈까? ㅋㅋㅋ

중국으로 간 김이후

내가 학기 중에 장기간 여행을 간 것은 이번이 처음이다. 중국 여행은 재미있고, 신기하고, 힘들었다. 1년이나 지났지만 중국 아저씨들이 똥 싸는 모습, 중국 음식의 맛, 담배 냄새와 버스, 비포장도로와 추위 등 아직도 많은 것이 기억난다.

엄마 책《엄마 마음, 안녕하십니까?》(더드림)와 아빠 책들이 나올 때는 신이 났는데 지금 내가 쓴 글이 들어 있는 책이 나온다니 기대가 되면서도 부끄럽고 떨린다. 나에게 이번 중국 여행은 자유로운 떠돌이의 느낌이었다. 아무 계획도 없이 중국을 일주하고 아빠와 보내는 시간이 참 길게 느껴졌다.

아빠와 다툰 적도 있고 속상하고 힘든 적도 있지만 이 책의 제목처럼 '아빠를 여행'해서 아빠를 더 잘 알게 되었고, 몰랐던 점도 새록새록 늘어나는 것이 기뻤다. 그리고 누나가 인도에 가 있는 동안, 엄마와 보낸 시간도 무척 재미있었고 엄마를 또한 여행한 좋은 시간이었다. 나중에는 나만의 소설과 수필을 꼭 쓸 것이다.